Broken at Heart

Black Wolves MC 2

Talena Blake

SIEBEN VERLAG

Broken at Heart
Talena Blake

ISBN-Taschenbuch: 9783967820447
ISBN-eBook-mobi: 9783967820454
ISBN-eBook-epub: 9783967820461

www.sieben-verlag.de

Für Macellaio. Mein Leuchtturm und mein Sturm. Danke, dass du siehst, wer ich bin.

„Sometimes, home has a heartbeat."
-Beau Taplin

Prolog

Und sie lebten glücklich bis an ihr Lebensende. So eine gequirlte Scheiße. Nicht falsch verstehen, ich bewundere Menschen, die so was haben. Nur für mich ist es einfach nichts. Das habe ich früh erkannt. Als Teenager wollte ich auch das, was meine Eltern hatten. Dreiunddreißig Jahre Ehe, drei Kinder. Mich und meine zwei älteren Brüder Mike und Carter. Das wollte ich. Das Haus mit dem weißen Lattenzaun, die statistischen zwei Komma fünf Kinder und einen Hund.

Um das zu bekommen, hätte ich vielleicht hübscher sein müssen. Nicht so vorlaut, nicht so klug. Die Dümmeren, Stillen bekamen immer einen ab. Ich sagte schon immer meine Meinung und das fiel auf. Meine Schulzeit verbrachte ich praktisch allein, wurde als Letzte ins Sportteam gewählt und war am liebsten für mich. Bis Daneel in mein Leben trat. Nicht nur ihr Aussehen war wunderschön, ihr Charakter war es ebenfalls und in ihr fand ich eine Seele, der ich mich anvertrauen konnte. Wir wurden die besten Freundinnen und mit ihr begegnete ich dem Mann, der mein Untergang sein würde.

Gabriel ‚Saint' Walker.

Kapitel 1

Alyson

Fünfzehn Jahre alt

„Ich habe aber nichts anzuziehen“, rief ich aus meinem Kleiderschrank meiner Freundin Daneel zu, die auf meinem Bett saß. Sie sah in lockeren Jeans, einem T-Shirt, das sie ganz sicher einem der Walker-Brüder geklaut hatte, und ihren Chucks aus wie ein Model aus einem Biker-Kalender.

Cemetery Drive von My Chemical Romance lief leise im Hintergrund, während ich überlegte, in meinem Schrank zu bleiben, bis diese lächerliche Party vorbei war.

„Zieh doch die Jeans hier an und das Oberteil“, sagte Daneel, und klatschte mir die Sachen in die Hände.

„Und du bist dir sicher?“ Ich versuchte, meine Haare in einem Pferdeschwanz zu bändigen, doch meine Kopfbehaarung hatte ein Eigenleben und ich sah aus, als wäre auf meinem Kopf ein Fantasiewesen verendet.

„Ja, bin ich. Wieso zweifelst du das immer an?“ Sie nahm einen Schluck aus ihrer Bierflasche und hielt mir den flüssigen Mutmacher ebenfalls hin. „Ich geh jetzt zu den Walkers und heute Abend hole ich dich um sieben ab.“

Seufzend sah ich ihr hinterher und blickte wieder in den Spiegel. Es war einfach keine gute Idee. Wir waren gerade mal fünfzehn, meine Mom würde ausrasten, wenn sie wüsste, dass wir auf eine Party des Black Wolves Motorradclubs gingen. Doch meine Eltern waren nicht zu Hause und meine Brüder schon lange ausgezogen. Ich nahm das Bier, trank einen ordentlichen Schluck und hoffte, dass meine beste Freundin wusste, was sie da tat.

Saint

Siebzehn Jahre alt

Daneel und ich lagen auf dem Sofa in meinem Zimmer und lauschten den Gitarrenriffs von Metallicas *Wherever I May Roam,* während ich auf der Playstation zockte. Wir hörten, wie mein Bruder Mace mit meiner Mom herumalberte, die Essen kochte und wie auf Kommando knurrte mein Magen. Ich griff stattdessen nach meinen Zigaretten und warf Daneel ebenfalls eine zu. Sie war schweigsamer als sonst, was sicher dem Umstand geschuldet war, dass mein anderer Bruder Cole nicht daheim war, wie sie gehofft hatte. Ich war nicht blind, ich wusste, dass sie Hals über Kopf in ihn verknallt war. Ich war nicht an ihr als diese Art Freundin interessiert, sie war wie eine Schwester für mich, abseits der Schwester, die ich tatsächlich hatte. Die fünfjährige Prinzessin unserer Familie verbrachte das Wochenende bei meinen Großeltern mütterlicherseits. Was bedeutete, dass wir die mitgelieferten Geschenke von ihnen vermutlich mit einem Pick-up abholen konnten.

„Willst du ein Bier?", fragte ich und schob mich vom Sofa hoch. Mir tat alles weh, das verdammte Ausdauertraining heute Morgen war eine saublöde Idee gewesen. Vor allem gegen Cole, der weiß der Geier was für Dämonen bekämpfen musste und wie ein Irrer gelaufen war.

„Nee, alles okay." Ich blieb bei ihrer leisen, abwesenden Antwort stehen und sah sie an. „Was ist?", fragte sie mich, als ich sie skeptisch betrachtete.

„Und jetzt noch mal überzeugender."

„Es ist wirklich alles gut, Gabe. Ich bringe heute Abend übrigens eine Freundin mit, wenn das in Ordnung geht?"

„Klar. Je mehr, desto besser." Vielleicht was Leckeres, das mich den Muskelkater vergessen lassen würde. Ich grinste vor mich hin, holte mir ein Bier, als die Haustür aufflog und Cole reinmarschiert kam. Im Schlepptau eine kichernde Blondine. Wo auch immer er sie aufgetrieben hatte. Ich schüttelte den Kopf, sah aber, dass Daneel in meiner Tür stand und beobachtete, wie Cole mit dem Mädchen in seinem Zimmer verschwand. Der Blick, den er ihr zugeworfen hatte, sprach Bände. Aber stur, wie mein Bruder war, würde er nicht einmal dann zugeben, dass er Hals über Kopf in Daneel verknallt war, wenn man ihm die Eier abschneiden würde.

Meine Mission hieß jetzt jedenfalls erst mal, Daneel aufheitern, doch Mace kam mir zuvor, warf sie sich kurzerhand über die Schulter und rannte mit ihr in den Garten raus, Richtung See. Es war Sommer und brütend heiß. Sekunden später hörten Mom und ich ein lautes Platschen und das Schrei-Lachen von Daneel. Ich griff im Vorbeigehen im Bad ein Handtuch ab und schlenderte zum See runter. Der Abend versprach, amüsant zu werden.

Die Party abends war schon in vollem Gange, als Daneel wie versprochen mit einer Freundin auftauchte. Ich konnte Daneels zierliche Silhouette am Eingang ausmachen und beschloss sie abzuholen, bevor sie sich durch die Massen der Betrunkenen schlängeln musste. Sie hatte mich bereits entdeckt, – danke, Dad, für die einsneunzig –, und fuchtelte wie wild mit der Hand. Als ich endlich bei ihr angekommen war, zog ich sie in eine kurze Umarmung.

„Babe“, begrüßte ich sie wie immer.

Sie grinste mich an und trat einen Schritt zur Seite.

„Gabe, ich hab dir doch von meiner Freundin erzählt. Das hier ist Alyson.“

Es war, als ob die verdammte Zeit stehen blieb. Das mit Abstand süßeste Mädchen, das ich je gesehen hatte, stand vor mir. Einen halben Kopf kleiner als Daneel, mit ebenfalls zierlich schlanker Figur, einer anbetungswürdigen kleinen spitzen Nase und Sommersprossen, einfach überall. Der Blick aus großen graublauen Augen heftete sich an meinen, ihre sinnlichen rosa Lippen verzogen sich zu der Andeutung eines Lächelns. Sie schob sich eine ihrer lockigen hellblonden Strähnchen aus dem Gesicht, ein haltloses Unterfangen bei dem blonden Wuschelkopf, und ihr Lächeln formte sich zu einem frechen Grinsen, das im Kontrast zu ihrer sanften Erscheinung stand.

„Okay, ich schulde dir zehn Mäuse", rief sie Daneel zu, die in Gelächter ausbrach.

Ich blinzelte verwirrt und versuchte durch bloße Willenskraft, das Blut in meiner südlichen Körperregion wieder nach oben zu befördern.

„Was hab ich verpasst?", fragte ich und kam mir wie ein Idiot vor.

„Daneel hatte mir versprochen, dass du absolut heiß bist. Ich hab dagegen gewettet. Mein Pech."

Ich schoss einen Blitz Richtung meiner sehr bald wieder im See landenden So-gut-wie-Schwester und blickte zurück zu Alyson. Schon ihr Name ließ meinen Schwanz erwartungsfreudig zucken. Akuter Fall von Sprachlosigkeit befiel mich, was mir wirklich nicht ähnlich sah. Ich war eigentlich für Rein-raus-Dankeschön berühmt, mit dazu passenden Kalenderabreißsprüchen versteht sich.

Ich beobachtete die beiden noch einen Herzschlag lang und riss mich dann aus meiner Lethargie.

„An der Bar bekommt ihr Getränke, aber übertreibt es nicht, klar?" Mein Blick fiel zu Daneel, die verantwortungsbewusst nickte. Es war nichts Neues, dass Minderjährige auf der Party abhingen, viele Member brachten ihre Kids mit, doch wir passten so gut es ging auf und Drogen waren im Club verboten, da kannte der Präsident und gleichzeitig mein Vater, Nite, kein Erbarmen. Daneel zog Alyson hinter sich her und ihr neugieriger Blick blieb, so lange es ihre Bewegung zuließ, an mir haften. Wie ein Trottel blieb ich, wo ich war, als eine tiefe Stimme in mein Ohr grollte.

„Ein Wort: minderjährig!"

Es war mein Bruder Cole, der hinter mich getreten war. Ich fuhr mir frustriert durch meine viel zu langen Haare und ignorierte ihn. Er musste ganz still sein. Ich wusste, dass er die Hälfte aller Clubweiber durchbumste, um seine „Minderjährige" zu vergessen. Ich ließ ihn stehen, überhörte sein tiefes Lachen hinter mir und riss unserem neuesten Mitglied Hawk das Bier aus der Hand.

„Hey, Sonnenschein, sachte", beschwerte sich Hawk.

Ich ignorierte ihn, bahnte mir einen Weg durch die Leute und versuchte, die beiden Mädels wiederzufinden. Sie hatten sich an die Picknicktische in den Außenbereich verzogen und kicherten, während sie sich an ihren Bierflaschen festklammerten. *Fünfzehn*, schrie mir mein Verstand ins Ohr, doch mein Herz hörte nicht. Ich war wie vom Blitz getroffen. Irgendetwas an Alyson zog mich magisch an. Ich hatte die Nacht in der Gasse vor zwei Jahren nicht vergessen, als Cole ohne zu überlegen, Daneel zu Hilfe geeilt war. Was hatte ihn dazu bewogen? Nur weil eine Frau in Nöten war? Doch die Art und Weise, wie er mit ihr umgegangen war, es war, als wären wir nicht mal anwesend gewesen. Ich hatte damals keine Antwort auf die Fragen, weshalb er es getan oder was ihn dazu gebracht hatte, erhalten, doch das war nicht nötig. Ich hatte es gesehen. Und Junge, was ich gerade sah, öffnete mir die Augen. Im wahrsten Sinne des Wortes.

Ich überlegte, was ich sagen sollte, als ich meinen Vater auf mich zukommen sah.

„Pass auf sie auf, klar? Ich will kein Drama im Club haben. Das ist Maggies Kleine, oder?", fragte er mich und deutete auf die beiden an den Tischen. Mags Turner war Daneels Tante, bei der sie hier in Seattle lebte.

„Yep. Und eine Freundin von ihr."

Er beugte sich ein Stück zu mir runter. Ich war immer wieder beeindruckt, wie groß mein Vater war. Mit fast zwei Metern thronte er über allen hier, nur Cole machte ihm Konkurrenz. „Verbrenn dir nicht die Finger, Junge", zischte er und verschwand im Gebäude.

Jesusmariaundjosef. Ich bog zur Bar ab, bestellte mir einen doppelten Tequila und ertränkte meine Libido darin. Besser als in Alyson. Dachte ich.

Kapitel 2

Alyson

Ich war mit den besten Absichten auf diese Party gegangen. Etwas trinken, okay, etwas viel trinken und heiße Männer begaffen. Daneel hatte nicht übertrieben. Das Mainchapter des Black Wolves Motorradclubs suchte seinesgleichen. Eine gigantische Lagerhalle, die vor Jahrzehnten zu einem Bunker umgebaut worden war. Hier drin gab es alles. Wohnräume, Aufenthaltsräume, sanitäre Anlagen, aus denen erstaunlicherweise keine Ratten kamen und in denen einem nicht die Augenbrauen vor Ammoniakgeruch abfielen, und jede Menge anderer Räumlichkeiten, in die ich mich niemals hineintrauen würde.

Daneel redete mit einem der Clubmädchen, Anna. Eine schwarzhaarige Schönheit, die wohl nur die Klappe hielt, wenn sie schlief oder tot war. Unterhaltsam war es allemal. Wir waren schon auf einigen Partys der Highschool gewesen, doch die Gleichaltrigen gaben mir nichts. Bis auf ein paar lausige Knutschereien hinter der Sporthalle konnte ich an Erfahrungen mit dem anderen Geschlecht nichts für mich verbuchen. Nicht, dass es Daneel anders ging. Jedes Mal, wenn sie ein Date hatte, passierte dem Typen irgendwas Dummes. Sie glaubte die schalen Ausreden schon gar nicht mehr und fühlte sich vom Pech verfolgt. Ich konnte es ihr nicht mal verübeln. Die Schule war scheiße, die Lehrer, bis auf Mr. Brown, ein Albtraum und ich konnte es nicht erwarten, bis wir endlich Gott sei Dank unseren Abschluss in der Tasche hatten. Ich mochte die Atmosphäre des Motorradclubs und der Party. Die meisten Biker waren nett zu uns, niemand warf uns anzügliche Blicke zu, wir fühlten uns sicher, waren akzeptiert und nicht ausgegrenzt. Womöglich hatte Daneels Verbindung zur obersten Riege etwas damit zu tun. Jeder wusste, dass sie mit den drei Walker-Brüdern befreundet war. Sie waren alle drei schon allein eine Erscheinung für sich, doch ihr Vater, der Präsident des Clubs, war in Seattle gefürchtet. Hinter vorgehaltener Hand erzählte sich jeder von seinen zwielichtigen Geschäften, doch niemand brachte je den Mut auf, sich ihm entgegenzustellen. Daneel war den drei einst in einer dunklen Gasse begegnet und entgegen der Erwartungen, die man an eine Motorradgang hatte, rettete Cole, Gabes älterer Bruder, sie vor einer Gruppe pubertierender Dealer. Apropos Gabe. Meine Hoffnung, mit dem jüngsten Walkersprössling in Kontakt zu treten, hatte sich soeben in Luft aufgelöst. Ich hatte ihn aus der Ferne beobachtet und seinen inneren Kampf gesehen, den schließlich die Bar gewonnen hatte. Mist, verdammter.

„Wo schaust du denn die ganze Zeit hin, Mädchen?“, flüsterte Daneel mir zu, stieß mich an und sah mit mir in die Menge.

„Ach, nichts“, flunkerte ich und drehte mich schnell zu ihr um. Aus den Augen, aus dem Sinn. So.

„Du redest nur Mist. Wenn du Gabe suchst, der steht an der Bar.“ Ihr Grinsen spaltete beinahe ihr Gesicht.

„Tja, im Gegensatz zu Tequila kann ich die Menschen nicht glücklich machen. Scheinbar.“ Sie lachte laut auf und zog einige Blicke auf uns. War das Cole, der da seine Runden um uns zog?

„Sei nicht so schüchtern, geh doch zu ihm.“

„Und was genau soll ich sagen? ‚Hi, du siehst aus wie Sex auf Beinen?‘ Komm schon, Daneel, meine Erfahrungen beschränken sich auf trockene Küsse und er sieht aus, als beherrsche er das Kamasutra der Liebe rauf und runter.“ Ich beendete seufzend meine Tirade und sah wieder Richtung Bar, doch Gabe war nirgends zu sehen.

„Jesus, ich dachte mehr an sowas wie ‚Hi, wie geht es dir‘ oder so, bevor …“, antwortete Daneel und wurde jäh am Arm gepackt.

„Mhh, bist du nicht eine Süße? Wusste gar nicht, dass wir neue Weiber gekriegt haben“, lallte ein schmieriger Kerl in Daneels Ohr. Er trug keine Lederweste mit Emblem wie der Rest der Jungs und ich wusste, ich lag mit meiner Vermutung, dass es sich um kein Clubmitglied handelte, richtig, als eine riesige Hand auf seiner Schulter landete und Mace, der älteste der Walker-Brüder, ihn scheinbar mühelos wegzog.

„Abflug, Morrison. Nite will dich hier nicht mehr sehen“, knurrte er den Typen an und schob den widerwärtigen Kerl weg.

„Was zur Hölle“, grollte es hinter uns.

Cole schälte sich aus den Schatten und war mit zwei Schritten bei uns. Er sah zwischen Mace und Daneel hin und her.

„Alles cool, Cole. Ich hab ihn rausgeworfen“, versuchte Mace, seinen Bruder zu beruhigen.

Coles besitzergreifende Seite gegenüber Daneel hatte mich immer an ihm fasziniert. Er pochte darauf, dass sie nur eine Freundin sei, doch wen wollte er hier eigentlich für dumm verkaufen? Insgeheim fragte ich mich, ob ich jemals irgendwem so viel bedeuten würde, dass er so nach mir sah wie Cole nach Daneel.

Ich beschloss, zur Bar zu gehen und mein Glück auf die Probe zu stellen. Dummer, dummer Fehler. Den nachfolgenden Kater verbuchte ich als Initiationsritus und wusste nun zumindest, dass Tequila der Feind war. Immerhin hatte mich die Konservierung meiner Leber davor bewahrt, einen großen Fehler zu begehen und mich Gabe schon am Abend unseres Kennenlernens an den Hals zu werfen.

Kapitel 3

Alyson

Siebzehn Jahre alt

„Scheiße, was zum Geier hast du da reingetan?", keuchte ich und hustete, als sich der brennende Alkohol durch meine Speiseröhre fraß. Daneel blickte so unschuldig, wie nur sie es konnte und versuchte, das Flaschenlabel zu lesen.

„Kann kein Mensch aussprechen, aber es sieht nach einem super teuren Scotch aus", sagte sie resignierend.

Mein Dad würde uns umbringen. Egal. Wir kippten unsere Drinks ab, schüttelten uns und ich stellte die Musik lauter. Heute Abend war eine Motorradclub-Party, erneut. Seit meiner ersten vor zwei Jahren waren wir gern gesehene Gäste, was auch daran lag, dass Cole, oder Mercy, wie nun sein Roadname lautete, und Daneel sich endlich eingekriegt hatten und der sture Bock kapiert hatte, dass es niemand auf der Welt besser mit seinen Achterbahnlaunen aushalten würde als meine beste Freundin.

„Yo, seid ihr fertig? Ich will dann los", rief mein Bruder Michael zu uns hoch.

„Wir kommen", brüllten wir unisono und kicherten wie die albernen Weiber, die wir waren, auf dem Weg nach unten. Im Flurspiegel kontrollierte ich ein letztes Mal mein Outfit: Denimjeans mit löchrigen Knien, ein schwarzes Top mit kariertem Hemd, das ich mir unter dem Busen zusammengeknotet hatte, um meine beiden Mädels zu betonen, auf die ich ehrlich ziemlich stolz war. Außerdem zeigte es mein neues Bauchnabelpiercing, das meinen Vater um zehn Jahre hatte altern lassen. Wenn der wüsste. Aber meine Eltern waren meine Großeltern in Tacoma besuchen.

Daneels Handy klingelte. „Hey Cole. Ja, wir sind auf

dem Weg. Nein, Alys Bruder fährt uns. Mach dir keine Sorgen, bis gleich." Daneel scharte Männer, die sie wie eine Schwester liebten, in Zweierreihen um sich. Ich konnte es ihnen nicht verübeln, sie war mein Fels und meine Seelenverwandte. „Du siehst gut aus, los komm", kicherte sie neben mir. Als wir uns zu meinem genervten Bruder in seinen alten Dodge quetschten, flüsterte sie mir ins Ohr. „Ich bin sicher, ihm gefällst du auch."

Und mit ihm meinte sie ganz sicher nicht meinen Bruder. Seit ich auf der ersten Party vor zwei Jahren einen Blick auf Gabriel Walker, oder Saint, wie ihn seine Clubbrüder mittlerweile nannten, geworfen hatte, war es um mich geschehen. Seit er die Schule beendet hatte, sah ich ihn nur, wenn er bei Daneel abhing oder auf den Motorradclub-Partys. Ich versuchte auszublenden, dass er jedes Mal ein anderes Mädchen auf dem Schoß sitzen hatte. Immerhin hatte Mercy ja auch eine halbe Ewigkeit gebraucht, die Frau direkt vor seiner Nase zu erkennen. Und seitdem, oh Mann, war den beiden beizuwohnen nicht jugendfrei.

Als wir ankamen, war die Party in vollem Gange. Ich hatte es lieber, früher aufzutauchen und in Ruhe die Menge abschätzen zu können, doch Daneel pochte darauf, dass das Beste zum Schluss käme. Na dann.

Die Walker-Brut stand um ein großes Lagerfeuer auf der Wiese herum, mit identischen Bierflaschen. Was für ein Genpool. Nite, Mace, genannt Bullet und Mercy sahen beinahe gleich aus, zog man mal ein paar Jahre ab. Gabriel stand mit dem Rücken zu uns, die breiten Schultern zuckten, als er über etwas, das Mercy ihm zurief, lachte. Mein Blick saugte sich an seinen Oberarmen fest, die wie die seiner Brüder von Tattoos überzogen waren. Seine muskulösen Beine steckten in unanständig engen, lässigen Jeans und wie der Mini-Rebell, der er eben war, trug er schwarze Chucks, statt wie alle anderen Motorradstiefel. Daneel quietschte neben mir auf, als Mercy offenbar seine Frau entdeckt hatte. Die Menschenmenge teilte sich, als wäre er der gottverdammte Jesus und sie sprang mit Anlauf hoch und schlang ihre giraffenfohlenlangen Beine um seine Hüften. Ich schüttelte den Kopf und bahnte mir meinen Weg zur Bar. Die Begrüßung der beiden würde sehr bald einen Punkt erreichen, an dem man entweder mitmachen wollte oder eine kalte Dusche benötigte. Ich hatte meinen gerechten Anteil an Fummeleien und Grapschereien mittelschwer bis mäßig begabter Männerhände gehabt, doch bis auf ein paar Exkursionen zur zweiten Base musste ich mich noch Jungfrau schimpfen. Nicht schlimm, da sich meine Coochie ohnehin nur nach einem Mann verzehrte. Wenn er so gut war wie sein ihm vorauseilender Ruf, umso besser. Doch auf keinen Fall wollte ich mich in die Ahnengalerie der Clubhuren einreihen. Nein, etwas Selbstachtung war doch noch übrig.

„Hey Baby", flüsterte eine tiefe Stimme in mein Ohr und meine Knie wurden weich.

Okay, vielleicht war doch nicht so viel übrig.

„H-hey", antwortete ich und hasste meine zittrige Stimme, als ich lässig das Bier ansetzte und es am liebsten hinterstürzen wollte. Gabe schmunzelte und als sein Grübchen in der Wange auftauchte, brach eine Hitze zwischen meinen Beinen aus, dass ich dachte, die Feuerwehr raste gleich um die Ecke.

„Yo", begrüßte uns Sam, Mercys bester Freund und nickte über seine Schulter. „Sledge ist eben angekommen", bemerkte er und Gabe nickte bestätigend.

Sams dunkelbraunes Haar glänzte wie Schokolade und sein whiskyfarbener Blick bohrte sich in meinen. Der Mann war mir unheimlich. So kalte Augen, doch Daneel beharrte darauf, dass er ein guter Kerl war und es im Leben nicht einfach hatte. Ich beschloss, ihm einen Vertrauensbonus zu geben. Wir sahen zum Feuer, wo sich Sledge zu seinem Bruder Nite stellte und begrüßt wurde wie der Papst.

„Was ist dein Gift heute Abend, Schöne?“, fragte Gabe neben mir, ohne den Blick von seinem Onkel abzuwenden.

Du. Nackt. An, auf und in mir. Oh Gott. Zurück in die dunklen Ecken meines Hirns, Succubus!

„Wodka“, antwortete ich, weil mir nichts Besseres einfiel und das Bier eindeutig nicht ausreichen würde. Die leise Stimme, die mir Kopfschmerzen und einen Tag mit olympiaverdächtigem Toilette-Umarmen voraussagte, ignorierte ich geflissentlich.

Gabe lachte leise auf. „Immerhin nicht diesen Fireball-Scheiß wie Daneel.“

Er drehte sich um, klopfte mit der flachen Hand auf die Theke und sofort kam ein Prospect angesprungen. Gabe orderte unsere Getränke und ehe ich mich versah, zog er mich zu einem der Picknicktische und stieß mit mir an.

Etwa eine Stunde später hatte ich fast einen Krampf im Gesicht vom vielen Lachen. Dieser Kerl war ein verkappter Comedian. Alles aus seinem Mund war mit Sarkasmus und Ironie gewürzt. Er pfefferte jede Spitze, die ich ihm zuwarf, gekonnt zurück und bot mir eine Riesenshow für mein Geld.

„Belästigt dich der Idiot?“, fragte eine Stimme neben mir, mit dem lieblichsten Südstaatenslang, der wie Seide über meine Ohren floss.

Ich sah zu Hawk hoch. Daneel hatte mir erzählt, dass er aus dem Atlanta Chapter stammte, eine Tour an die Westküste gefahren sei und Nite ihn gebeten hatte, zu bleiben. Ein schöner Mann, der mich an meinen ältesten Bruder Carter erinnerte. Dunkelblonde Haare, am Deckhaar einen Tick länger, ein sorgsam gepflegter Dreitagebart und wachsame grüne Augen. Ein Wolfskopf prangte an seinem Kehlkopf. Ich wollte mir gar nicht vorstellen, wie schmerzhaft ein Tattoo an dieser Stelle sein mochte.

„Nein, alles okay. Ich hab ihn im Griff", erwiderte ich lächelnd und mir entging Gabes zufriedenes Grinsen nicht im Geringsten.

Hawk brummte ein langgezogenes ‚Yeah'. „Die Prinzessin hat nach dir gefragt", sagte er und nickte Richtung Aufenthaltsraum, wo ich Daneel auf Mercys Schoß sitzen sah.

Ich winkte ihr zu.

„Geh nur", sagte Gabe und auf wackeligen Beinen ging ich zu meiner besten Freundin.

Du liebe Zeit, wie viel Wodka hatte ich eigentlich intus?

„Mädchen, da bist du ja!", rief Daneel und rannte mir auf halber Strecke entgegen.

Sie fiel mir in die Arme und ich kam ihrem neuen Knutschfleck an ihrer Halsbeuge verdammt nahe.

„Jesusmaria, sind das Bissspuren?" Ich keuchte übertrieben auf.

„Was soll ich sagen." Sie zuckte nonchalant mit den Schultern und zwinkerte mir zu. „Was ist mit dir?" Ihr Blick scannte mich nach Alkoholpegel und optischer Aufmachung.

„Ein guter Abend bisher."

„Nur gut?"

„Na ja, nackt und auf dem kleinen Bruder deines Mannes reitend, wäre mir lieber. Aber ich bin bescheiden, ich nehme, was ich kriegen kann."

„Eine Alkoholvergiftung also." Sie rümpfte die Nase.

„Unsinn, es waren nur ein paar Wodkas. Außerdem, Mrs. Fireball. Ich rieche das Zeug zehn Meilen gegen den Wind", sagte ich gespielt empört und wedelte mit der Hand vor meinem Gesicht.

Über ihre Züge glitt ein breites Grinsen.

„Ich will nur, dass du vorsichtig bist, okay?"

„Ich weiß."

„Hör mal, Cole und ich bleiben heute wahrscheinlich hier. Kann Mike dich wieder abholen?"

„Klar, kein Problem." Das war keine wirkliche Überraschung, nur hatte ich keine Lust, die Nacht alleine zu verbringen. Ich verabschiedete mich fürs Erste von Daneel und schlenderte durchs Clubhaus. Die leicht bekleideten Clubfrauen, die sich den Männern an den Hals warfen, schüchterten mich insgeheim ein. Doch bei Weitem nicht mehr so wie noch vor zwei Jahren. Einige von ihnen waren sogar recht nett. Anna allen voran, auch wenn es irgendwie seltsam war zu wissen, dass sie Nite vögelte, der ganz klar verheiratet war. Gabes Mom war laut Daneel eine sehr liebe Frau. Ich würde das nie verstehen.

Back in Black von AC/DC lief und ich war auf dem Weg zu den Damentoiletten, als ich Gabe an der Bar stehen sah. Eine schlecht gefärbte Blondine, mit gelbem Haaransatz und High Heels, bei denen ich mir beide Knöchel zertrümmern würde, in nichts als Unterwäsche bekleidet, hing an seinem Arm und rieb sich an seinem Schenkel. Er lächelte auf sie herab und flüsterte ihr etwas zu. Das Blut gefror mir in den Adern. Was war ich für ihn denn? Vorhin hatte er so offensichtlich mit mir geflirtet und ich war keine zehn Sekunden um die Ecke verschwunden, als er schon der Nächsten Gott weiß was versprach. Ich stürmte in die Toilette, in die nächstbeste Kabine und knallte die Tür frustriert hinter mir zu. Ich musste ruhig bleiben. Mein rationales Ich, das zugegebenermaßen relativ kleinlaut war, sagte mir, dass er nichts von meiner Schwärmerei für ihn wusste. Aber mal ehrlich, wie blind war der Typ? Musste ich auch jahrelang mit dem Arsch vor ihm wackeln, wie Daneel bei Mercy, bevor etwas passierte? Bei jeder anderen Frau war offenbar weniger vonnöten.

Ich wusch mir das Gesicht mit kaltem Wasser, sammelte die Reste meines Stolzes auf und schrieb meinem Bruder eine kurze Nachricht. Ich, Alyson Mitchell, würde mich nicht zum Affen machen und mich einem Kerl an den Hals werfen, der mich nach drei Sekunden aus den Augen bereits vergessen hatte. Mein Haupt so hocherhoben, wie es mir möglich war, lief ich zurück ins Clubhaus und aus dem Haupteingang ins Freie. Mike würde in zwanzig Minuten da sein. Gott sei Dank. Doch mein Glück war mir nicht hold, da sich eine große, breitschultrige Gestalt neben mich auf die Bank setzte. Bevor ich irgendetwas anderes wahrnehmen konnte, waberte der strenge Geruch von billigem Scotch und Tabak zu mir rüber.

„Wen haben wir denn hier?“, raunte eine kratzige Stimme.

Der mir unbekannte Kerl war auf jeden Fall sternhagelvoll. Ein Blick zur Seite verriet mir außerdem, dass er mein Großvater sein könnte. Igitt.

„Niemanden mit Interesse“, zischte ich und stand auf. Ich bereute es, keine Jacke dabeizuhaben, um mich dahinter zu verstecken. Natürlich war ausgerechnet jetzt keiner der mir bekannten Wolves auf dem Vorplatz des Clubs zu sehen. Brillant, Aly.

„Wie wäre es, wenn wir uns in mein Zimmer verziehen? Dann kannst du mit deinem frechen Mundwerk was Sinnvolleres anstellen.“

Ach du liebe Zeit.

„Vergiss es, Opa, ich …“ Bevor ich meinen Satz zu Ende sprechen konnte, grapschte er schon nach meinen Brüsten. Ich wich zurück, doch er war viel größer und erstaunlich schnell dafür, dass sein Verfallsdatum zu Reagans Zeit abgelaufen war. „Pfoten weg, du widerliches Aas!“, rief ich und versuchte, mich aus seinem Schraubstockgriff zu befreien, als eine Hand seine Schulter packte und er von mir heruntergerissen wurde. Er landete stöhnend auf dem Asphalt und rieb sich den schmierigen Kopf. Die Wucht des Zusammenstoßes hatte auch mich auf den Hintern befördert und ich sah verwirrt hoch, um zu sehen, wer mich gerettet hatte.

Gabriel. Er packte den Alten am Revers. „Schieb ab, Savage, aber schnell, bevor der Prez mitkriegt, was du getan hast!"

Angst breitete sich in seinen Augen aus, er rappelte sich hoch und torkelte Richtung Clubhaus.

Ich stand so schnell es ging auf, wischte mir den Dreck von den Klamotten und suchte nach einer Möglichkeit, aus dieser mehr als peinlich-defensiven Situation herauszukommen.

„Alles okay, Baby?"

Baby? Der Blick seiner viel zu sexy-blauen Augen fand meinen und ich verdrängte den Fakt, dass er tatsächlich besorgt aussah.

„Ja, ja. Alles super. Schnee von gestern. Mein Bruder ist gleich da und holt mich ab. Also, äh, danke und bis dann." Ich machte auf dem Absatz kehrt. Wieso gab es keine Stummschaltetaste für so verbalen Dünnpfiff? Wieso war ich nicht normal und konnte mich bedanken? Danke, Gabe, ohne dich hätte mein erstes Mal mit dem lang verloren geglaubten Bruder von Gandalf stattgefunden, statt wie erhofft mit dir und deinem hengstartigen besten Stück. Memo an mich, niemals wieder Alkohol!

Ich stiefelte Richtung Schleusentor, wo alle Besucher sich ausweisen mussten, um entweder schnell in oder vor das Auto meines Bruders zu springen.

„Hey, warte mal! Babe! Aly!", rief er immer lauter hinter mir.

Aber oh nein, mein Herr. Ich war mir nicht zu schade zu rennen. Das war mit Abstand der demütigendste Abend meines Lebens. Aber hey, es war nicht mal Mitternacht, vielleicht kam ja noch was.

Eine Hand packte mich grob an der Schulter und ich wurde mit dem Rücken gegen eine harte Brust gezogen.

„Verfickt, warst du im Leichtathletikteam, oder was? Halt verdammt noch mal still", rief er und schon wieder befand ich mich innerhalb von fünf Minuten im Fanggriff eines Mannes. Ich roch sein Rasierwasser, das Raucharoma des Lagerfeuers und Leder. „Wirst du jetzt stehenbleiben?“, fragte er.

Ich nickte, unfähig den Worten, die aus meinem Mund kommen würden, zu trauen. Zufrieden mit meiner Reaktion ließ er meine Schultern los. Ich drehte mich zu ihm, zwang mich, ihn trotz meiner feuerroten Wangen anzusehen.

„Hat er dir wehgetan?“, fragte er und strich mir eine blonde Locke aus dem Gesicht.

Jesusmaria. Die Berührung jagte Schockwellen durch meinen Körper. Nächster Halt: Höschen!

„Alles okay, Gabe. Mein Bruder ist gleich da.“

„Ich fahre dich“, kommentierte er, ohne die Miene zu verziehen. „Ich hatte nur zwei Bier. Komm.“

Er zog mich mit sich zu seinem Motorrad. Unfähig eine weitere Diskussion mit ihm loszutreten, schickte ich Mike eine kurze Nachricht, die er hoffentlich bekam, bevor er losfuhr und fing den Helm auf, den Gabe mir zuwarf. „Trägst du keinen?“, fragte ich, als er sein Bein über den Sitz legte.

„Steig auf, Alyson.“

„So herrisch“, maulte ich und stieg auf den Sozius.

„Du kannst es vertragen. Halt dich gut fest, ich beiße nicht.“

Aber ich, dachte ich und war froh, dass er mein rotes Gesicht nicht sehen konnte. Zwanzig Minuten später hielten wir vor meinem Zuhause und ich stieg mit wackeligen Beinen von seinem Bike. Der Fahrtwind hatte gutgetan, doch ich spürte den Restalkohol jetzt deutlicher denn je. Ich war drauf und dran, die peinliche Stille mit noch peinlicheren Fragen zu durchbrechen, als Gabe mir die Entscheidung abnahm und den Seitenständer seines Motorrads herunterkickte. Okay, anscheinend kam er noch mit rein. Ich benahm mich möglichst lässig, auch wenn sich meine Mitte schmerzhaft zusammenzog und ich mir nichts sehnlicher wünschte, als dass er mich endlich küsste. Mein Blick hing wie eine Ertrinkende an seinen Lippen, als könnten nur sie mich retten. Ich führte ihn ins Wohnzimmer, knipste das Licht in der Küche an und fragte, ob er ein Bier wolle. Tatsächlich könnte ich den Mutmacher gebrauchen, wenn mein Kopf auch immer noch schwindelig war vom Wodka.

Er hatte es sich auf der Couch bequem gemacht, einen Fuß lässig auf dem Knie abgelegt. Zum Dahinschmelzen. Dann nahm er mir das Bier ab und klopfte auf den Platz neben sich.

„Baby, setz dich. Sprich mit mir."

Wieso war er so lieb? Und ich so wortkarg. Ich war im Debattierclub gewesen, verdammt.

Ich tat, wie mir geheißen und fühlte mich in meinem eigenen Zuhause wie eine Fremde. Sein leises Lachen neben mir trug absolut nicht zu meiner Entspannung bei, stattdessen feuerte es die brodelnde Leidenschaft in mir noch mehr an. Ich hatte es so satt zu warten, bis die Menschen die Dinge taten, die ich mir erhoffte. Also beschloss ich nachzuhelfen. Ich drehte mich zu ihm, wissend, dass sein Blick die ganze Zeit auf mir geruht hatte, beugte mich ihm, ohne weiter nachzudenken, entgegen und küsste ihn. Erst sah ich Überraschung in seinen tiefblauen Augen. Dann weiteten sich seine Pupillen und Lust schwängerte seinen Blick. Er stellte das Bier ab, zog mich in einer geschmeidigen Bewegung auf seinen Schoß, schob eine Hand in meinen Nacken und die andere in die Jeanstasche an meinem Hintern. Ich öffnete meinen Mund, bot ihm Einlass, den er ohne zu zögern wahrnahm. Seine warme, fordernde Zunge rieb sich an meiner, erkundete meinen Mund, fuhr meine Unterlippe entlang und seine Zähne bissen sanft, dann fester in dieselbe Stelle.

„Fuck, Aly", stöhnte er in meinen Mund.

Ich fühlte seine Erregung, die sich an meine Pussy

presste und ich begann, mich mit kreisenden Bewegungen an ihm zu reiben. Das zerstörte offenbar den letzten Rest seiner Zurückhaltung, als er mit mir aufstand, „Schlafzimmer“ murmelte und ich ihn zwischen Küssen die Treppe hoch und den Flur entlanglotste.

Noch bevor ich auf meinem Bett landete, flogen mein Hemd und mein Top auf den Boden, während ich sein langärmliges Shirt über seinen Kopf zerrte. Wie wild gingen wir aufeinander los, zerrten an unseren Klamotten, Schuhen, zwischen Küssen, Bissen und Stöhnen. Ich war noch nie in meinem Leben derart süchtig nach der Berührung eines anderen Menschen gewesen wie in diesem Moment. Er legte mich auf den Rücken, packte meine Beine und zog mich mit einem Ruck zu sich. Ich keuchte erschrocken auf und mit einem wölfischen Grinsen zog er seine Zunge durch meine pulsierende Pussy. Mir blieb kaum Zeit, die sensationelle Gefühlsachterbahn in meinem Kopf zu durchdenken, als er sich mit geübten Griffen, Zungen- und Fingerbewegungen über mein Geschlecht hermachte.

„So nass, Baby“, stöhnte er und schob einen zweiten Finger in mich.

Wie sagte man jemandem in diesem Moment, dass man noch Jungfrau war? Gab es da einen Kodex, an den man sich halten konnte? Hatte er es gefühlt?

„Gabe, ich …“

Er brachte mich mit einem innigen Kuss zum Schweigen, der mich jeden klaren Gedankens beraubte.

Saint

Neunzehn Jahre alt

Sie hatte den süßesten Mund, den ich seit Langem mit meinen Lippen kosten durfte. Den ganzen Abend, ach verflucht, die ganzen letzten Monate hatte ich mit mir gekämpft, gehadert und gerungen, sie mir zu nehmen. Alle Für und Wider abgewogen und immer einen Rückzieher gemacht. Sie war zu jung, das allem voran. Jetzt noch, mit ihren süßen siebzehn Jahren, doch ich konnte nicht mehr, mein Widerstand war aufgebraucht.

Als mich die Clubschlampe angeflirtet hatte, hatte sich seit langer Zeit ausnahmsweise nichts in meiner Hose geregt. Ich hätte sie mir nehmen können, wenn ich gewollt hätte, doch mein Schwanz sehnte sich hiernach. Nach dieser süßen, tropfnassen engen Pussy von Alyson. Dieses freche Mundwerk, der widerspenstige Lockenkopf und die aufgeweckten blauen Augen waren eine teuflische Mischung.

Ich ging keine Beziehungen ein, niemals. Ich wollte mich nichts und niemandem verpflichten, erst meinen Platz im Club finden, mich austoben. Doch wenn ich ehrlich zu mir selbst war, hatte ich das schon seit Jahren zur Genüge getan. Und es war langweilig geworden. Alyson forderte mich heraus. Sie war weder billig noch drängte sie sich mir auf. Sie agierte subtil. Keck, intelligent und in ihr loderte ein Feuer, das ich anfachen wollte. Ich küsste einen Pfad über ihr Schlüsselbein, umrundete ihre pinken Nippel, die sich freudig aufstellten und ließ meine Hand ihre Kurven entlangfahren, über ihre Rippen, ihre Hüften, bis hin zu ihrer süßen Klit. Die, wie ich vorhin mit meiner Zunge ertasten konnte, ein kleines Geheimnis trug in Form eines Barbellpiercings. Wer hätte das gedacht. Ich grinste vor mich hin, tastete nach meiner Jeans, beförderte ein Kondom heraus und streifte es mir beiläufig über. Ihre blauen Augen leuchteten wie ein verdammtes Seefeuer und ich packte mich fest am Schaft, um nicht zu kommen, bevor ich in der köstlichen Wärme ihrer Pussy versinken konnte.

Ich positionierte mich an ihrem Eingang, nahm ihr Mundwerk in Besitz und schob mich langsam in sie. Gott, sie war so verfickt eng, sie … Moment mal. Ich hielt inne und verfiel in eine Schockstarre.

Nein, nein, nein.

Ihre Augen wurden groß, als ich mich nicht rührte und Erkennen blitzte in ihrem Gesicht auf. „Fuck", stöhnte ich und wollte mich zurückziehen, so sehr mir das blaue Eier verursachen würde, doch sie hielt mich auf und zog mich fordernd zu sich runter.

„Bitte, Gabe, bitte. Ich will, dass du es bist."

Leck mich am Arsch. Ich hatte mir bis zu diesem Zeitpunkt keine großartigen Gedanken gemacht, wie ich das mit ihr handhaben wollte. Sie sollte nicht nur eine weitere Kerbe in meinem Bettpfosten werden, aber das erste Mal? Mit einem Kerl wie mir? Ich glaubte nicht, dass das etwas war, das mir oblag. Ihr Duft stieg mir in die Nase. Süß, unschuldig, erregt.

„Ich sollte das nicht tun", murmelte ich mehr zu mir selbst als zu ihr. Ich wollte sie, mehr als alles andere, seit Langem. Doch, was dann? Sie spannte ihre Muskeln an, umschlang meinen Schwanz und ich schloss die Augen.

Fuck. Fuck, fuck, fuck, fuck.

Ich nahm ihren Mund mit einem gierigen Kuss, massierte ihren Nippel und ließ meine Hand zu ihrer Klit gleiten, umkreiste diese und übte Druck auf sie aus, bis ich spürte, wie Alyson sich unter mir anspannte.

„Entspann dich, Baby", flüsterte ich an ihr Ohr und schob mich weiter, bis ich die Barriere spüren konnte. Ich hob sie über die Klippe ihres Orgasmus, fasziniert, wie sie vor mir zerbrach und sich neu zusammensetzte, stieß zu und ließ sie die schmerzvolle Lustwelle reiten. Langsam und so vorsichtig wie möglich begann ich mich zu bewegen und zog sie mit in meinen Sog aus Lust und Verlangen. Ich verlor mich in ihr, wisperte ihr die süßesten Sachen ins Ohr, die ich noch keiner Frau jemals gesagt hatte und dieser wilde kleine Dieb stahl mir in diesen Augenblicken an diesem Abend mein verdammtes Herz.

Sie hatte mir ihre Jungfräulichkeit geschenkt und dem primitiven Höhlenmensch in mir gefiel das mehr, als es sollte. Ich konnte ihr nichts bieten, nicht das, was ihr gerecht würde, und doch nahm ich es mir trotzdem.

Zum ersten Mal seit einer Ewigkeit hatte ich mich nicht im Schutz der Nacht davongeschlichen. Ich hatte ehrlich gesagt kein Auge zugemacht, sondern Aly beim Schlafen beobachtet. Das regelmäßige Heben und Senken ihres Brustkorbes, ihre leisen Seufzer und wie sie sich perfekt an meine Seite kuschelte. Ich war so ein egoistischer Dreckskerl, dass ich mir wünschte, diese Nacht würde ewig dauern. Doch erbarmungslos schlich sich das Dämmerlicht durch die Jalousien. Langsam stieg ich aus dem Bett, ohne sie zu wecken und zog mich leise an. Ich konnte keinen Zettel oder Stift finden, also knüpfte ich das schwarze Bandana auf, das an meinen Gürtel geknotet war und legte es ihr in die Hand. Ich nahm an, sie würde es verstehen. Ich küsste sie auf den Kopf und ließ sie selig weiterschlafen.

Jeder Zentimeter ihres zierlichen, wunderschönen Körpers hatte sich fest in mein Hirn gebrannt und ich wusste, dass ich damit mein Schicksal besiegelt hatte. Ich wollte sie an meiner Seite. Ich wusste nur nicht wie. Und ich hatte keine Ahnung, wie sehr uns das Schicksal dazwischenfunken würde.

Alyson

Das Sonnenlicht im Gesicht weckte mich. Die Erinnerungen an die letzte Nacht krochen durch die Nebelschwaden meines Verstandes. Ich rieb mir die Augen und schreckte überrascht hoch, als ich das Bandanatuch in meiner Hand entdeckte. Ich sah mich hektisch um.

Okay, es war also kein Traum gewesen. Das leicht wunde Gefühl zwischen meinen Beinen bestätigte meinen Verdacht zusätzlich. Doch Gabriel war nicht da. Das Laken roch nach seinem Rasierwasser, genau wie das Bandana, doch ich war allein.

Es dauerte eine ganze Weile, bis ich Gabe wiedersah. Ich war vollkommen eingespannt mit Abschlussprüfungen und vor der Sommerpause hatte sich keine weitere Party im Club ergeben. Daneel und ich lernten wie die Wilden. Doch die gemeinsame Nacht mit Gabe konnte ich nicht vergessen oder ihr davon erzählen. Zu peinlich sein heimlicher Abgang. Dachte er noch an mich? Oder war er schon bei der Nächsten? Ich wollte mich nicht verrückt machen, doch es ließ mich nicht los. Vier Wochen später, auf einer Party bei Mercys Dad zu Hause, konnte ich meine Theorien auf Herz und Nieren testen. *Best of You* von den Foo Fighters drang aus den Boxen und der Garten war voller Biker und ihrer Familien. Es dauerte nicht lange, bis ich die Walker-Brüder ausmachen konnte, da sie die meisten Menschen um gut einen Kopf überragten. Die Freude, die in seinen Augen aufblitzte, als er mich entdeckte, ließ mich hoffen. Als ich später die Gästetoilette aufsuchen wollte, wurde ich in eine offen stehende Tür gezerrt, wo er meinen Mund mit einem stürmischen, besitzergreifenden Kuss eroberte.

„Gott, wie ich diesen Mund vermisst habe“, stöhnte er in mein Ohr und schob seine Hand in meine Jeans.

Ich war völlig machtlos gegen ihn. Mein Körper wollte ihn, alles an ihm. Ich ergab mich seinen Liebkosungen, seinen Küssen, presste unsere Hüften aneinander. Er drückte mich an seine Zimmertür, riss mir praktisch die Jeans runter, doch bevor er weiterkam, rutschte ich in einer geschmeidigen Bewegung auf die Knie und machte mich an seiner Gürtelschnalle zu schaffen.

„Verdammt, Baby."

Ich befreite seinen prachtvollen Schwanz, erbebte vor Verlangen, als er in meiner Hand zuckte und gefühlt noch größer wurde. Zunächst zögerlich nahm ich ihn in die Hand, leckte den salzigen Schlitz und schob ihn dann so weit es ging in meinen Mund. Seine Hand fand meine Haare, packte zu und hielt mich in Position, als er einen Rhythmus fand. Ich würgte leicht, doch versuchte ihn noch tiefer aufzunehmen, stabilisierte mich an seinen muskulösen Schenkeln. Ich war tropfnass für ihn und als ich seine Erregung schmeckte, zog er sich aus mir zurück, riss mich nach oben und machte sich an einem Folienpäckchen zu schaffen. Er hob mich hoch und stieß in einer kraftvollen Bewegung in mich. Wir stöhnten beide auf, als er mich weit dehnte und es verging ein langer Augenblick, in dem er sich nicht rührte und sichtlich um Beherrschung rang.

„Ich will mich bewegen, Süße", flüsterte er heiser in mein Ohr und ich spannte meine inneren Muskeln an. „Vorsicht", grollte er und begann sich zu bewegen.

Und bewegen konnte er sich. Zwei Minuten später flog ich mit seinem Namen auf den Lippen über die Klippe und er verlängerte meinen Höhenflug, bis es beinahe schmerzte, in einen zweiten, bevor er tief in mir kam.

Wir sprachen danach kaum ein Wort, ordneten unsere Klamotten, während er das Kondom im Müll entsorgte. Die Anspannung im Raum konnte man mit einem Messer schneiden. Ob es ihn auch so erschreckt hatte, wie gut wir miteinander funktionierten? Aufeinander reagierten, als sollte es einfach immer so zwischen uns sein. Ich versuchte, das Rauschen in meinen Ohren zu ignorieren, das Glühen meiner Wangen. Jeder würde wissen, was wir getan hatten und es könnte mir nicht egaler sein. Ich wollte ihn unglaublich. Mich verlangte es nach seinen Berührungen und darüber hinaus sehnte ich mich danach, den Mann dahinter kennenzulernen. Ich erhaschte einen Blick auf seine beachtliche Filmsammlung, seine Gitarre in der Ecke des Zimmers. Er strich mir eine Strähne aus dem Gesicht, zupfte an meinem Haarband, dem schwarzen Bandanatuch, das er mir hinterlassen hatte, und seine Lippen verzogen sich zu einem süffisanten Grinsen. Er küsste meine Stirn und ging ohne ein weiteres Wort hinaus.

Und ich war keinen Schritt weiter, das Rätsel Gabriel Walker zu lösen.

So lief es immer ab, wenn wir uns sahen. Wir verbrachten sogar den ein oder anderen Filmabend zusammen, doch auch diese endeten in Sex, und nicht mehr. Ich konnte den Mann nicht lesen.

Einmal legte er abends den Kopf auf meinen Schoß und ich fuhr ihm durch die Haare, bis sein Atem gleichmäßig wurde und er tatsächlich eingeschlafen war. Ich konnte noch Tage danach sein dichtes Haar in meinen Fingern spüren, die zarte Haut an seinem Ohr, den kratzigen Bart und das Tattoo am Hals, das ich mit den Fingern nachgefahren war.

Nach Abenden wie diesem folgte Funkstille, oder wochenlanges Nachrichten schreiben, doch der finale Schritt zu einer Art Bekenntnis zueinander folgte nicht. Waren wir exklusiv zusammen? Teilte ich ihn unwissentlich mit den Clubhuren? Und doch beschlich mich immer wieder das Gefühl, dass er mehr wollte, es jedoch nicht sagen wollte. Oder konnte.

Wir trieben das Spiel eine Weile so. Wenn wir uns sahen, waren wir unzertrennlich. Es war nicht bloß reiner

Sex, es waren nächtelange Gespräche, lange Filmabende oder wenn es nicht anders ging, endlose Telefonate, vor allem wenn er mit seinen Brothers auf einer Tour war.

Und dann, zwei Jahre später, zerplatzte alles, was ich mir an Träumen ausgemalt hatte. Ich hatte mich mit ihm verabredet, doch der Club war in einen Lockdown gegangen und damit auch unsere Pläne zunichte, ein Wochenende in die Hütte seines Vaters in den Bergen zu fahren. Niemand kam ins Clubhaus rein oder raus ohne Anordnung und die Sache war ernst, wie Daneel mir mitgeteilt hatte, bevor sie hinter Stacheldraht und Betonmauern verschwunden war.

Das Abendessen mit meinen Eltern war erdrückend. Sie hatten die Liaison mit Gabe mitbekommen, spätestens nachdem Mike, das Tratschweib, ihnen ihre Vermutungen bestätigt hatte. Die ‚Wir wollen doch nur das Beste für dich'-Ansprache folgte natürlich auf dem Fuße, ebenso wie mein Rückzug ins Land des Schweigens. Ich konnte nichts benennen, was ich selbst nicht verstand. Was ich wusste, war, dass etwas vor sich ging. Etwas Schlimmes. Bullet, der älteste der Walkerbrüder, war vor ein paar Wochen ermordet worden und es war, als hätte man einen Stock in ein Wespennest gestochen. Alles veränderte sich. Die Dynamik zwischen den Brüdern, zwischen den anderen Clubmitgliedern. Zwischen mir und Daneel. Mercy war der neue Präsident und seine Beziehung zu Daneel hatte sich merklich abgekühlt. Alle hüllten sich in Schweigen.

Ich ging auf mein Zimmer, setzte Kopfhörer auf und ertränkte meine Stimmung in einem reingeschmuggelten Flachmann mit Fireball, dieser verdammte Fireball, und hörte *I Dont Love You* von My Chemical Romance.

Zwei Wochen später nahm das Schicksal einen Vorschlaghammer und zertrümmerte den Rest meines Hoffnungsschlosses, als meine beste Freundin bei Nacht und Nebel aus Seattle floh. Nach Atlanta, ans andere Ende des Landes. Ihre verheulte Nachricht auf meiner Mailbox hatte ich mir etwa zweihundert Mal angehört, auch dass sie erst einmal nicht erreichbar sei. Zwei Tage später stand Mercy vor meiner Tür und verlangte Auskunft, doch ich war loyal. Ich wusste inzwischen, was er getan hatte und knallte ihm die Tür vor der Nase zu. Als ich an diesem Tag aus lauter Verzweiflung das *Wyrm* aufsuchte, einfach um nicht allein daheim abzuhängen, und Gabe mit einer halb verhungerten Blondine im Arm sah, die ihn mit Küssen vollschlabberte, hatte ich das erste Mal eine echte Migräne.

Mein Handy stand nicht mehr still, Gabe flutete meinen Posteingang mit Nachrichten. Meine Eltern hinterfragten es nicht, als ich nach Hause kam, meine Tasche packte und ihnen den Brief mit dem Stipendium für die Universität Portland auf den Tisch knallte. Mein Bruder Carter fuhr mich am nächsten Tag hin, wir schwiegen den ganzen Weg. Als wir aus der Straße meines Elternhauses bogen, kam uns eine schwarze Harley entgegen. Gabe. Doch es war zu spät. Ich war weg. Wir waren kein Paar gewesen, nicht mal annähernd, ich hatte kein Recht, sauer zu sein. Das war ich auch nicht, nur enttäuscht.

„Ruf mich an, Aly", rief Carter mir zu, als ich meine Tasche nahm und so schnell es ging zu dem Studentenwohnheim eilte.

Ich sah nicht zurück, es dauerte das ganze Semester, bis ich wieder mit meiner Familie sprach. Bis ich aufhörte, sie für etwas zu bestrafen, wovor sie mich einfach nur hatten warnen wollen, nämlich, dass man sich niemals mit einem Walker einlassen sollte.

Kapitel 4

Alyson

Zwanzig Jahre alt

Ich saß in meinem Zimmer im Studentenwohnheim. Portland, Oregon war seit einiger Zeit mein neues Zuhause. Nichts hielt mich in Seattle. Meine Eltern waren komplett in ihrem Geschäft eingespannt, meine Brüder kletterten die Karriereleiter in der Army nach oben und meine beste Freundin war nach der Shitshow, die ihr Exfreund Mercy abgezogen hatte, auf und davon nach Atlanta. Ich vermisste sie schrecklich. Wir telefonierten beinahe täglich, seit sie eine neue Nummer hatte. Die Anrufe aus Seattle waren abgeebbt, nachdem die Wolves begriffen hatten, dass ich nichts über Daneels Aufenthaltsort sagen würde. Ihre Tante Mags hatte mich an meinem ersten Abend hier angerufen und mir ihre Loyalität zugesichert und ich tat im Gegenzug das Gleiche. Wir Frauen waren alles, was uns noch geblieben war.

The Gaslight Anthems *"45"* lief aus meiner Bluetoothanlage und ich ließ mich aufs Bett zurückfallen. Ich hatte mich in den Hauptfächern Sozialpädagogik und Psychologie eingeschrieben, mit Schwerpunkt auf Kindern und Jugendlichen. Es war ein Herzensthema, eins, das mir das Gefühl gab, etwas verändern zu können. Licht ins Dunkel zu bringen, auch wenn alles, was ich derzeit fühlte, Dunkelheit war.

Mein altes Leben lag in Scherben vor mir und ich hatte mit dem Kappen aller sozialen Kontakte, bis auf Daneel und Mags, vor, mich neu zusammenzusetzen. Hier kannte mich niemand.

Ich tat es Daneel gleich. Sie litt, ich konnte es praktisch körperlich fühlen. Jeder, der sie und Mercy zusammen erlebt hatte, war geschockt gewesen. Am Telefon gab sie sich stark, doch ich wusste, was dahintersteckte. Mein größter Respekt galt Sam, oder Reaper, wie er nun genannt wurde. Er hatte sie unterstützt wie niemand sonst. Wer hätte gedacht, dass hinter dem Eigenbrötler so eine gute Seele steckte. Doch ich hatte immer das Gefühl gehabt, dass Daneels helles Licht auch seine dunkle Seele erhellt hatte.

Als ich meine Mitbewohnerin April durch die Tür kommen hörte, schwang ich die Beine aus dem Bett.

„Alyson?“, rief sie und ich sah sie an.

April war Medizinstudentin und wir hatten uns Gott sei Dank auf Anhieb gut verstanden. Sie war aus Idaho hierhergezogen, so hatten wir den Verlust der Heimat gemein. Sie wedelte mit einem Flyer vor meiner Nase herum und ich griff neugierig danach.

„Was ist das?“

„Eine Party. Dieses Wochenende finden mal wieder ein Haufen Partys statt. Stell dir vor, bei den Verbindungshäusern kriegen wir vielleicht Alkohol ab“, rief sie und zwinkerte mir zu.

Äh, ja. Die Vorteile, in einem Motorradclub aufzuwachsen, waren definitiv, dass man seine Leber vor Vollendung des einundzwanzigsten Lebensjahres bereits konserviert hatte.

„Cool“, sagte ich stattdessen und spielte Euphorie vor. Ich bezweifelte, dass die Partys an die im Club heranreichen würden, aber das wollte ich auch nicht. Ich wollte ein neues weißes Blatt. Eine neue Geschichte. Und die bekam ich auch.

Die Party fand etwas abseits unseres Campus statt. Das Haus der Kappa Delta Verbindung stand am äußersten Rand des Universitätsgeländes. Es war ein uraltes, zweistöckiges Herrenhaus, mit ausladender Frontterrasse und weißen Säulen, die bis zum ersten Stock reichten.

Rockmusik dröhnte aus einer Anlage und April hakte sich bei mir ein, während wir auf unseren hohen Absätzen auf das Haus zugingen. Ich hatte etwas Gewagteres gewählt als für mich üblich. Eine knallenge schwarze Lederhose, mit einem fast durchsichtigen schwarzen Mesh-Oberteil, dazu tödlich hohe Stiefel. Einzig das Bandana in meinem Haar erinnerte mich an mein altes Leben. Egal wie, dieses Accessoire konnte ich nicht ablegen.

Das Haus war bis zum Dach voll, die Menschen tanzten wie die Ölsardinen und ich fühlte mich für einen Augenblick wie eine echte Collegestudentin, noch bevor die neuen Kurse richtig begonnen hatten.

„Ladys", begrüßte uns ein Typ mit einer Taucherbrille auf dem Kopf und einem starken Texasdialekt. „Das Bierfass steht hinten, härterer Stoff ist in der Bibliothek. Versucht nicht zu kotzen und hier sind ein paar Kondome."

Er hielt uns ein Tablett hin und ohne weiter nachzudenken, griffen wir zu. Er war offenbar ein Anwärter für die Verbindung, zumindest war das zu vermuten, da er außer einer Hausmädchenschürze nichts weiter trug. Wir kicherten und ich stopfte die Kondome in die kleine Handtasche, die ich dabeihatte.

April gesellte sich zu ihren Medizinkollegen, während ich meine Runde drehte. Das Bier schmeckte wie Ohrenschmalz, also steuerte ich die Bibliothek an und betrachtete auf einem alten Holzregal mit uralten Ausgaben der Encyclopedia Britannica die Auswahl an Drinks. Einige Wodka-Sorten, Fireball Whisky, *würg,* und Scotch. Ich griff nach dem einsamen, halbleeren Gin und mixte mir einen Gin Tonic, als eine tiefe Stimme mich ansprach.

„Gute Wahl. Wusstest du, dass britische Kolonialtruppen früher in Indiens Sümpfen in Soda gelöstes Chinin getrunken haben, um Malaria vorzubeugen?"

Ich drehte mich zu dem Mann um, dem die Stimme, die wie Samt über mein Trommelfell glitt, gehörte.

Er war gut zwei Köpfe größer als ich, *nicht größer als Gabe*, wisperte eine Stimme, die ich am liebsten mit einem

Schht-Laut zum Schweigen gebracht hätte. Dunkle braune Augen, die hier im Dämmerlicht fast schwarz wirkten, fixierten mich. Die schwarzen Haare zu einem perfekten Scheitel geteilt, kein Haar lag da, wo es nicht sollte. Das Gesicht glatt rasiert, doch man konnte den Fünf-Uhr-Bartschatten bereits erahnen. Ein kantiger Kiefer und dichte Brauen, kleine Lachfältchen an den Augen, als er bemerkte, wie ich ihn sichtlich abcheckte. Es gefiel ihm. Und er gefiel mir. Er war irgendwie anders.

„Ich merke es mir, wenn ich das nächste Mal ein Land kolonialisiere", bemerkte ich und er lachte auf. Ein lautes, ungefiltertes Lachen. Er hielt mir ein Whiskyglas mit einer dunkelbraunen, fast rötlichen Flüssigkeit zum Anstoßen hin.

„Darauf trinken wir", sagte er, zwinkerte mir zu und beugte sich vor. „Wie heißt du, schöne Frau?"

Sein warmer Atem an meinem Ohr verursachte mir eine Gänsehaut und mir schoss die Hitze der Erregung direkt zwischen die Beine. Herr im Himmel, der Kerl hatte eine Aura, die man praktisch anfassen konnte.

„Alyson."

„Erstsemester?"

„Nein. Es ist mein zweites Jahr hier. Wie ist dein Name?"

„Vittorio DeLuca. Aber eigentlich nennen mich alle Vitto."

Er lächelte mich an und ich ihn. Die Anziehung konnten wir nicht leugnen und ich nippte an meinem Gin Tonic, verwundert, wie schnell das Universum gehört hatte, dass ich Gabriel Walker vergessen wollte. Doch manchmal sollte man vorsichtig sein, was man sich wünscht.

Damals, als ich mich nach dem restlichen Gin bei ihm einhakte und wir lachend ins Freie stolperten, umhüllt von seinem sinnlich-frischen Rasierwasser, seine einst penibel gebundene Krawatte locker um seinen Hals mit dem prominenten Adamsapfel, und er sich einen ersten zögerlichen Kuss stahl, ahnte ich nichts. Nicht, dass er mir noch viel mehr als das stehlen würde. Meine Würde. Meine Hoffnung.

Meine Freiheit.

Mein Kind.

Kapitel 5

Saint

Sechsundzwanzig Jahre alt

Ich stieß die Tür zum Clubhaus auf und nahm theatralisch einen tiefen Atemzug.

„Lüftet ihr hier nie, ihr Pussys?“, rief ich laut und erntete eine Kanonade an Lachern.

„Saint!“, rief Hotshots, der Vize des Portland Chapters und kam lachend auf mich zu. Wir begrüßten uns mit Handschlag und ich zog ihn in eine kurze Umarmung. „Gut, dich zu sehen, Mann“, sagte er.

Ich griff nach meinen Zigaretten und ging ihm nach. *Sound of Silence* von Bobaflex schallte durch die Boxen. Portland war Seattle nicht unähnlich. Hier befand sich das Chapter ebenfalls auf einem irrsinnig großen Gelände, in unmittelbarer Nähe des Campus der Universität.

„Wo ist Red?“, fragte Hotshots über seine Schulter, als wir das Büro von Knuckles, dem hiesigen Präsidenten, ansteuerten.

„Draußen, flirtet eine eurer Damen in Grund und Boden.“

„Ha, oh Scheiße. Der Schotte hat Charme?“

„Tonnenweise“, sagte ich grinsend und ließ meine Halswirbel knacken. Wir kamen von einer Tour aus San Diego wieder, erfolgreich, wie ich betonen mochte und bevor wir die finale Heimreise antraten, sollten wir auf Mercys Geheiß hier nach dem Rechten sehen. Oregon war eine unserer Schnittstellen, da es hier mitunter am ruhigsten war. Kaum Polizeiauffälligkeiten bis auf ein paar Schlägereien. Daher besaß der Black Wolves Motorradclub hier viele legale Geschäfte, darunter einige Restaurants. Auch wenn das in der Vergangenheit schon zu Komplikationen mit der Mafia geführt hatte. Doch Mercy verstand sich aus unerfindlichen Gründen gut mit dem alten Don.

Hotshots klopfte kurz zweimal und wir betraten das Büro des Präsidenten. Schultern wurden geklopft, männliche Sprüche ausgetauscht und der gute Scotch aus der Schublade gekramt. Zwei Stunden später stieß ich zu Red und wir beschlossen, die Nacht hier zu verbringen. Mein Arsch war praktisch taub, und auch wenn wir nur noch knapp drei Stunden vor uns hatten, war ich erledigt.

Ein gemütliches Bier unter Brüdern, ein gut ausgeführter Blowjob von der Brünetten an der Theke, die mich seit meinem Betreten mit Blicken fickte, und ich konnte als glücklicher Mann bewusstlos in die Federn fallen.

Was ich auch tat.

Bis die Hölle losbrach. Ich lag etwa eine Stunde bäuchlings auf dem Bett in dem Gästezimmer des Clubs, als die Tür aufflog und Red in Boxers hereingerannt kam.

„Wach auf, Mann, es gibt Ärger!“, rief er, sein schottischer Dialekt schlaf- und betrunken noch schlimmer als sonst. Wir waren auf sowas gedrillt, also stolperte ich automatisch aus dem Bett und in meine Klamotten, lud meine Glock nach und folgte ihm barfuß, die Chucks unter den Arm geklemmt.

„Was ist passiert? Razzia?“, fragte ich Knuckles, der im Vorraum auf uns wartete. Er verstaute ein Bowiemesser in seinem Schuhholster und steckte seine Waffe hinten in die Jeans.

„Collegeparty im Verbindungshaus. Paar meiner Prospects waren da. Irgendein Wichser hat eine Schlägerei mit unseren Jungs angefangen.“

Red und ich nickten. Was solche Dinge betraf, herrschten im Club Regeln, musketiermäßig. Zu zehnt joggten wir die halbe Meile bis zum Verbindungshaus. Ein Wunder, dass noch keine Cops da waren. Eine größere Menge Studenten hatte sich vor dem alten Herrenhaus versammelt. Einige deuteten nur stumm ins Innere, sie wussten wohl, weshalb eine Truppe grimmig schauender Biker aufgetaucht war. Das Erste, was mir entgegenschlug, waren Frauenschreie. Was zur Hölle?

Ein Prospect erwartete uns und wir schlossen uns zu einer großen Rotte zusammen.

„Er hat sich in der Bibliothek eingeschlossen, wir kriegen diese verfickte Tür nicht auf", klagte er und ich verzog das Gesicht bei der Gottmutter eines Veilchens, das sein linkes Auge wie ein schwarzes Loch verschluckte.

Die Frauenschreie wurden immer lauter, wir waren nah dran. Knuckles nickte mir kurz zu und ohne zu zögern schoss ich auf das Türschloss. Das Schreien gewann an Intensität, ein dumpfes Grunzen bestätigte meine Vermutung, dass dieser ominöse Kerl da drin nicht allein war und ich einen seiner Gorillas mit meiner Kugel getroffen hatte.

Red trat beherzt den Rest der Tür ein, stiefelte über einen angeschossenen, sich krümmenden Körper und ich war einen Atemzug hinter ihm.

„Fuck", stieß er hervor, holte mit seinem langen Bein aus und trat dem Kerl, der über der Frau kniete, mit einer derartigen Wucht gegen den Kiefer, dass wir alle das Krachen hörten.

Besagter Wichser flog gut einen Meter, bevor sein Arsch Bodenkontakt hatte und getrieben von Adrenalin waren das Nächste, was er spürte, meine Fäuste. Was für ein kranker Bastard schlug eine Frau zusammen? Doch ich beschloss, ihn später zu fragen, sollte er das noch beantworten können.

Ich befand ihn vorerst für bestraft, da er ohnmächtig und fünf Zentimeter kleiner war. Knuckles und Hotshots knieten mit zwei Prospects bei der Frau. Eine weitere lag weiter hinten auf der Couch, bewusstlos und grün und blau geschlagen. Ich ballte meine Fäuste, wodurch die Risse auf meinen Knöcheln noch weiter aufplatzten.

„Wisst ihr, wer die Frauen sind?", fragte ich und trat

neben Knuckles. Ein Blick auf die Frau auf dem Boden und meine Knie gaben nach. Ich keuchte auf. Dort lag Alyson.

Ich stieß Hotshots weg und griff so vorsichtig und energisch nach ihr, wie ich konnte. Ihr Gesicht war komplett blutverschmiert dank einer grässlichen Platzwunde über ihrer Schläfe. Doch ihre Haare und dieses verdammte Bandana würde ich überall erkennen.

„Gabe“, stöhnte sie kaum hörbar.

Ich hörte mich selbst wie durch eine Nebelwand nach einem Krankenwagen rufen, doch den hatte schon jemand alarmiert. Die Sanis mussten mich praktisch von ihr weg boxen. Infusionen wurden gelegt, man schnallte sie fest und weg war sie. Als hätte jemand die Vorspultaste betätigt, konnte ich nur regungslos mit ansehen, was mit ihr geschah. Mein Herz und mein Innerstes waren ein einziges Vakuum.

Ich saß noch minutenlang genau an der Stelle, wo sie gelegen hatte, ihr Blut auf meinem T-Shirt und mehr Fragen in meinem Kopf, als man in einem Leben beantworten konnte.

Als es dämmerte, saßen Red und ich im Wartezimmer des Krankenhauses. Knuckles hatte Verbindungen und sie würden mich zu ihr lassen, sobald sie wach war. Eine Schwester steckte ihren Kopf in den abgetrennten Wartebereich und rief meinen Namen. Wie ferngesteuert folgte ich ihr und als sie mich bei Aly am Bett abgestellt hatte, zog sie diskret den Vorhang hinter sich zu. Alyson sah so klein aus in diesem Bett. So winzig. Ihre Platzwunde war genäht worden, alle anderen Verletzungen lagen nicht in meinem Sichtfeld. Ich widerstand dem Drang, den Kerl noch mal zu Brei zu treten. Ich hatte nicht einmal gefragt, ob er noch lebte.

Aly öffnete die Augen, obwohl ich vermutete, dass sie schon eine Weile wach war. Ihre blauen, mandelförmigen

Augen suchten meinen Blick, nur um beschämt wegzusehen. Ich zog mir einen Stuhl ans Bett und setzte mich so nah zu ihr, wie es ging, ohne die Maschinerie hinter ihr abzumontieren.

„Baby", begann ich und sie verzog das Gesicht. „Wie konnte das passieren? Wer ist der Kerl? Wie geht es dir?" Ich schalt mich für die letzte Frage. *Idiot, sie liegt in einem Krankenhausbett! Wie geht es ihr wohl?*

„Geh bitte."

Bitte?

„Was?"

„Ich will, dass du gehst, Gabriel."

„Das ist nicht dein Ernst, oder? Der Kerl hätte dich fast totgeschlagen."

Sie drehte ihren Kopf dem Fenster zu, weg von mir. Ich hatte hier etwas Grundlegendes verpasst. Wir schwiegen einige Minuten, die mir wie Stunden vorkamen. Das stetige Piepsen ihrer Herztöne war das einzige Geräusch.

„Soll ich deine Eltern anrufen?" Ich versuchte eine andere Taktik.

„Um Himmels willen, Gabe, nein. Niemand darf hiervon erfahren, hörst du? Niemand!" Eine Krankenschwester lugte vorsichtig durch den Vorhang. „Versprich es, Gabe!", zischte sie.

Ich nickte.

„Mrs. Mitchell? Die Polizei ist da. Soll ich ihnen sagen, dass sie noch warten sollen? Es geht um Ihre Anzeige."

„Ich werde keine erstatten, aber schicken Sie sie bitte rein."

Sie sah mich mit festem Blick an, denn ich sah so aus, wie ich mich fühlte. Als hätte ich mich komplett verhört. Aber besser für mich, dann konnten wir uns um dieses armselige Stück Dreck kümmern.

„Ich weiß, was du denkst, Gabe."

„Das bezweifele ich."

„Es ist besser so. Ich werde eine Weile zu meiner Tante

gehen, sie weiß Bescheid.“

Ich lachte humorlos auf. Was war das nur mit den Frauen? Rannten sie immer alle gleich weg, ohne uns die Chance zu geben, Dinge geradebiegen zu können?

„Und wo ist deine Tante?“

„Houston.“

„Natürlich ist sie das.“ Ich fuhr mir frustriert durch die Haare. Dann griff ich nach ihrer zierlichen Hand. Ihre Haut war so hell wie Alabaster. Sie ließ es zu und ich sah sie mit flehendem Blick an. „Lass mich dir helfen, bitte.“

Für einen Moment wurde ihr Blick sanft und erlaubte mir, einen Blick auf die Alyson meiner Jugend zu werfen. Die, die mich ansah, als könnte ich die Sterne vom Himmel holen.

„Ich wünschte es, Gabe. Aber es ist zu gefährlich“, flüsterte sie und drückte kaum merklich meine Hand.

Die Polizisten machten sich hinter dem Vorhang bemerkbar. Ich stand widerwillig auf und legte meine gesamte Entschlossenheit in meinen Blick.

„Ich komme wieder, Aly. Ich bringe dich nach Hause, in Sicherheit.“

Ein Lächeln umspielte ihre Lippen, doch die Traurigkeit, die mitschwang, verwässerte es.

Als ich eine Stunde später nach ihr sah, war sie nicht mehr da. Und ich musste mit der bis dato größten Niederlage meines Lebens nach Hause fahren.

Kapitel 6

Saint

Gegenwart

Süße rosafarbene Lippen legten sich auf meine und ich ertrank in einem sinnlichen, alles verzehrenden Kuss. Zimtgeschmack mit einem Hauch Minze, der Duft ihrer Bodylotion. Die blonden Locken, die mich im Gesicht kitzelten, während sie rittlings auf mir saß und ihre heiße Mitte auf meiner Härte rieb.

Mit einem Keuchen wachte ich auf. Ich blinzelte ein paar Mal, um mich zu orientieren. Ich war in einem kleinen Schlafzimmer, definitiv nicht mein eigenes. Fuck. Sonnenlicht drängte sich durch die schiefe Jalousie und ich hörte hupende Autos und im Hintergrund eine Sirene. Mit einsetzendem Bewusstsein meiner Umgebung erwachte auch mein Kopfschmerz. Ich stöhnte leise auf, bis mir der warme, schmale Körper neben mir auffiel.

Was zum …

Doch statt blonden Locken starrte ich auf schwarzes, kurzes Haar. Sie trug einen Sidecut und das war das ausschlaggebende Merkmal. Die Barkeeperin im *Wyrm*, der Kneipe des Motorradclubs.

Fuckfuckfuckfuck. Ich hatte nur ein Bier trinken wollen und war hier versackt. Wie ein gottverdammter Anfänger. Ich rannte den Erinnerungen des gestrigen Abends hinterher, doch konnte sie nicht greifen. Ich wusste nur, dass ich bei Mercy und Daneel gewesen war und Alyson war ebenfalls dort gewesen.

Ich erhob mich so vorsichtig wie nur möglich. Ich war nicht schüchtern und mein Kumpel weiter südlich sicherlich auch nicht, was unter anderem an dem Traum lag. Doch ich musste hier schnellstmöglich weg, bevor dieses peinliche *Ach so ja, es war nur Sex, lass-uns-Freunde-bleiben-*

okay-machs-gut folgte. Kein Bock.

Trisha, deren Name mir dank einer göttlichen Fügung doch noch einfiel, rührte sich unter der Bettdecke. Nackt, wie Gott sie schuf. Oh Mann.

Ich suchte das Zimmer ab, fand die Tür, die ins Badezimmer führte, und schloss mich ein. Ich spritzte mir etwas kaltes Wasser ins Gesicht und vermied es, in den Spiegel zu sehen. Ich wollte nicht noch ein Walk-of-Shame-Gesicht sehen, von denen gab es in meiner Vergangenheit leider zu viele. Ich hätte mich mittlerweile daran gewöhnt haben müssen. Ich liebte Sex, jeder wusste das und denen, die es wollten, gab ich es gern. Zweideutigkeit beabsichtigt. Aber etwas hatte sich verändert. Seit ich von Alys Süße damals kosten durfte, bekam ich sie nicht mehr aus dem Kopf. So viel war seitdem passiert. Doch als Alyson wieder in mein Leben getreten war, nach dem Drive-by Shooting der Iron Raiders im Diner, hatten sich die Dinge verändert. Das Feuer war neu entfacht worden oder vielleicht, nur vielleicht, war es niemals ganz erloschen.

Ich verwarf den Gedanken, erledigte das Nötigste und suchte in dem schummrigen Zimmer meine Klamotten zusammen. Ich war zwar ein Weiberheld, aber kein Arschloch. Vorsichtig weckte ich Trisha, die mindestens genauso verkatert zu sein schien wie ich.

„Mhhhh“, stöhnte sie leise und ich hatte fast Mitleid.

„Babe, ich bin weg.“ Sie öffnete die Augen langsam und nickte, drehte sich um und war wieder weggetreten.

Als ich mich auf den Flur begab und gegen das Tageslicht stöhnte, fiel ich fast um, als eine Pranke auf meiner Schulter landete.

„Guten Morgen, Sonnenschein!“

Reaper hielt meine Schulter fest und schüttelte mich kurz. Meine Agonie schien seine ekelhaft gute Laune nur zu befeuern.

„Friss Scheiße", knurrte ich und stapfte Richtung Treppe, der Geruch nach Alkohol und Zigaretten, der aus der Kneipe hochwaberte, ließ meinen Magen rebellieren. Reaper war mir auf den Fersen und wir traten in den Hinterhof, wo unsere Bikes parkten, wenn wir hier waren. Oder wohnten, so wie er.

„Wieso bist du so verfickt früh auf?", raunte ich, obwohl ich keine Ahnung hatte, wie spät es war.

„Die Pflicht ruft. Mercy und Hawk sind gestern Abend auf eine Tour und seine Süße verlangt es nach Burritos."

„Lass ihn niemals hören, dass du sie so nennst", murmelte ich und kletterte auf mein Bike. Ich sollte mit meinem Restalkoholpegel ganz sicher nicht fahren, doch ich musste hier weg.

Reaper, meine Drohung ignorierend, schwang sich wie ein junger Gott auf seine Harley und ließ die Fingerknöchel knacken. „Soll ich dich fahren?"

„Dass ich wie eine Bitch hinter dir hocken muss? Passe." Ich startete meine Maschine und die Vibrationen hauchten mir Leben ein. Der kühle Fahrtwind dieses Märzmorgens würde mir das Denken erleichtern. Hoffte ich.

Im Club war es verhältnismäßig ruhig für einen Samstag. Anna, ehemals exklusives Clubmädchen meines Vaters und jetzt die gute Seele des Clubs, war am Aufräumen, als ich reinkam. Ich grüßte sie wortlos mit einem Zweifingergruß, griff mir eine Tasse ihres Muntermacher-Kaffees ab und ging über den Hinterhof zu meinem Haus.

Nach einer äußerst ausgiebigen heißen Dusche und einem weiteren Liter schwarzen Kaffees ließ ich mich auf die Couch fallen. Mein Handy war leer gewesen und ich hatte es während meiner Restaurierung unter der Dusche geladen.

Mercy: *Bin in zwei Tagen wieder da, sieh nach Daneel.*

Mercy: *Wenn ich wieder da bin, reden wir über die Tour, die ich mit Sam nach Kalifornien machen will.*
Mercy: *Antworten ist übrigens nicht optional, Arschloch!*
Mercy: *GABRIEL!*

Fuck.

Ich sah auf die Uhr. Es war kurz vor neun. Er müsste mittlerweile den ersten Stopp eingelegt haben. Ich wählte seine Nummer, doch statt meines Bruders meldete sich eine wohlbekannte Stimme mit Südstaatendialekt. Hawk.

„Yo, der lang vermisste Bruder. Moment, Prez holt sich eben Kaffee und Donuts." Geraschel, dann die tiefe polternde Stimme meines Bruders.

„Ist er das? Warte, verfickt, Junge. Was dauert da so lange? Schwarzer Kaffee und einen Donut. Was ist los? Warum zitterst … hier, stimmt so!"

Ich rieb mir die Schläfen. Das Handy wurde Hawk aus der Hand gerissen und Mercys Bariton dröhnte aus dem Lautsprecher.

„Was verschafft mir die Ehre, *Bruder*?"

„Komm runter", sagte ich und nahm einen Schluck Kaffee. „Mein Akku war alle. Und ich bin im *Wyrm* versackt."

„Okay, verstehe. Entschuldige, aber da du mein Vize bist, war ich der Annahme verfallen, du bist erreichbar und achtest darauf, dass während meiner Abwesenheit nichts vor die Hunde geht."

Hm, vielleicht war er ein bisschen verstimmt. Mehr als sonst jedenfalls. „Alles okay, ich bin ja jetzt da. Wo seid ihr?"

„Kurz hinter der Grenze, bei Missoula. Noch ein paar Stunden, dann sollten wir dort sein, wo ihr Mainchapter war."

Diese verdammten Iron Raiders. Sie hatten uns nicht nur bereits vor zehn Jahren, sondern auch vor ein paar Monaten das Leben zur Hölle gemacht. Alles gipfelte darin, dass ihr psychopathischer Präsident Daneel entführt hatte und tagelang gefangen hielt.

„Was machst du, wenn sie noch da sind?“

„Was denkst du denn? Sieh nach ihr, hörst du?“

„Das weißt du doch. Reaper ist auf dem Weg zu ihr.“

Stille. Dann: „Ich weiß.“

„Es ist doch alles geklärt oder soll ich ihn aufmischen?“ Ich hörte, wie er sich ein Stück von den Stimmen entfernte. „Nein, das kann ich genauso gut allein.“

„Mercy, sie gehört zu dir. In jeder Hinsicht, das weiß er.“

Ich wusste nicht, ob Mercy jemals mit der Tatsache klar kommen würde, dass Daneel und Reaper in ihrer Zeit in Atlanta eine Affäre gehabt hatten. Die Frau war ihm komplett verfallen und schwanger mit seinem Kind. Zeit, sich endlich zu beruhigen, wie ich fand.

„Ich weiß. Okay, genug von dem weibischen Geschwafel. Wir sind hier nicht bei Oprah. Sag mir Bescheid, wenn er bei ihr war und dann sieh zu, dass Red unsere Route für Dienstag bereit hat.“

Es klickte und der Anruf war beendet. Ich widerstand dem Drang, das Handy durch den Raum zu werfen. Den Posten als Vize hatte ich nicht dank meines guten Aussehens und manchmal ging mir Mercy mit seiner herrischen Art tierisch auf den Geist. Daneel schrieb ich eine kurze Nachricht, dass ich am Mittag vorbeikommen und die Zeit bis dahin mit Werkstattarbeit verbringen würde.

Kapitel 7

Alyson

Gegenwart

Diesmal war es ein Bild. Es kam mir vor, als würde ich in einem Wimmelbild leben. Finde jeden Tag den Fehler. Doch das war mein Leben und das Wimmelbild mein Haus. Es war ein Bild von mir und meinen Brüdern an Thanksgiving vor drei Jahren. Es war reiner Zufall, dass sie zu der Zeit Urlaub einreichen konnten. Beide hatten ihre Karrieren beim Militär gemacht und entweder war einer in Übersee oder der andere auf einem Manöver auf See. Und jetzt war es weg. Es war schon wie eine Zwangsstörung, dass ich immer alles kontrollierte, sobald ich das Haus betrat oder verließ. Sobald ich die Tür aufschloss, stellte ich die Alarmanlage wieder scharf, die scheinbar absolut nutzlos war, und suchte systematisch jeden Raum nach kleinsten Veränderungen ab. Und ich wurde immer fündig. Wie auch immer es dem- oder denjenigen gelang, sie überlisteten mein Sicherheitssystem im Haus jedes verdammte Mal.

Ich öffnete die App, die mir Zugriff auf mein Kamerasystem gewährte, und startete die Aufnahme von letzter Nacht. Doch wie immer konnte man nichts sehen. Ich war mittlerweile so weit, mir einzugestehen, dass ich einfach so dermaßen unordentlich war und mir nur einbildete, dass Dinge verschwanden. Ich hatte die Nacht bei Daneel verbracht und war nie dankbarer für die Abwechslung gewesen. Nachdem Mercy sich verabschiedet hatte, kochten wir gemeinsam etwas und quatschten den ganzen Abend durch. Es tat gut, sie wieder hier in Seattle zu haben. Es war einfach nicht dasselbe, eine Freundschaft über die Ferne zu pflegen. Nichts war schöner, als die beste Freundin einfach mal in den Arm nehmen zu können. Sobald ihr Mini-Me da wäre, würden wir uns die absolute Oberkante geben, so wie früher, hatten wir gescherzt.

Ich hatte ihr versprochen, am Abend wieder vorbeizukommen, damit wir unsere Geschäftsidee weiter besprechen konnten. Wir waren beide an einem Abendkurs am College eingeschrieben, damit wir unseren Wirtschaftsabschluss nachholen konnten. Ich konnte es kaum erwarten, mich mit Daneel selbstständig zu machen. Ich liebte meine Arbeit als Heilerziehungspflegerin mit den Kindern zwar, doch waren mir oftmals die Hände gebunden. Unsere Einrichtung war von Spenden abhängig und wenn die Kapazitäten erschöpft waren, war es das. Unabhängig voneinander hatten Daneel und ich jeweils etwas Geld angespart. Von dem Geld, das ihr Mercy über die Jahre hatte zukommen lassen und das ihre Tante auf ein Sparbuch gepackt hatte, mal abgesehen, hatten wir ein gutes Startkapital. Denn wenn ich eines wusste, dann, dass es nichts Wertvolleres gab als eine helfende Hand, wenn man am Ertrinken war.

Frustriert, dass die Kameras wieder nichts aufgezeichnet hatten, ging ich mich umziehen und machte mich daran, eine Runde zu joggen. Ich liebte die kühle Morgenluft des Frühlings. Ob es regnete oder nicht, mir war es gleich. Die tiefen Nebelschwaden, die über den Wäldern thronten und sich vereinzelt über die Hausdächer legten, hoben jedes Mal meine Stimmung und ich sog die kühle Morgenluft tief in meine Lungen. Ich setzte meine Kopfhörer auf und *Gangsta* von Tune Yards eröffnete meine Joggingplaylist. Nach fünfzehn Minuten bog ich, statt wie üblich rechts zu meinem Block, nach links ab. Ich wusste, am Ende der Straße gab es ein nettes kleines Café, wo ich mir einen Bagel zum Frühstück holen wollte. Ich könnte den Rest des Weges auch laufen. Kurz vor dem Café blieb ich einen Moment vor dem Gebäude des *Seattle Chronicle* stehen. Es war ein großes Gebäude, mit alten

Steinmauern und einer rustikalen Aufmachung, doch innen herrschte kühle Modernität. Dem Aushang nach zu urteilen, waren in dem Gebäude noch Räumlichkeiten zur Miete frei. Ich wollte gerade weitergehen, als mich eine helle Frauenstimme ansprach.

„Interessieren Sie sich für die Ausschreibung?“

Sie war etwa so alt wie ich, um die dreißig, einssiebzig und hatte schwarze, schulterlange Haare. Alabasterfarbene Haut. Ich lächelte, konnte mir nicht anders helfen, denn ihr Lächeln war so ansteckend.

„Oh nein, entschuldigen Sie. Das heißt, ja. Sie haben Räume zu vermieten?“ Ich kam mir so bescheuert vor in meiner Sportleggins und dem knallbunten Thermoshirt.

„Ja, allerdings. Der Verleger will mit der Zeitung umziehen. Aber da machen Sie am besten einen Termin mit unserem Makler aus. Ich bin übrigens Tara. Tara Benson.“ Sie hielt mir ihre zierliche Hand hin, die ich grüßend drückte.

„Alyson Mitchell. Arbeiten Sie hier? Die Räume würden sich für meine Geschäftspartnerin und mich eignen.“

Sie druckste für eine Millisekunde herum, was ich aber ihrer Verlegenheit zuschrieb. Dann festigte sich ihr Blick und sie sah mich mit leuchtenden Augen an.

„Ja, ja, natürlich. Ich arbeite hier als freie Journalistin. Was machen Sie beiden denn?“

„Wir wollen eine Agentur eröffnen, um bedürftigen Menschen zu helfen. Kindern und Frauen hauptsächlich. Eine erste Anlaufstelle für jeden, der Hilfe braucht, sozusagen.“

Ihre Augen weiteten sich interessiert. „Das ist ja hochinteressant, sagen Sie mir Bescheid, wenn es so weit ist. Ich schreibe gern einen Artikel über Sie beide.“

Wir tauschten Nummern aus und ich verabschiedete mich Richtung Café. Ein Artikel könnte uns weiterhelfen und unseren Bekanntheitsgrad erheblich steigern.

Wieder zu Hause räumte ich meine Wäsche zusammen,

ließ die Nachbarschaft mit *Cry Baby* von Janis Joplin an meinem Musikgeschmack teilhaben und versuchte die Zeit, bis ich zu Daneel konnte, zu überbrücken.

Abgesehen von meinem Verdacht, dass jemand immer wieder in meine vier Wände eindrang, liebte ich mein Haus. Ich hatte es vor einigen Jahren gemietet und konnte mit Stolz sagen, dass ich mir ein wunderschönes Refugium eingerichtet hatte.

Als mir das schwarze Bandana in die Hand fiel, hielt ich einen Moment inne. Ich bildete mir ein, immer noch seinen Geruch daran wahrnehmen zu können. Ich schüttelte den Kopf und umfasste das Tuch fest.

An manchen Tagen war ich froh, an diesen Punkt gekommen zu sein, wo ich jetzt war. Ohne irgendwen. Ohne Hilfe. Ich hatte es allein durchs College geschafft. Ohne meine Familie. Anfangs hatten Daneel und ich noch darüber gesprochen, gemeinsam nach Oregon zu gehen. Wir hatten ähnliche Stipendien und Daneel hatte es sich wirklich aussuchen können. Auch wenn sie aus einer abgefuckten Familie kam, sie war irrsinnig klug und gewitzt. Ich konnte mich nicht beschweren, Oregon war klasse und Portland war nicht wirklich weit von Seattle weg. Ich faltete das schwarze Tuch auseinander und hielt es mir vor die Nase. Moschus und Sandelholz.

Gott verdammt.

Kapitel 8

Saint

Gegenwart

Ich hockte im Gemeinschaftsraum auf dem durchgesessenen Ledersessel und hatte meine Chucks auf dem Tisch davor geparkt. Daneel saß mit meiner Schwester Charlie auf der Couch daneben. Die beiden scrollten schon seit einer Ewigkeit durch Webseiten mit Babynamen.

„Wie wäre es mit Harlan?“, schlug Charlie vor und las Daneel die Bedeutung des Namens vor.

Daneel grunzte ablehnend. Ryan und Jack, das neueste aufgenommene Mitglied, ließen sich neben ihnen auf die Couch fallen. Daneel legte ihre Beine über Ryans, mein Cousin väterlicherseits, der sich vorbeugte und auf Spanisch mit ihrem immer deutlicher werdenden Babybauch sprach. Ich war froh, dass unser Cousin beschlossen hatte, in unserem Chapter zu bleiben. Auch wenn seine Kabbeleien mit seinem Vater und meinem Onkel, Sledge, manchmal lautstark waren, er war ein klasse Mechaniker und loyal bis ins Mark.

Reaper kam durch die Tür geschlendert und deutete mit dem Daumen hinter sich. „Prez ist da!“

Alle Männer sprangen auf und liefen zur Chapel, unser Besprechungszimmer, zu dem nur ausgewählte Mitglieder Zutritt hatten. Wir waren gespannt, wie es in Montana gelaufen war und ob der kümmerliche Rest des Iron Raider Motorradclubs in Zukunft für unruhige Nächte sorgen würde. Wie auf Kommando flog die große Doppeltür des Eingangs auf und Mercy betrat das Clubhaus, als wäre er Elvis fucking Presley. Hawk flankierte ihn und steuerte direkt die Bar an, während er sich den Straßenstaub von der Weste klopfte. Mercy lief geradewegs auf Daneel zu, hob sie hoch, als wäre sie ein kostbares Glasgebilde, und küsste sie.

Ich überließ die beiden ihrem ganz privaten Moment und trollte mich ins Besprechungszimmer. Ich liebte diesen Raum. Ein alter, knorriger und abgenutzter ovaler Hartholztisch, mit unzähligen Andenken unserer vergangenen Besprechungen und Tagungen. Geschnitzte Initialen, Löcher von Reds Messern. Die abgenutzte Stirnseite, wo einst mein Vater den Hammer schwang. Nach ihm nicht weniger beeindruckend mein Bruder Mercy. Ich war Vizepräsident, doch hatte nicht wirklich Motivation, den Club zu übernehmen. Ich war glücklich mit meiner Position innerhalb des Clubs, jede andere darunter wäre mir ebenfalls recht. Ich liebte das freie Leben auf der Straße, den Fahrtwind im Gesicht. Unsere Geschäfte liefen gut, zumindest hoffte ich, dass das nach Mercys Ansprache noch der Fall war.

Zwei Stunden später strömten wir wie die Ameisen aus der Chapel. Ich war komplett leer im Kopf. Laut Mercy existierten die Iron Raiders noch. Sie waren klein, nur wenige Stammmitglieder waren geblieben. Sie dealten mit Drogen und unterhielten das ein oder andere Bordell. Aber verhielten sich ruhig, was gut war. Wir würden wachsam bleiben, das waren wir immer. Die Iron Raiders waren nicht die Einzigen, die uns an den Karren pissen wollten. Cole hatte ein Treffen mit Finley, unserem Kontakt innerhalb des Seattle Police Departments, angesetzt. Wir trafen ihn regelmäßig, meist in einem Diner. Wenn er unsere Nachrichten ignorierte, dann im Präsidium. Mercy kannte ihn aus der Highschool und irgendetwas war mit den beiden damals passiert. Sie waren aneinander gebunden, durch ein Geheimnis, das nicht einmal ich kannte.

Mercy würde das Wochenende bleiben und Mitte der kommenden Woche mit Reaper nach Kalifornien fahren. Daneels Entführung vor ein paar Monaten war nicht vollständig aufgeklärt und es sah danach aus, als ob die Lösung des Problems in San Diego zu finden sei.

Ich vertrat mir im Hof die Beine, verspannt durch das lange Rumsitzen in der Chapel, streckte mich, ließ die Nackenwirbel knacken und marschierte wieder rein. Dabei kam ich am Büro von Ink, unserem Secretary, vorbei. Spontan und einer inneren Eingebung folgend, bog ich in sein Büro ab. Sein Schreibtisch glich einem Handgranatenwurfstand. Berge über Berge an Zetteln, Listen, Datenblättern türmten sich darauf. Wir sollten ihm bei Gelegenheit vielleicht Hilfe organisieren. Der Herr der Papiere war jedoch nirgends zu sehen. Seinen Schreibtisch zierten ganze vier Bildschirme, die meisten davon waren in Live-Kamerabilder unseres Geländes unterteilt. Ein Bildschirmbild kam mir jedoch unbekannt vor. Ich ging ein Stück näher ran und versuchte auszumachen, woher mir das Zimmer bekannt vorkam. Es war nicht auf diesem Gelände, soweit ich wusste.

„Kann ich dir helfen?“ Inks tiefe Stimme direkt neben mir ließ mich aufschrecken.

„Gott verdammt! Musst du mich so erschrecken?“

„Nein, aber ich kann. Schöne Scheiße mit den Raiders, was? Dachte, als ich ihre Konten leergeräumt habe, hätte ich das Problem beseitigt.“

„Das wird erst erledigt sein, wenn diese Idioten alle unter der Erde liegen. Sag mal, was ist das denn für ein Zimmer?“ Ich deutete auf den Bildschirm mit dem unbekannten Raum. Ink zuckte unmerklich und schulte seine Mimik wieder in den freundlichen, von Kopf bis Fuß Tätowierten, der er war.

„Eine … Wohnung außerhalb.“

Ich baute mich vor ihm auf und verschränkte die Arme. Er hackte stoisch auf seiner Tastatur rum.

„Ink.“

Klackklackklack.

„Joseph.“ Sein richtiger Name bewegte ihn immerhin dazu, sich zu mir umzudrehen. „Wessen verfickte Wohnung ist das?“

Er seufzte und lehnte sich in seinem Stuhl zurück.

„Sie kam zu mir, okay? Ich habe ein Kamerasystem installiert, das 24/7 aufzeichnet.“

„Sie?“

„Alyson.“

Mir rutschte wortwörtlich das Gesicht runter. „Was? Wieso?“

„Schätze, das musst du sie selbst fragen.“

„Heißt, du weißt, weshalb sie ihre Wohnung, ihr verdammtes Schlafzimmer aufzeichnen lässt? Von dir? Siehst du dir den Scheiß an?“

Ink hob besänftigend die Arme. „Hey, Saint. Bleib cool, ich habe den Bildschirm nur an, weil ich ein Update aufgespielt habe. Der Live-Feed läuft permanent, aber ich speichere die Aufnahmen für sie und schicke sie ihr jeden Morgen zu. Mal abgesehen davon, hat sie selbst Zugriff darauf. Rede mit ihr, ich kann es dir nicht sagen. Ist nicht meine Aufgabe.“

Damit drehte er sich um, schaltete gezielt das besagte Kamerabild aus und ließ mich damit wissen, dass ich gehen konnte. Und gehen, das würde ich. Verdammt.

Später am Abend fuhr ich mit einer Mission und Steaks im Gepäck vor Mercys Haus vor. Das Wetter war noch nicht wirklich warm, doch wir wollten seine Rückkehr feiern und Daneel hatte mich eingeladen. Außerdem wusste ich, dass Alyson da sein würde.

Ich fand sie mit Daneel auf der Couch in ein Gespräch vertieft, steuerte aber bewusst die Küche an und verstaute das Fleisch im Kühlschrank. Mercy kam die Treppe runter, das schwarze wellige Haar tropfnass von seiner Dusche und das Lächeln eines zufriedenen Mannes auf den Lippen. Ich grinste. Daneel musste ihn gebührend willkommen geheißen haben. Er nickte mir knapp zu und holte uns beiden ein Bier aus dem Kühlschrank. Wir sahen rüber zu den Frauen auf der Couch.

„Wusstest du, dass Alyson von Ink ein Kamerasystem in ihr Haus hat einbauen lassen?", fragte ich ihn so leise es ging, ohne Aufmerksamkeit zu erregen.

„Yep."

Ich riss den Kopf ungläubig zu ihm rum.

„Was?", fragte er mich, ohne mich anzusehen. „Glaubst du, es passiert irgendwas in diesem Club, ohne dass ich davon weiß?"

Er zwinkerte mir zu, stieß sich von der Theke ab und ging auf die Terrasse, um den Grill vorzubereiten.

Unfuckingfassbar. Ich joggte ihm hinterher

„Und dir kam nicht in den Sinn, mir das zu erzählen?"

„Ich nahm an, du wüsstest es. Dachte, zwischen euch geht was", bemerkte er trocken, eine Zigarette an seinen Lippen baumelnd.

„Ja, nein. Ich meine, wir reden nicht miteinander."

„Ha, seit wann?"

Ja, seit wann. Seit ich sie nach der Party vor Daneels Entführung besinnungslos gevögelt und sie mich weggestoßen hatte. Oder zählte wortloses Anstarren, wie gestern Nachmittag, als sie Daneel besuchte und ich Kindermädchen gespielt hatte.

Schon wieder. Ich machte eine wegwerfende Handbewegung. „Scheiß drauf." Aber es ließ mich nicht los. Niemand ließ sich Kameras zum Spaß installieren. Mercy hatte sein Okay gegeben, das hieß, er wusste warum. Offenbar wusste es jeder außer mir.

Ich sah zu Daneel. Versuchte mir in zehn Sekunden die Kunst des Lippenlesens anzueignen und scheiterte. Charlie kam durch die Haustür, die Arme voller Einkaufstüten. Vor allen anderen konnte ich die Angelegenheit nicht klären, doch ich würde der Sache auf den Grund gehen. Aber da Mrs. Unnahbar mal wieder beschlossen hatte, mich auszuschließen, musste ich geschickt vorgehen. Und ich brauchte Verbündete.

Ich spürte seinen Blick auf mir. Er brannte mir Löcher ins T-Shirt. Es kostete mich jede Beherrschung, die ich in mir hatte, mich nicht umzudrehen. Mich in seinen graublauen Augen zu verlieren. Seit der Party vor Daneels Verschwinden hatten wir nicht mehr gesprochen. Das war der letzte Abend, an dem ich mich dank Alkohol in ihm vergessen und es wie immer bereut hatte. Wir waren nicht gut füreinander. Alles an unseren Zusammenkünften war toxisch. Seit beinahe zehn verdammten Jahren begegneten wir uns immer wieder, landeten ab und zu in der Kiste, doch nie mehr. Doch ich wollte mehr, ich wollte Beständigkeit. Wollte sesshaft werden. Ich war dieses Jahr dreißig geworden und hatte für das grauenvolle Kennenlernspielchen mit einem Neuen weder Zeit noch Lust und auf das Hin und Her mit Gabe noch viel weniger. Und er? Ein Casanova wie aus dem Bilderbuch. Links und rechts eine Frau. Himmel, ich erinnerte mich an eine Party vor Jahren, als ihn jemand mit zwei gleichzeitig erwischt hatte. Nein, danke. Und gestern, als ich einen netten Abend mit meiner besten Freundin verbringen wollte, hatte er mich genauso angestarrt wie jetzt. Fordernd, als warte er auf etwas, auf eine Reaktion meinerseits. Nur heute war sein Blick so intensiv. Und ich konnte mir keinen Reim darauf machen, wieso.

Ich war so in Gedanken vertieft, dass mir nicht mal aufgefallen war, dass Daneel aufgehört hatte zu reden. Stattdessen blitzten mich ihre wissenden grauen Augen schelmisch an. Ich sah zur Seite, doch von da aus starrte mich Gabe an. Wo ich sonst verhohlenes Interesse oder Gleichgültigkeit, je nachdem, wie tief wir uns im Krieg befanden, las, sah ich heute Entschlossenheit. Und irgendwie wusste ich, dass das kein entspannter Abend mit meinen besten Freunden werden würde.

„Oh, Mädchen. Dich hat es so schwer erwischt“, lachte

Daneel neben mir auf.

„Träum weiter."

„Ach komm. Wen willst du mit dem Blick denn täuschen? Was ist das mit euch?"

„Wenn ich es weiß, sage ich Bescheid. Wie wäre es mit niemals?"

„Er ist einer der Guten, weißt du."

Ich hasste ihren verständnisvollen Blick in diesem Moment, weil ich wusste, dass sie recht hatte. Er war einer der Guten. Nur eben niemand, der bei mir bleiben wollte. Und das war vielleicht auch gut so. Ich würde ihn nur mit in diesen Abgrund ziehen.

See me von Talos lief leise durch die Anlage. Unbekannte Töne in diesem Haus und jeder drehte seinen Kopf zu Charlie, die in ihrer Spotify Liste stöberte.

„Was?", rief sie und zeigte Mercy, der Würgegeräusche imitierte und nach draußen lief, den Mittelfinger.

„Wie kann man mit fünfunddreißig so albern sein?", rief sie ihm nach und stiefelte ihm nach draußen hinterher, wo sie ihn bis zum See jagte.

„Okay, glaub nicht, dass ich dich vergessen habe", sagte Daneel und deutete spielerisch mit dem Finger auf mich. „Das mit euch geht doch schon Ewigkeiten so. Mindestens so lange wie das mit Cole und mir. Was ist passiert? Du hast nie gesagt, was mit euch gelaufen ist, nachdem ich nach Atlanta gezogen war."

„Du meinst, als du mit Sack und Pack über Nacht verschwunden bist?"

Sie zuckte zusammen und ich streichelte ihr sanft über den Arm.

„Hey, das war nur ein Witz. Also, nicht wirklich, aber ich halte es dir nicht vor. Es war einfach alles schwierig, würde ich sagen. Ich denke, ich brauchte auch einen Neuanfang. Ich meine, er war mein Erster", schloss ich meine Erklärung ab. Ihre Augen wurden groß und sie lehnte sich vor.

„Das hast du mir nie erzählt! Ich dachte, das wäre dieser Parker gewesen?“, fragte Daneel.

Ich lachte laut auf. „Gott nein, der würde meine Pussy nicht mal finden, wenn ich ihm einen Wegweiser geben würde. Nein, es war diese eine Club Party, nachdem du und Mercy endlich aus den Bergen wieder da wart.“

„Oh“, sagte sie, als Erkennen dämmerte. „Und dann?“

Ich erwartete fast, dass sie sich Popcorn holte, so hing sie an meinen Lippen.

„Nichts und dann. Er hat meine Kirsche entkernt und sich im Schutz der Nacht verzogen.“

Sie schlug mir auf den Arm. „Oh mein Gott, das hast du nicht gesagt! Ich will dir den Mund mit Seife auswaschen. War es wirklich so unromantisch?“

„Es war nicht übel.“ Untertreibung. Es war perfekt.

Daneels Augenbraue verschwand praktisch in ihrem Haaransatz.

„Gut, es war gut. Hervorragend, atemberaubend. Weltenverändernd. Zufrieden? Ich hätte noch mehr“, erwiderte ich und rollte gespielt genervt mit den Augen.

„Du redest nur Scheiße.“

„Manchmal. Es war wunderschön, zufrieden? Nicht, dass ich das damals mit irgendwas hätte vergleichen können, außer dem unbeholfenen Fummeln von diesem Parker. Der Kerl hatte mal ganze zehn Minuten an mir rumgerieben, bis ich ihm sagte, dass das ein Knubbel in meiner Jeans und nicht meine Klit war.“

Daneels schallendes Gelächter hallte durchs ganze Haus. „Das denkst du dir doch aus“, rief sie.

„Leider nein. Egal, Gabe und ich waren danach ein paar Mal in der Kiste, dann bist du weg und er ist relativ schnell mit einer anderen am Arm aufgetaucht. Ich bekam meine Aufnahmebestätigung für die Universität in Portland und habe auch die Stadt verlassen.“

„Sang- und klanglos?“

„Yep. Wie ein Pflaster abreißen.“ Ich sah an dem Blick

meiner Freundin, dass sie mir das nicht abkaufte. Für einen Herzschlag lang sah sie mich an und schüttelte dann den Kopf.

„Ich lasse dir das durchgehen, weil du meine beste Freundin bist, aber du verschweigst mir etwas. Ich gebe dir Zeit, aber nicht allzu lange, okay?“

Ich wusste, meine Zeit war ohnehin abgelaufen. Ich konnte es ihr nicht mehr länger vorenthalten. Nicht, dass das je meine Absicht gewesen wäre. Nein, es war aus Schutz und Selbsterhaltungstrieb geschehen.

„Daneel, ich brauche Klamotten“, rief meine Lebensretterin Charlie und kam triefend nass ins Wohnzimmer.

Ihre Schuhe machten schmatzende und schlurpsende Geräusche und ein sehr kindischer Mercy stand am Steg des Sees und hielt sich den Bauch vor Lachen. Dieser Kerl hatte einfach zehn verschiedene Persönlichkeiten.

„Bediene dich, Süße“, rief Daneel und schüttelte lachend den Kopf.

Ich sah ihr nach, doch konnte nicht verhindern, dass mich Gedanken an das Geschehene von damals einholten. Ich wollte mich nicht erinnern, doch jeden Tag, wenn ich mein Haus betrat und wusste, dass jemand dort gewesen war, lugte die Vergangenheit um die Ecke. Nein, es war an der Zeit, reinen Tisch zu machen. Ehe ich nach draußen ging, sah ich in den starren Blick von Gabe, der irgendwann während unseres Gesprächs reingekommen sein musste. Mit grimmiger Miene, die Lippen fest zusammengepresst und einer herrischen Bewegung zeigte er zum See.

„Mitkommen und reden“, lautete der kalte Befehl.

Ja, meine Zeit war um.

Kapitel 9

Saint

Gegenwart

Ich gebe zu, ich war mir zum Lauschen nicht zu schade. Mit knirschenden Zähnen hörte ich, wie sie Daneel von ihrer Zeit nach deren Flucht nach Atlanta erzählte. Wie enttäuscht sie über mein Verhalten gewesen war, wie sehr das ihre Entscheidung, nach Portland zu gehen, vorangetrieben hatte.

Alyson verdiente es, glücklich zu sein, doch ich hatte mich damals in einer Abwärtsspirale befunden und entschieden, dass ich nicht der Mann für sie sein konnte, den sie so dringend brauchte. Sie war eine fantastische Frau, eine umwerfende Persönlichkeit und mit jedem positiven Attribut, das ich mental aufzählte, quoll mein Temperament über den Tiegel.

Doch jetzt musste ich handeln. Ich ging mit schweren, ausladenden Schritten auf den See hinter Mercys Haus zu und hoffte inständig, dass sie mir folgte, wie ich es verlangt hatte. Ich war am Ende meiner Nerven. Die Vergangenheit aus ihrer Sicht zu hören und jetzt die Sache mit den Kameras in ihrem Haus, verlangten nach Klärung.

„Was willst du von mir, Gabe?"

Ihre Stimme klang überspitzt und wütend, wozu sie kein Recht hatte. Ich ignorierte, wie sehr mich das verletzte, denn hier ging es um etwas anderes.

„Verrate mir eins, Alyson. Habe ich dir je einen Grund gegeben, mir nicht zu vertrauen?" Sie zog fragend die Brauen nach oben. „Habe ich dir jemals das Gefühl vermittelt, dass ich und der gesamte Club dir Hilfe verweigern könnten?"

„Nein, worauf willst du hinaus?" Das Spitzfindige aus

ihrer Stimme schwand.

„Ein Wort, Aly: Kameras."

Ihre Mundwinkel sackten nach unten. Doch ich ließ mich nicht abwimmeln. Sie hatte ihr gesamtes Haus von Ink mit Kameras ausstatten lassen. Das resultierte nicht aus einer seltsamen Big Brother Obsession, sondern sie hatte Angst. Offenbar eine Menge, denn kein normaler Mensch verwanzte sich so dermaßen sein Haus, es sei denn, er war in Gefahr.

„Das geht dich nichts an."

Ihr widerspenstiger Blick traf auf meinen und ich sah, wie schwach ihr Widerstand war. Wie das Arschloch, das ich sein konnte, nahm ich diese Chance wahr.

„Falsche Antwort. Noch mal: Wieso ist dein Haus verkabelt und wieso zum Teufel weiß Mercy davon und ich nicht?" Es fiel mir deutlich schwerer, nicht durch die Decke zu gehen. Es konnte doch nicht so schwer sein, darauf schlicht und einfach zu antworten, oder?

„Schön. Du warst auf einer Tour und ich brauchte das Kamerasystem sofort, okay? Es gab in meiner Wohngegend ein paar Einbrüche und ich hab da wertvollen Kram rumstehen. Ich wollte einfach nur Sicherheit."

Mir blieb kurz die Luft weg, dann lachte ich auf, um sie dann erneut anzustarren.

„Wertvoller Kram? Babe, dein wertvollster Besitz ist eine chinesische Glückskatze, solarbetrieben. Wenn du mir den Scheiß verkaufen willst, hätte es eine normale Alarmanlage auch getan. Fuck, sogar Waschbären, die bei dir unterm Dach nisten, hätte ich dir abgekauft. Aber nicht das. Spuck es aus!"

Sie stemmte ihre Fäuste in die Hüften und funkelte mich wütend an. „Es ist so, wie ich es dir sage. Glaub nicht, ich bin dir zu irgendwas verpflichtet, bloß weil wir ein paar Mal in der Kiste waren."

Die Kälte in ihrer Stimme jagte über meinen Rücken und verursachte mir Unbehagen. Wieso war sie so feindselig? Gut, ich war schroff, wenn mich etwas ärgerte, ja. Aber hier lief etwas anderes, das ich nicht verstand. Wann genau war es passiert, dass sie uns nur als eine Fickgemeinschaft sah? Der Tag, an dem sie nach Portland abgereist war, war die Hölle gewesen. Doch ich wurde im Club gebraucht, als mein Vater starb und Mercy seinen Posten übernommen hatte.

Zugegeben, meine Art ihr meine Zuneigung zu zeigen und sie auf langsame Art kennenzulernen, schien als Desinteresse angekommen zu sein. Doch ehe ich einen anderen Kurs einschlagen konnte, ging alles den Bach runter.

„Wirst du bedroht?", fragte ich schließlich, als klar war, dass sie nicht antworten würde.

„Ich komme schon klar, Gabe. Halt dich da raus."

Ich starrte sie an, ließ ihre Worte einsickern und kämpfte mein aufwallendes Temperament runter. War das ihr Ernst? Sie kam klar, oh ja, das konnte ich sehen. Meinen Bruder um Hilfe bitten, das ging, aber nicht mich? Vertraute sie mir so wenig?

Ehe ich etwas sagen konnte, hob sie die Hand, ein Flehen glitzerte in ihren Augen. „Bitte. Ich kann es dir nicht sagen."

„Kannst oder willst du es nicht?", fragte ich zwischen zusammengebissenen Zähnen.

„Ich komme seit Jahren ohne dich klar, wieso sollte ich jetzt auf deine Hilfe angewiesen sein?", zischte sie wütend und ich gab den Kampf auf. Meine Wut brach durch die sorgsam errichteten Dämme meines Verstandes.

„Ach ja? Und was war in Portland? War das auch ein Beispiel davon, wie gut du klarkommst? Wie du willst, Alyson." Ich drehte mich auf dem Absatz um und marschierte Richtung Haus zurück. Ich kam kein Stück weiter bei ihr, aber wenn sie dachte, ich würde es dabei belassen, hatte sie sich geschnitten. Ich würde herausfinden, was los war und dann konnte sie sich noch so sehr wehren – ich würde ihr helfen. Denn hinter all dem Gezicke und

Wehren steckte eine Frau, die Angst hatte, das konnte ich sehen. Ich fuhr an den einzigen Ort, der mir bisher immer die nötige Ruhe zum Nachdenken verschafft hatte. Ich ging zielstrebig durch das schmiedeeiserne Tor des Friedhofs und ließ mich vor dem Grabstein meines Bruders nieder. Der Wind frischte auf und ich zog mir die Kapuze meines schwarzen Hoodies über den Kopf, als ich im Gras saß und mit einem Grashalm spielte.

Mein Plan, früher am Abend mit Alyson vernünftig zu reden, war gründlich schiefgegangen. Nicht nur war sie stur ohne Ende, was durchaus reizvoll sein konnte, sie hatte dichtgemacht. Komplett. Ich kam nicht an sie ran. Ich wollte sie am liebsten schütteln und ihr endlich in ihren trotzigen Kopf einbläuen, dass sie mir vertrauen konnte. Dass ich bereit war, mich zu ändern, scheiße, das hatte ich schon.

Ich hatte kein Recht dazu gehabt, sie all die Jahre so zu behandeln, sie am langen Arm verhungern zu lassen. Die Sehnsucht nach ihr mit unzähligen Frauen zu stillen, wo ich doch nur sie wollte. Jedes Mal, wenn ich sie gesehen hatte, war es eine nicht zu gewinnende Schlacht für mich gewesen. Es war aussichtslos gewesen, ihr zu widerstehen. Ihrem Haar, das nach Kokos duftete, ihren großen blauen Augen, die mich ansahen, als sei ich das Beste, was sie je gesehen hatte. Bis sie das nicht mehr taten, bis alles, was ich in ihnen sehen konnte, ich selbst war. Das größte Arschloch überhaupt. Der Mann, der ihre Jungfräulichkeit gestohlen hatte, der es jederzeit wieder tun würde und sie selbstsüchtig, wie ich war, behalten wollte. Doch sie war nicht mein, würde es nie sein.

Eine Windböe ließ mich erschaudern. Es war spätes Frühjahr, doch ich spürte die kalte Pazifikluft des Abends immer noch wie tausend Nadeln in meinem Gesicht. Ich starrte auf den Marmorstein, der vor mir im Gras eingelassen war. Es war selten, dass ich hierherkam, doch fand ich mich seit Daneels Entführung öfter hier als in den ganzen letzten zehn Jahren. Vielleicht, weil mein großer Bruder immer einen Rat gehabt hatte. Er hatte uns alle beobachtet, katalogisiert und im richtigen Moment die richtigen Dinge getan und gewusst. So war es mir immer vorgekommen. Ich strich über Bullets Namen und schluckte den Kloß in meinem Hals herunter. Dieses Jahr wäre er achtunddreißig geworden. Statt das mit uns zu feiern, verrottete er in diesem Grab. Allein. Mom und Dad zwei Reihen weiter hinter ihm. Und vor wenigen Jahren mussten Mercy und ich um unsere Schwester bangen, dass sie sich mit ihrer Drogensucht direkt neben ihn beförderte.

Nein, meine Entscheidung damals war die richtige gewesen. Das war kein Leben für Alyson Mitchell. Und doch ging mir unsere letzte Begegnung, bevor alles den Bach runterging, nicht mehr aus dem Kopf. Bevor Bullet ermordet wurde. Bevor Rave, der wahnsinnige Präsident der Iron Raiders, unser Leben durch den Fleischwolf drehte.

Ich hörte Schritte hinter mir und versteifte mich. Insgeheim hoffte ich, dass es Alyson wäre, doch ich fühlte die Präsenz meines Bruders, bevor er seine langen Beine neben mir ausstreckte. Schweigend saßen wir einen Moment da, lauschten den Möwen, weit entfernt am Hafen, als der Wind ihre gellenden Schreie zu uns trug.

„Willst du drüber reden?“, fragte er nach einer Weile, ohne mich anzusehen.

Er zündete sich eine Zigarette an und fuhr sich die Black Wolves Initialen an den Fingern nach. Der Blick aus seinen grünen stechenden Augen fand meinen und einmal mehr schnürte es mir den Hals zu, wie verdammt ähnlich er unserem Vater sah.

„Nein.“

Er nickte stumm und wir sahen wieder in die Ferne, der Sequioa-Mammutbaum neben uns bog seine langen, ausladenden Äste im Wind.

„Hör zu", begann er und räusperte sich betont. „Ich möchte, dass du für die Zeit, in der ich in Kalifornien bin, ins Haus zu Daneel ziehst."

„Du meinst, bevor Reaper es tut?", fragte ich zynisch und kassierte einen Schlag auf die Schulter. „Au, fuck!"

„Bist du aber urkomisch heute. Abgesehen davon, dass er mit mir kommt. Aber wenn du nicht willst, frage ich Ryan."

„Schon okay, ich mache es. Ich kann ihre Schwangerschaftsfressgelüste ausnutzen, damit sie mir diese Schokoladencookies backt."

„Hey, sie soll sich ausruhen, kapiert?"

„Ja, Daddy." Ich hob abwehrend die Hände. Spaß hatte sich mit Daneels Schwangerschaft wohl verabschiedet.

„Komm schon, ich friere mir die Eier ab", sagte er und wir erhoben uns.

„Schätze, das würde Daneel mir übelnehmen."

„Vermutlich."

Wir steuerten den Ausgang an, der Kies knirschte unter unseren Boots. Ich sah zu den Gräbern von Mom und Dad, doch wir besuchten sie nicht, außer zu ihren Todestagen. Das düsterste Kapitel unserer Familie wollte niemand öffnen, aus Angst, die Dämonen würden uns nie in Ruhe lassen. Die Lebenden machten schon genug Ärger.

„Fuck, ich bin ganz nass", bemerkte ich und klopfte mir die Hosenbeine ab.

„Das sagte sie heute Morgen auch."

„Du bist unglaublich."

„War auch ihr Kommentar." Er grinste überheblich und ging weiter.

„Ich geb's auf."

„Das ist neu. Moment, ich rufe CNN an."

„Sei lieb, sonst putze ich mit deiner Zahnbürste das Klo."

Er drehte sich zu mir um, als wir an unseren Maschinen ankamen, und grinste breit.

„Nur zu. Aber fang nichts an, was du nicht beenden kannst, kleiner Bruder." Er schenkte mir sein bedrohlichstes Grinsen. Womit hatte ich so einen Bruder verdient? Ich seufzte und hob meinen Kopf gen Himmel.

Kapitel 10

Alyson

Gegenwart

„Corbin, beruhige dich. Hey, sieh mich an, atmen! Atme mit mir. Ein. Aus. Ein. Aus."

Ich hielt den Vierzehnjährigen an den Schultern fest und zwang ihn, mich anzusehen, als ich ihn von seiner Panikattacke runterholte. Die Woche hatte da angefangen, wo das Wochenende aufgehört hatte: mit einem riesigen Haufen Scheiße. Daneel hatte mich soweit beruhigen können, dass ich heimfahren konnte, auch wenn sie nichts aus mir herausbekommen hatte. Den ganzen Sonntag hatte ich mit Putzen verbracht, bis mir die Haut an den Händen einriss und mir das Reinigungsmittel in der Nase brannte. Ich hatte eine Unruhe in mir, die ich nicht abschütteln konnte. Abends kontrollierte ich dreimal alle Fenster und Türen, viermal die Alarmanlage. Jede Kamera lief, ich sah die roten Lichtchen, die die Aufnahme bestätigten. Und doch, selbst in dieser Festung, nach all den Jahren, fühlte ich mich nicht sicher. Schon gar nicht am helllichten Tage.

Corbins Atmung flachte sich endlich ab und seine braunen Augen füllten sich mit Tränen. Ich drückte seine Hände und er klammerte sich daran fest wie an einem Rettungsanker.

„Komm, wir holen dir ein Glas Wasser, okay?"

Er nickte langsam und ich bugsierte ihn aus dem Außenbereich wieder rein, wo die anderen Kinder saßen. Ich arbeitete in einer Tageseinrichtung für Menschen wie Corbin, die aufgrund von traumatischen Erlebnissen, Unfällen oder Komplikationen bei der Geburt besondere Hilfe nötig hatten. Corbin hatte einen Autounfall gehabt, als er zehn war. Er war praktisch fünf Minuten tot gewesen, bevor ihn die Sanitäter ins Leben zurückgeholt hatten, doch dieser Sauerstoffmangel hatte ihn in seiner Entwicklung beeinträchtigt und eine schwere Posttraumatische Belastungsstörung ausgelöst.

Er lief zu meiner Kollegin Debbie und sie reichte ihm ein Glas, als mein Blick über den Außenbereich schweifte. Keine weiteren Kinder waren zu sehen, die Pause war gerade um, als ich auf der anderen Straßenseite eine schwarze Limousine mit getönten Scheiben entdeckte. Das war insofern ungewöhnlich, da es sich um ein Halteverbot handelte. Ich lief zum Zaun, der unsere Einrichtung eingrenzte, und versuchte, nicht auf das aufgeregte Klopfen in meinem Herzen zu hören. Kurz bevor ich den Zaun erreichte, startete der Motor und das Auto rollte davon. Das war sicher ein Zufall.

Genauso wie das Fehlen deines Bildes daheim? Wie die absolut sicheren Anzeichen, dass doch jemand in deinem Haus war? Ich versuchte, diese nagende Stimme zum Schweigen zu bringen. Ich durfte die Panik nicht siegen lassen. Niemand war da gewesen. Ich musste das Bild verlegt haben.

Gerade als ich reingehen wollte, hörte ich das dunkle Grollen einer mir wohlbekannten Harley und ich ließ den Kopf hängen.

„Wieso hasst du mich?“, murmelte ich mehr zu mir selbst als zu dem Comedian namens Gott. Natürlich war es Gabriel. Ich zupfte meinen Sweater ordentlich, um meine nervösen Finger zu beruhigen und lief mit dem selbstbewusstesten Schritt, der mir möglich war, an den Zaun.

In den Sekunden, die ich auf meinem Weg bis zu ihm brauchte, saugte mein Blick alles an ihm auf. Die altbekannte, gut getragene Jeans, die Chucks, sein enganliegendes schwarzes Hemd unter der Lederweste. Die Haare, die dringend einen Haarschnitt nötig hatten, die in hellbraunen Wellen bis auf seine Schulter reichten. Wachsame blaue Augen verfolgten meine eigene Erscheinung und als wir nur einen Meter getrennt voneinander waren, reckte ich ihm trotzig das Kinn entgegen.

„Was soll das, Gabe? Was willst du hier?"

Er schmunzelte und ein Grübchen bildete sich in seiner Wange ab.

„Ich wollte mich entschuldigen."

Stille.

Ich räusperte mich und sah die Straße nach links und rechts runter.

„Was ist?", fragte er.

„Ich wollte nur sichergehen, dass sich hier nicht eben die Tiefen der Hölle aufgetan haben. Dickleibige Engel mit Trompeten und der ganze Kram."

Verwirrung löste Amüsement ab.

„Weib, ich schwöre dir …"

„Nein, Gabe. Ich schwöre *dir*. Du machst mich wahnsinnig. Von deinen Stimmungsschwankungen bekommt man ein Schleudertrauma. Du bist die Personifikation einer Kneipp-Kur. Heiß und kalt." Ich schnipste mit den Fingern im Takt meiner Worte und spürte, wie mein Temperament Fahrt aufnahm. „Ich kann nicht mehr, okay? Was. Willst. Du?"

„Wieso hast du Kameras zu Hause? Und diesmal gehe ich nicht ohne eine Antwort. Rede."

Mir lief es eiskalt den Rücken runter, gefolgt von einer altbekannten Welle der Übelkeit. Doch sein Blick war standhaft; ich würde reden müssen und insgeheim wollte ich es auch.

„Woher weißt du das? Okay. Das ist hier nicht der richtige Ort zum Reden."

„Und was ist der richtige? Und bedenke, ich kann wirklich nervig werden, wenn ich etwas will."

Ich biss mir auf die Unterlippe und fuhr mir mit einer Hand durch die Haare, wobei mir das erregte Aufblitzen in Gabes Blick nicht entging.

„Schön, komm heute Abend vorbei. Zum Reden, Gabriel“, fügte ich hinzu.

„Ist es wegen Portland?“

Seine Stimme schien um noch eine Oktave gefallen. Wie er es schaffte, mich zu lesen wie ein offenes Buch, war mir ein Rätsel. Und es nervte.

„Acht Uhr. Sei pünktlich und bring Essen mit.“ Ich machte auf dem Absatz kehrt und stolzierte zurück.

Ich grinste in mich hinein, als sie ihren Prachthintern von mir wegbewegte. Acht Uhr. Ich sah auf die Uhr. Noch fünf Stunden. Das war genug Zeit. Mercy würde erst morgen früh abreisen. Ich hatte den gestrigen Tag gebraucht, um runterzukommen. Am Sonntag war ich im Club gewesen und hatte mich volllaufen lassen. Amber, eine der Clubhuren, hatte dort Abhilfe schaffen sollen, wo ich eigentlich Alys Lippen spüren wollte. Inks mahnende Blicke waren mir nicht entgangen, doch der konnte mich mal. Mich konnten alle am Arsch lecken. Bevor etwas passiert war, hatte ich Amber aus dem Haus meines Grandpas, das ich derzeit bewohnte, geworfen. In der letzten Konsequenz hatte ich mich nicht mit ihr ablenken können, denn Aly beherrschte meine Gedanken. Und doch kochte ich vor Wut. Mein eigener Bruder hatte mir nicht erzählt, dass sie eine Dauerüberwachung zu Hause hatte. Niemand bei Verstand veranlasste so etwas ohne Grund. Ich wusste, die Ursache lag in Portland, doch Alyson war ein verschlossener Mensch. Nach außen die Partymaus, immer zu allen Schandtaten bereit, locker und eine Granate im Bett. Doch ihre Gefühlswelt kam einem vor wie das Endlevel beim schwersten Videogame aller Zeiten. Und jedes Mal, kurz bevor man den Endgegner besiegte, raubte einem irgendwas die Energie und man war wieder auf Level eins.

Eventuell verbrachte ich zu viel Zeit mit meiner Playstation.

Halb acht hielt ich bei einem China-Imbiss, den Aly damals gemocht hatte, und machte etwas entfernt von ihrem Haus Halt. Ich checkte die Gegend, bevor ich auf ihre Auffahrt fuhr. Vielleicht aus Gewohnheit seit den Raiders, vielleicht seit mir die seltsame Limousine heute Mittag aufgefallen war. Ich klingelte und fuhr mir durch die Haare. Diese Unruhe gefiel mir nicht. Ich wusste, wer ich war und was ich wollte. Aly warf mich vollkommen aus der Bahn. So auch, als sie die Tür öffnete. Die Haare noch feucht von ihrer Dusche, trug sie eine tief sitzende dunkle Sweathose und ein schwarzes Foo-Fighters-Shirt. Außerdem war sie barfuß. Eine Versuchung auf zwei Beinen, selbst wenn sie nur einen Kartoffelsack anhätte. Ich drängte meine aufgepeitschte Libido zurück in ihren Käfig und zählte von dreißig rückwärts, drückte ihr die Essenstüten in die Hand und schob mich an ihr vorbei.

Wir aßen in angespannter Stille auf ihrer Couch, erhaschten einen Blick auf den anderen, wenn wir dachten, er sah nicht hin und als ich es nicht mehr aushielt, stellte ich die Pappbox mit meinen Nudeln vor mir ab und lehnte mich zurück.

„Erzähl", war mein einziger Befehl und sie machte eine Riesenshow daraus, sich den Mund abzuwischen, einen Schluck Bier zu trinken und sich wie eine Brezel die Beine unter ihrem Hummelhintern zu verknoten.

„Es ist eine Sicherheitsmaßnahme, damit ich meine Wohnung im Blick habe."

Ich zog die Brauen hoch und bedeutete ihr, das näher zu erklären.

„Eine Vorsichtsmaßnahme, Gabe. Nichts weiter."

„Nichts weiter? Okay. Dann erkläre mir das. Wieso wissen Ink und mein allmächtiger Bruder, warum und weshalb du die Kameras hast installieren lassen? Wenn das die lumpige Erklärung wäre, dann hätte Mercy mir das gesagt."

„Hätte er, ja." Sie sah mich mit ausdruckslosem Gesicht an, doch ich kaufte ihr diese Show nicht ab.

„Wenn es die Wahrheit wäre." *Rück endlich mit der Sprache raus, Weib!*

Sie seufzte frustriert und ich sah mit Zufriedenheit, dass ihre Fassade Risse bekam.

„Vor einem halben Jahr ist mir das erste Mal aufgefallen, dass meine Bettdecke anders lag, als ich sie hinterlassen hatte. Dann war es eine Jacke, die woanders hing, ein Bilderrahmen, der fehlte und so weiter. Ich holte mir Gewissheit, indem ich bewusst Sachen offensichtlich herumliegen ließ und als sie nach und nach verschwanden, sah es so aus, als hätte ich einen Stalker, Gabe. Er ist nicht täglich hier, glaube ich. Aber mindestens einmal die Woche."

Ich versuchte, Ruhe zu bewahren und machte mental erneut eine Zählübung.

„Haben die Kameras was aufgezeichnet?"

„Nein."

„Nein? Wie kann das sein, wenn du sagst, es verschwinden Sachen."

„Das frage ich mich auch."

„Ich hoffe sehr, dass deine Ruhe von anständigen Medikamenten kommt, Baby. Weil das sind keine guten Nachrichten. Inks Systeme sind hacksicher."

„Es gibt tote Winkel. Offensichtlich. Hör zu, ich fühle mich so schon absolut unwohl, aber es ist ja bisher nichts passiert. Ich denke, irgendwann wird er das Interesse verlieren."

„Das ist der dümmste Bullshit, den ich jemals gehört habe. Das endet, hier und heute. Du kommst mit mir."

„Einen Scheiß werde ich, Gabe."

Ich sprang von der Couch hoch.

„Weißt du, wer es ist?" Sie sah kurz zu Boden, doch ihr nervöses Fingerineinanderknoten verriet sie. Volltreffer. Daher auch ihre Ruhe. „Alyson!"

„Es ändert nichts, Gabe. Es ist nichts passiert. Es ist, ich denke, es ist eine Warnung oder sowas. Ich fühle mich mit den Kameras einfach sicherer, belassen wir es dabei."

„Kameras, denen dein Unbekannter jedes Mal entwischt? Wie zum Henker fühlt man sich da sicher? Und Mercy weiß davon?"

„Er weiß nicht, dass ich weiß, wer es ist."

„Wie lange?“, fragte ich innerlich brodelnd.

Ich musste meine Hände zu Fäusten ballen, um nicht irgendwas in ihrer Wohnung zu zertrümmern. Als sie nicht antwortete, brannte sich diese dunkle Wolke aus meinem Kopf in meine Sicht. Ich schlug mit der Faust auf den Tisch vor mir, dass die Bierflaschen umfielen.

„Wie lange schon?“, brüllte ich und als ihre Unterlippe zitterte, bereute ich meinen Ausbruch sofort.

„S-seit Portland. Bitte geh jetzt.“ Sie verkrampfte ihre Finger ineinander und sah auf ihren Schoß.

„Baby …“ Ich setzte mich neben sie. „Komm mit mir. Ich bin die nächsten Tage bei Daneel, während Mercy in Kalifornien ist.“

„Geh, Gabriel.“

Sie drehte den Kopf weg und ihre Tränen zogen feuchte Straßen ihre blassen Wangen hinab.

Ich verfluchte mein verficktes Temperament, den Mangel an Selbstbeherrschung, der uns Walker-Männern innewohnte. Im Gegensatz zu Mercy trug ich keine Dunkelheit in mir, die mich täglich in einen Abgrund ziehen wollte, doch in Situationen wie diesen, die sich meiner Kontrolle entzogen, fiel es mir schwer, Ruhe zu bewahren.

Ich stand auf, sah einen Moment auf sie runter, wägte meine Optionen ab und ging wortlos. Es hatte keinen Sinn, jetzt dieses Gespräch weiterzuführen, doch das hieß nicht, dass ich untätig bleiben würde. Nein, auf keinen Fall. Ich fuhr nach Hause, wechselte das Bike gegen meinen pechschwarzen Truck, packte Kaffee in eine Thermoskanne und fuhr zu ihrem Haus zurück. Diese Nacht würde niemand bei ihr einsteigen und so lange ich bei Daneel wohnte, würde ich mir etwas einfallen lassen. Aber heute hatte Alyson zum letzten Mal meine Hilfe abgewiesen. Ich kannte sie. Die Alyson von damals war furchtlos. Die Alyson hinter diesen Mauern, im wahrsten Sinne, war verängstigt bis ins Mark.

Kapitel 11

Saint

Gegenwart

Die letzten Tage hatte ich ein unentdecktes Organisationstalent meinerseits entwickelt. Von wegen Männer waren nicht in der Lage zum Multitasking. Ich schlief bei Daneel im Haus, ging früh mit ihr in den Club, wo sie Ink unter Papierbergen freilegte und ich Clubgeschäfte regelte. Abends, bevor wir heimgingen, fuhr ich bei Alyson vorbei. Diskret, aber beständig. War ich nicht bei ihr, war es ein Prospect, der mir stündlich Meldung gab. Doch nichts und niemand zeigte sich. Ich saß in Mercys Büro und drehte gedankenverloren einen Stift in den Fingern. Es musste etwas mit Portland zu tun haben. Doch solange Alyson nicht mit der Wahrheit rausrückte, trat ich auf der Stelle.

Ein leises Klopfen erklang an der Tür und nach meinem ‚Herein' betrat Ryan das Zimmer, über und über mit Öl verschmiert.

„Setz dich hier ja nirgends hin, ich wäre gern weiterhin zeugungsfähig, wenn Mercy wiederkommt."

„*Jódete*! Dieses scheiß Bike von diesem neureichen Snob. Der Öltank ist mir praktisch im Gesicht explodiert, so eine Scheiße!"

Ich massierte mir die Nasenwurzel. Der Kerl war ein Neukunde, hatte eine saumäßig aufgemotzte Harley mit allen Schikanen vor die Tür gestellt und wollte ein komplettes Check-up. Unangenehmer Zeitgenosse.

„Bekommst du es hin?"

Ryan zog ein schmutziges Tuch hervor und verrieb sich nur noch mehr Öl im Gesicht, fluchte und knallte das Ding in den Mülleimer, der neben dem Schreibtisch stand.

„Ja, nein. Keine Ahnung. Ist Old Bull da? Ich hörte, er hatte sowas schon."

Ich lachte auf. „Vor zwanzig Jahren vielleicht. Nein, der Mann der Stunde sitzt vor dir. Gib mir eine Minute, ich komme rüber."

Drei Stunden später und wir dokterten immer noch an der Maschine herum.

„Komm schon, Süße. Wo sitzt dein Aua?", murmelte ich zu mir selbst und hörte ein helles Kichern neben mir. Ich setzte mich auf, durchaus bewusst, dass ich mittlerweile ebenfalls zu siebzig Prozent aus Öl, Fett und Straßenstaub bestand und blickte in die amüsierten Augen meiner kleinen Schwester.

„Lach nur, aber die Weiber lieben es, wenn ich ihnen gut zurede."

„Ich übergehe das chauvinistische Geschwafel mal. Du darfst gern weiter an ihr herumfummeln, ich wollte nur Bescheid geben, dass ich für zwei Tage nach Forks fahre. Ich bin wieder da, wenn Cole zurückkommt."

Gott verdammt. Ich schwang mich auf die Beine, meine Knie knackten, als wäre ich zweihundert und nicht Mitte dreißig.

„Kannst du voll vergessen. Du weißt, was Cole gesagt hat."

„Ja, aber ich bin nicht Daneel und nicht schwanger."

Das wollte ich auch schwer hoffen.

„Nein, aber du bist Teil der Familie und du weißt, wie beschützerisch er wird."

„Im Gegensatz zu dir?"

„Was? Nein, ich meine doch. Das ist eine Vier-Stunden-Fahrt, was willst du da oben?"

Sie presste ihre Lippen zu einem schmalen Strich zusammen. „Schön. Dann nicht."

„Charlie." Ich griff ihren Arm, sehr zu ihrem Missfallen, da ihr Hemd jetzt definitiv in den Müll konnte. „Hey, du konntest mir immer alles sagen. Wieso willst du nach

Forks zurück? Ich dachte, es läuft hier gut für dich. Du hast deine Malerei wieder angefangen, du …"

„Ich wollte nicht nach Forks, okay? Ich dachte, wenn ich Forks sage, fragt ihr nicht nach."

Sie verschränkte die Arme vor der Brust. Ehe ich fragen konnte, wohin sie tatsächlich wollte, machte sie kehrt und rannte praktisch aus der Werkstatt Richtung Clubhaus. Ich raufte mir frustriert die Haare, wünschte mir dringlichst eine Frauenversteher-App herbei, als Ryan auf einem Drehstuhl aus dem kleinen Büro gerollt kam wie ein verdammter Zirkusaffe.

„Liegt Blindheit in der Familie?"

„Sag du es mir", grollte ich.

„Ein Wort: Dylan." Er rollte grinsend wieder zurück ins Büro.

Leck mich am Arsch.

Dann traf es mich wie ein Blitz. Die Zwillinge, die uns geholfen hatten, Rave hochgehen zu lassen, waren nach der Rettung von Daneel vorübergehend im Portland Chapter heimisch geworden. Und Dylan war in Portland. Ich zog mein Handy hervor und wählte Knuckles' Nummer. Das hätte ich schon zu Anfang machen sollen, nachdem Alyson Portland erwähnt hatte. Er war Präsident dort und wusste vermutlich mehr über den Vorfall mit Alyson vor ein paar Jahren. Und als nächsten Punkt notierte ich mir mental die Kastration von Dylan Gallahan, sofern es sich bewahrheitete und er meiner kleinen Schwester schöne Augen machte.

Später am Abend saßen Daneel und ich beim Abendessen auf der Couch und sahen Football. Das hieß, ich sah Football, aß Pizza, während sie mir Löcher in die Birne starrte und ihr Kaninchenfutter aß. Nach fünfzehn Minuten hielt ich es nicht mehr länger aus.

„Sprich, Weib, oder schweig für immer." Stoisch aß ich weiter meine Peperoniwurstpizza und sah dem unfähigsten Runningback der Saison zu.

„Wortgewandt. Erzähl mir von Charlie."

Diese kleine Petze. „Was genau? Sie wollte mir weismachen, dass sie nach Forks will. Offenbar, laut unserem ebenfalls sehr wortgewandten Cousin Ryan Arschloch Walker, will sie aber lieber nach Portland zu Dylan. Beides wird nicht passieren", beendete ich meine Ansage, bereit wieder voll ins Spiel einzusteigen, als ich sah, wie der Quarterback komplett umgeknocked wurde. Fuck, fuck, fuck. Wieso mussten die Seahawks gegen diese Loser aus Pittsburgh immer verlieren?

„Ich sehe da kein Problem, dort wäre sie doch auch in Sicherheit des Clubs."

„Aber nicht in Sicherheit vor Dylan."

Ihr stahlgrauer Blick saugte sich wie ein Welsmund an mein Gesicht. Offenbar hatte Charlie ihr stärkstes Ass gezogen, das Mercy und mich weichkochen sollte. Daneel. Sie besaß ein Talent, meine oft tief versteckte Vernunft anzusprechen. Und ihre Argumentation fruchtete. Sie wäre im Club in Portland in Sicherheit. Knuckles würde nicht zulassen, dass ihr dort etwas zustieß. Teilweise jedenfalls, schließlich war er keine verdammte Anstandsdame. Mein Telefonat mit ihm hatte mich jedenfalls nicht weitergebracht. Ihm war nichts aufgefallen. Dylan und Josh, die Zwillinge, waren Mitglieder des Black Wolves Motorradclubs und fest in Kalifornien gepatched, reisten aber für gewöhnlich die Westküste entlang, wo sie eben gebraucht wurden durch ihre Undercover-Arbeit.

„Ich fand ihn ganz sympathisch. Er machte nicht gerade den Eindruck, als würde er irgendetwas tun, was Charlie schaden könnte. Mal abgesehen davon, dass er weiß, wessen Schwester sie ist."

„Nein, Daneel. Aber er ist siebzehn fucking Jahre älter als meine neunzehnjährige Schwester. Mercy würde Amok laufen."

„Stimmt, das würde er. Aber wer weiß, Dylan und

Charlie mögen sich offensichtlich."

„Babe, Mercy kommt in zwei Tagen mit dieser Nervensäge von Reaper wieder. Wir warten ab und schauen, was er sagt, okay? Sag das Charlie, die sicherlich auf dein Update wartet, damit ich endlich dieses grottenschlechte, wenn auch unterhaltsamere Spiel schauen kann." Und dann bewusstlos ins Bett fallen kann. Die letzten Tage lief ich auf Hochtouren, mein Verstand kam kaum zur Ruhe. Den Club praktisch allein zu führen, die Scheiße mit der Werkstatt, Alyson und jetzt auch noch Charlie. Ich wollte nur eine verdammte Stunde Ruhe.

Da hatte ich die Rechnung ohne die Schicksalsmoiren gemacht.

Alyson

Gegenwart

Ich war stolz auf mich. Die Woche war bisher vollkommen ruhig verlaufen. Keine nächtlichen Besuche von irgendwem, keine Visite von Gabe. Einzig ein Gespräch mit der Einrichtungsleitung heute Nachmittag hatte meiner Woche einen Dämpfer verpasst. Uns war noch mehr Personal gekürzt worden, sodass wir Aufnahmestopp hatten und bei einigen Kindern mit weniger schweren Beeinträchtigungen nach einer Alternative Ausschau halten mussten. Ich hatte eine Menge sehr blumige Antworten parat gehabt, mich aber eines Besseren besonnen. Es war eine Frage von: Wenn ich jetzt sagte, was ich denke, wie schnell schaffe ich es dann zum Arbeitsamt?

Nein, ich hatte geschwiegen. Daneels und mein Wirtschaftskurs, den wir abends an der Universität in Seattle belegten, ging noch drei Monate, so lange würden wir durchhalten, bis wir unser eigenes Geschäft aufziehen konnten. Wenn alles so lief, wie wir uns das gedacht hatten, dann könnten wir einer Menge Menschen helfen. Wir hatten beide ein ordentliches Startkapital und hofften auf Unterstützung durch Spenden, allerdings würde Mercy niemals zulassen, dass das Herzensprojekt seiner Old Lady Daneel und mir scheiterte und ich vermutete, er würde gegebenenfalls Gelder des Clubs beisteuern.

Trotzdem, die Sache war seltsam. Aus heiterem Himmel hatte es unsere Einrichtung getroffen. Ich hatte ein paar ehemalige Kolleginnen, die in anderen Stadtteilen arbeiteten, angemailt und niemand sonst musste Kürzungen machen.

Ich stieg in die Dusche, drehte das Wasser so heiß auf, wie ich es ertragen konnte und machte mich für den Tag fertig. Ich war bereits joggen gewesen und freute mich auf den Tag. Die Sonne schien ausnahmsweise und der

Wind trug die salzige Meeresluft bis in die Stadt. Meine Einrichtung befand sich in der Nähe des Hafens, sodass ich die Möwen schon hören konnte, als ich mit meinem Kaffee in die Richtung meines Autos lief. Sirenenlärm übertönte das Lied der Seevögel und ich drehte mich in die Richtung um, aus der der Lärm kam. Einen Block weiter sah ich eine wahre Armada an Polizeiwagen die Straße runterrasen. Große gepanzerte Busse der Sondereinheit waren ebenfalls dabei. Sie fuhren geradewegs Richtung des Clubhauses der Black Wolves. Fuck! Ich überlegte kurz, doch nahm dann die Beine in die Hand und versuchte gleichzeitig, Daneels Nummer zu wählen.

„Süße, ihr müsst kommen, die Bullen sind auf dem Weg zu euch."

„Ich weiß. Finley hat Gabe vor einer halben Stunde angerufen."

Sie klang erstaunlich gefasst in Anbetracht der Tatsache, dass möglicherweise eine Menge Scheiße hochkochen würde. Detective Finley war ein Informant des Clubs und alter Freund von Mercy.

„Fuck."

„Du sagst es. Ich habe versucht, Cole zu erreichen, aber kein Erfolg. Ich wollte es eben bei Sam probieren."

„Soll ich kommen? Bist du allein?"

„Charlie ist bei mir."

„Ich bin in zehn Minuten da", rief ich und legte auf. Eine verdammte Razzia? Was war hier eigentlich los? Ich brauchte drei Versuche, meinen Wagen zu starten, den ich um eine Ecke geparkt hatte und gab Fersengeld, als der Motor endlich lief. Vor Daneels Haus sprang ich praktisch aus dem noch rollenden Wagen und sprintete an die Tür, die Charlie mir unter der Hand wegriss.

Im Hintergrund hörte ich Daneel telefonieren.

„Ja, Sammy. Nein, ich bin zu Hause. Alyson ist eben angekommen und Gabe sagte, er schickt uns jemanden vorbei. Bull war noch daheim." Sie lächelte nervös. „Er kann besser mit einer Schrotflinte umgehen als du. Ja, sag ihm, er soll mich anrufen."

Sie drehte sich zu mir, die Haare ein wallender braunroter Vorhang bis zu ihrer Taille, das signifikante Alice-in-Chains-Bandshirt über ihren schwarzen Leggins, und zog mich in eine feste Umarmung.

„Was ist passiert?", fragte ich und wir setzten uns zusammen wie im Kriegsrat, nur mit Kaffee.

„Sie mussten gewusst haben, dass Cole aus der Stadt ist. Eine Razzia hat es schon lange nicht mehr gegeben. Finley klang beunruhigt am Telefon. Mehr werden wir wohl erst wissen, wenn die Sache vorbei ist."

„Und wen wir aus dem Knast abholen müssen", warf Charlie ein.

Ich sah zu ihr rüber. Sie saß im Schneidersitz auf dem Sessel, schob sich die Ärmel ihres schulterfreien grauen Pullovers nach oben und zupfte einen Fussel von ihrer Jeans. Sie musste hier übernachtet haben.

„Vermissen sie dich nicht auf der Arbeit?", hakte Daneel nach und streichelte ihren kleinen Babybauch, was ich ihr gleichtat.

Ich liebte diese kleine Wölbung.

„Ich habe genug Überstunden, die fordere ich heute ein. Meine Kollegin weiß Bescheid." Ich sah zu ihrem Bauch zurück. „Ist das nicht krass? Während wir hier sitzen und reden, bildest du einen Arm und eine Leber aus."

„Oh Mann, daran denkst du?", rief Daneel und wir beide brachen in Gelächter aus.

Die Anspannung, die im Raum lag, lockerte sich etwas, denn ich wurde das Gefühl nicht los, dass hier irgendwer die Büchse der Pandora geöffnet hatte. Jemand mit Todeswunsch, sobald Mercy wieder in der Stadt war, hieß das.

Ich lachte mit den beiden mit, doch insgeheim dachte ich an das jüngere Abbild Mercys. Seine starken Arme, die mich festhielten, so wie schon unzählige Male zuvor. Ich atmete tief durch und schickte ein Stoßgebet los, wünschte mir den Mann herbei, der immer dann aus dem Nichts auftauchte, wenn alles ausweglos erschien.

Kapitel 12

Saint

Gegenwart

Ein Albtraum. Das musste es sein. Vielleicht war die Salami auf meiner Pizza ranzig gewesen und ich halluzinierte. Oder dieses verdammte Räucherstäbchen von Daneel hatte mich high gemacht. Eine andere Erklärung für diese Shitshow, die seit heute Morgen meinen Tag bestimmte, gab es nicht. Um fünf Uhr hatte mich Finley aus dem Bett geklingelt und mir flüsternd von der bevorstehenden Razzia erzählt. Nicht nur, dass wir ihn für derlei Informationen bezahlten, nein, die Durchsuchung fand auch völlig ohne Anlass statt. Punkt sieben fiel die Horde an Polizisten ein und kein Stein lag mehr auf dem anderen. Die wirklich wichtigen Dinge wie Waffen, belastendes Material und so weiter waren zwar da, aber vor ihrer Nase versteckt. Unsere Bücher waren dank Ink sauber, dennoch fielen sie in unsere Privatsphäre ein. Viele der Brothers wohnten im Club, von mir mal ganz abgesehen. Ich saß auf einem der Picknicktische und fixierte die Meute mit tödlichem Blick.

King, unser Anwalt, saß neben mir, die Krawatte penibel so wie vor acht Stunden, in seinem pechschwarzen Haar war keine Strähne verrutscht.

„Bleib ruhig, Gabe. Das läuft alles nach Protokoll."

Ich grunzte abfällig und inhalierte meine weiß der Geier wievielte Zigarette. Die Kerle sollten besser ihren Scheiß einpacken, bevor mein sehr mordlustiger Bruder nach Hause kam. Ihre Zeit in Kalifornien war sowieso vorbei und nach meiner Nachricht und Daneels Anruf heute Morgen hatten die beiden sofort die Heimreise angetreten. King trank seinen Kaffee neben mir und fuhr sich durch den sorgsam gestutzten Vollbart.

„Euer Mann ist nicht dabei?", fragte er so diskret wie möglich und ich verneinte mit Kopfschütteln.

Nein, Finley war nicht dabei. Ich hatte ihn den ganzen Tag nicht mehr ans Telefon bekommen. Wir konnten hier alle nicht weg. Die Mitglieder, gegen die Haftbefehle vorlagen, waren aufs Revier gebracht worden, doch King und sein Team von Anwälten, welches wir unterhielten, war schon dabei, sie vor dem Abend wieder heimzuholen.

„Mercy hat das hier kommen sehen", murmelte ich und King nickte. Seit der Sache mit Rave und dessen Verschwinden saß uns die Mordkommission im Nacken. Finley hatte nie glaubwürdig genug erklären können, wieso ein Serienmörder vor seiner Nase verschwinden konnte, wenn er ihn doch fünfzehn Minuten vorher mit Wärmebildkameras geortet hatte. Der Verdacht der Bestechung lag im Raum und Finleys Vorgesetzter hasste uns. Für diesen Zweck hatte Mercy den Club auf Sparflamme gesetzt, jedwede Geschäfte ausgelagert und alle Waffen in der Lagerhalle in den doppelten Wänden gesichert. Wir waren Profis, doch nervig war es allemal.

Der Einsatzleiter kam aus dem Clubhaus und ich konnte mir ein Grinsen nicht verkneifen, als ich seinen gefrusteten Gesichtsausdruck bemerkte. King fing ihn ab und erledigte den Papierkram. Er war ein wahrer Lebensretter. Mercy hatte ihn auf einer Tour kennengelernt, als er sturzbesoffen in eine Schwulenkneipe gestolpert war. King hatte ihm die amourösen Angebote vom Hals gehalten und ihm buchstäblich den Arsch gerettet. Seitdem verband die beiden eine echte Freundschaft. Er und seine Kanzlei waren gefürchtet in Washington State.

Zwei Stunden später fegte Anna die letzten Scherben zusammen und die Prospects sowie die verbleibenden Brothers halfen, die Sachen wieder einzuräumen. Ich schmiss eine Runde Pizza und fuhr geradewegs zu Daneel. Sie hatte heute Clubverbot erhalten. Mercys Privatleben sollte genau das bleiben, privat.

Ich war nicht überrascht, Alyson bei Daneel vorzufinden, der Prospect, der sie beobachten sollte, hatte mir schon gesagt, dass sie gleich morgens hierhergekommen war. Sie fing mich an der Tür ab und legte den Finger auf ihre Lippen. Ich sah an ihr vorbei und zu Daneel, die auf der Couch zusammengerollt unter einer Decke lag.

Ich bedeutete Alyson mit einem Nicken, Richtung Küche zu gehen. Ich fischte mir das wohlverdiente Bier aus dem Kühlschrank, wobei mein erster Impuls Richtung Mercys Whiskyschrank ging. Doch ich brauchte einen klaren Kopf.

„Wie war es?"

Ihre sanfte Stimme schnitt durch das Rauschen in meinen Ohren. Ich drehte mich zu ihr und die Abweisung, Ablehnung und Zurückhaltung seit unserem letzten Treffen waren nicht zu sehen. Stattdessen erkannte ich echte Sorge in ihrem Blick. Und ich stöhnte innerlich auf, sie so nah neben mir zu haben. Ihr Parfüm kitzelte meine Nase, erinnerte mich an all die Male, als ich meine Nase tief in ihren Haaren vergraben hatte, während ich sie wieder und wieder zum Höhepunkt gebracht hatte.

„Beschissen wäre geprahlt." Ich lehnte mich gegen den Kühlschrank und nahm einen großzügigen Schluck des Biers. Flüssiges Gold über meine geschundenen Stimmbänder. Hauptsächlich vom wilden Knurren, denn jegliches Pöbeln hatte King mir verboten.

„Es ist noch Lasagne von heute Abend da, falls du Hunger hast", bot sie mir an und der Hauch eines Lächelns umspielte ihre Lippen.

Ich war nicht hungrig und lehnte dankend ab. Eine nicht unangenehme Stille legte sich in der dunklen Küche über uns. Das gedimmte Licht des Wohnzimmers ließ ihre blonden Locken schimmern. Ich widerstand dem Drang, mit den Fingern hindurchzufahren.

„Wie habt ihr euch heute geschlagen?", fragte ich leise. Als wir Daneel seufzen hörten, nickte ich mit dem Kopf

Richtung Terrasse. Draußen setzten wir uns auf die Adirondack-Sessel, mit Blick auf den obsidianfarbenen See. Ich beneidete meinen Bruder um diesen Ausblick. Vielleicht würde ich das Haus am Ende der Straße kaufen, das einen ähnlichen Garten aufwies. Nur um ihn zu ärgern.

„Mit Nägelkauen und Löcher in den Boden laufen", begann Alyson und lachte leise, als ich sie entsetzt ansah. „Bleib ruhig, Charlie und ich haben sie weitgehend abgelenkt. Charlie ist wieder in ihre Wohnung gefahren. Sie hat morgen früh einen Termin."

Charlie war die Künstlerin in unserer Familie. Ihre Werkstücke waren düster, modern, abstrakt und einfach sie. Authentisch bis in den letzten Pinselstrich. Sie hatte sich in diversen Maltechniken unterrichten lassen, war zu Abendkursen gegangen. Auf diese Weise hatte sie einen guten Teil ihres Entzuges verarbeiten können. Mercy und ich wagten es nicht, es auszusprechen, aber wir hatten seit langer Zeit wieder Hoffnung für unsere kleine Schwester. Auch wenn das Thema Dylan noch lange nicht vom Tisch war.

„Geht es ihr gut?", fragte ich in Richtung Daneels Silhouette auf der Couch.

Alyson lächelte breit. „Wenn Mercy endlich seinen Arsch nach Hause schwingt, wird es ihr besser gehen, aber ja, es geht ihr gut. Sie sollte sich einfach nicht aufregen. Leichte Vorwehen hatte sie schon." Ich verschluckte mich fast an meinem Bier. „Das ist völlig normal in diesem Stadium, Gabe."

„Ja, erzähl das ihrem Hulk von Verlobten", sagte ich und hustete meine Luftröhre frei.

Eine Krähe flog krächzend über den See, gefolgt von einer sanften Böe, die die Mammutbäume leicht rascheln ließ. Ich sah Alyson an. Gott, ich wollte sie. Ich hasste es, was zwischen uns alles passiert und nicht passiert war. Dass ich damals keine feste Beziehung eingehen konnte.

Dass sie wegging, dass ihr das passieren musste, sie mich nicht hatte helfen lassen. Einfach alles.

Ich konnte das Gedankenchaos hinter seinen blauen Augen lodern sehen. Er wirkte nicht nur körperlich müde, er machte den Eindruck eines Mannes, der was auch immer er sehen und tun musste, nicht mehr wollte. Zumindest nicht allein. Ich verstand das. Der Tag mit Daneel, ihre Geschichten von ihr und Mercy, Charlies Anekdoten aus der Kindheit und den wenigen Monaten, die sie wieder Teil der Familie waren, hatten mir mehr Spaß und Beruhigung beschert als all die Jahre zuvor. Daneel war meine beste Freundin und ich labte mich an ihrem Glück. Doch es führte mir auch meine eigene Einsamkeit vor Augen. Vitto in mein Leben zu lassen, an dieser folgenschweren Party vor all den Jahren, war ein böser Fehler gewesen. Er war charmant und zuvorkommend gewesen. Der perfekte Gentleman nach außen und der wilde Liebhaber im Bett. Bis er das Wort Nein nicht mehr gelten ließ. Bis er Treffen zu seinen Gunsten verschob, wie er es wollte. Mich auf Schritt und Tritt verfolgte und kontrollierte. Mir meine Flügel stutzte, bis ich flugunfähig war. Fünf Jahre später war alles was von mir, der lebensfrohen, partyliebenden Aly, noch übrig war, eine Hülle gewesen. Ein hohles Mädchen von nebenan, ohne Tiefgang. Daneel hatte es über das Telefon erahnen, aber nie den Finger drauflegen können, was genau anders war. Ich war gut im Schauspielern. Setzte für meine Eltern die perfekte Maske auf, meine Brüder waren ja fast nie zu Thanksgiving oder Weihnachten zu Hause. Sie hätten mich vermutlich durchschaut. Doch diese Nacht vor fünf Jahren. Da hatte ich Vitto den Laufpass geben wollen, hatte es fest vorgehabt. Ein Schwangerschaftstest hatte das alles zunichtegemacht. Schwanger mit vierundzwanzig und einem Kerl an der Seite, der mich an guten Tagen zum Essen ausführte wie ein Vorzeigehündchen. An schlechten nahm er sich, was er wollte. Alles, was er wollte. Als ich ihm von der Schwangerschaft erzählt hatte, war er vollkommen ausgerastet. Wüste Beschimpfungen waren das eine, doch ich hätte es allein irgendwie geschafft. Nur wollte er das nicht. Er wollte kein Kind mit einer weißen, asozialen Unterschichtentussi, wie er mir lautstark erklärte. Ein Schlag ins Gesicht und ich stürzte zu Boden. So einfach. Sie mussten es mir im Krankenhaus nicht erst sagen, waren doch die Bauchschmerzen und Blutungen schon Indiz genug, dass ich eine Fehlgeburt erlitten hatte. Angst vor Vitto, seiner Familie, hatte mich schweigen lassen. Und wegen dieser Angst schwieg ich noch heute.

Der Tag heute mit Daneel war, wie durch ein Fernglas in ein fernes Land zu sehen. Ein Blick in eine Schneekugel, auf etwas, das ich nie haben würde. Konnte. Und ich brauchte nicht erst eine Flasche Wein und ein peinliches selbstreflektierendes Seelenstripteasegespräch mit meiner besten Freundin, nicht noch eins jedenfalls, um zu erkennen, dass alles, was ich wollte, dieser Mann neben mir war. Seinem Blick nach zu urteilen, schwelgte auch er in Erinnerungen. Doch ich sagte nichts, wünschte ihm stattdessen eine gute Nacht und verabschiedete mich so schnell es ging in mein Zimmer. Ich wollte heute Abend nicht daran denken, was alles hätte sein können. Die allgegenwärtige Bedrohung von außen war schon genug. Gabe so oft zu sehen, wie in den letzten Monaten zusammen nicht, ließ das Gedankenkarussell ohnehin nicht stillstehen und ich war den Frust leid, der jedes Mal damit einherging, wenn ich an unsere Was-wäre-wenn's dachte. Jemanden so sehr zu wollen, ohne ihn wirklich haben zu können, tat mehr als weh.

Kapitel 13

Saint

Gegenwart

Ich zog sie an ihren Haaren hoch zu mir und biss ihr sanft, dann immer fester in die Schulter.

„Keine Mauern heute Nacht. Nur wir beide“, flüsterte ich in ihr Ohr, schob sie zurück aufs Kissen, zog mich ein Stück aus ihr raus und nahm einen Rhythmus auf, der uns beiden kaum Luft zum Atmen ließ. Ich sah, wie sie hektisch unter sich griff und versuchte, den Druck zu mildern, doch ich nahm ihren Arm, legte ihn bestimmend, doch sanft auf ihren Rücken und suchte selbst nach ihrem süßen Punkt, massierte ihre Klit, bis sich leise Aufschreie in ihr Stöhnen mischten und sie explosionsartig kam. Ihre eingeschränkte Bewegungsfreiheit ließ sie unter mir buckeln und ich ließ mich von ihrer Welle in meine eigene mitreißen.

Schwer atmend entließ ich ihren Arm und stützte mich über ihr ab, küsste einen zaghaften Pfad von ihren Schultern bis zu ihrem Hals, zu ihrer Wange und ließ mich von dem stürmischen Kuss, in den sie mich mitriss, entführen. Ich legte mich neben sie aufs Bett. Sah sie nur an. Das Nachglühen ihres Orgasmus in den Augen, umspielte ein amüsiertes Lächeln ihre Lippen.

„Was?“, fragte ich und sie rollte sich lasziv herum, bog den Rücken durch und grinste breit bei meiner sehr freudigen Reaktion darauf.

„Wieso ist das so einfach? Mit uns, wenn wir so zusammen sind“, fragte sie nachdenklich und griff in meine Haare, ließ die langen Strähnen durch ihre Finger gleiten.

„Weil es nicht immer kompliziert sein muss, Süße. Lass mich dich genießen.“ Ich schob mich an ihr runter, bedeckte ihr Dekolleté mit Küssen, liebkoste ihre aufrechten Nippel, knabberte sanft daran und ließ meine Hand nach unten gleiten, zu ihrer süßen Pussy, die ich ganz und gar zu verschlingen gedachte. Bis sie an meinem Mund kam, hemmungslos und wild, wie ich sie am liebsten mochte.

„Komm her", forderte sie mich mit zittriger Stimme auf und zog mich hoch, verschlang mich mit einem so leidenschaftlichen Kuss, angespornt durch ihren eigenen Geschmack in meinem Mund.

Ich rollte mich mit ihr auf den Rücken, griff in den Nachttisch und sie nahm mir das Kondom ab, rollte es mir über und dirigierte sich selbst auf meinen harten, erwartungsvollen Schwanz. Ihr Blick ließ meinen nie los, als sie sich auf mir absenkte und ich sie vollkommen ausfüllte. Ich ergab mich ihrer Führung, ihrem verboten heißen Hüftkreisen und ganz eigenen Tempo. Sie katapultierte uns beide in die nächste Dimension und ich war mir in diesem Moment sicher, dass sich etwas Grundlegendes zwischen uns verändert hatte. Als hätte ich die Mauer zwischen uns ein gutes Stück weit eingerissen.

Wenig später schlief sie verschwitzt und völlig erledigt in meinen Armen ein. Mit einem Lächeln auf den Lippen. Ich legte ein Bein über ihre, hielt sie ganz fest, damit ich sichergehen konnte, sie würde noch da sein, wenn ich aufwachte.

Doch am nächsten Morgen war mein Bett leer.

Mit einem Keuchen fuhr ich hoch und sah mich verwirrt im Zimmer um. Ein Traum. Es war nur ein Traum gewesen. Ich rieb mir frustriert die Augen und ließ den Kopf hängen. Ich konnte ihre Berührungen immer noch auf meiner Haut spüren, ihre Stimme hallte in meinen Ohren nach und ihr Kokosduft stieg mir mit den Erinnerungen an den Traum in die Nase. Doch es war kein Traum gewesen. Es war die Nacht nach der Schießerei im Diner vor ein paar Monaten gewesen. Daneel war gerade erst wieder in Seattle angekommen und die Iron Raiders hatten auf sie und Alyson geschossen. Danach hatte ich Alyson zu mir ins Haus meines Großvaters, das ich hin und wieder auf dem Gelände des Clubs bewohnte, mitgenommen. Und wie immer hatten wir nicht die Finger voneinander lassen können. Ich war ihr so sehr verfallen und sie im Angesicht dieser Gefahr zu sehen, hatte meinen Beschützerinstinkt um einige Level mehr gesteigert.

Nach einer ausgiebigen Dusche, bei der ich versuchte, den Traum restlos in den Abfluss zu spülen, ging ich in die Küche, wo Alyson bereits an der Kücheninsel saß und einen Kaffee trank. Ein Blick durchs Fenster in den Hof zeigte mir, dass Mercy in der Nacht heimgekommen war. Natürlich hatte ich ihn sofort kontaktiert, als die Razzia angekündigt wurde und er und Reaper hatten alles daran gesetzt, so schnell wie möglich zurückzukommen. Der Mann der Stunde schlenderte in diesem Moment durch die Tür und grummelte ein ‚Guten Morgen'.

„Und?", fragte ich, als wir auf die Terrasse gingen, um zu rauchen. „Hattet ihr Erfolg?"

Ich nahm mir einen Moment, um auf den See hinauszuschauen. Sog die Ruhe, die das seichte Wasser ausstrahlte auf und erdete mich. Ich hatte so sehr gehofft, wir würden zur Ruhe kommen können. So, so sehr.

Mercy spürte meinen inneren Monolog und stieß mich an. „Erde an Gabe! Oder bist du noch etwas blutleer im Kopf?"

Er nickte in Richtung Alyson, die sich mit Daneel in der Küche unterhielt.

„Ich würde ja lachen, aber ich habe Angst, meine Kaffeetasse fallen zu lassen." Ich setzte mich auf einen der Holzstühle. „Ist es sicher, sich hier draufzusetzen? Oder sollte ich sie vorher abwischen?"

„War das etwa ein Witz?" Mercy zog gelangweilt eine Braue hoch. „Okay. Turner hatte San Diego verlassen, als wir dort ankamen. Entweder hatte er Wind davon bekommen oder er wollte generell untertauchen", fuhr

Mercy fort, als ich nicht reagierte.

„Dieser Bastard. Wo habt ihr ihn gefunden?"

Er trank einen Schluck Kaffee und zog an seiner Zigarette. „Willows. In einem Stundenmotel. Widerliche Absteige. Ich muss dringend meine Tetanusimpfung auffrischen lassen. Seine Alte hat er verlassen, sie hat Jekyll fast die Clubhaustür eingetreten, weil sie allen Ernstes dachte, er hätte Abschaum wie den als Prospect aufgenommen."

„Nur eine Frage der Zeit, bis sie bei Daneel zu Kreuze kriechen wird." Ich fuhr mir über den Dreitagebart. Daneels Familie war der Bodensatz der Gesellschaft und die Tatsache, dass ihr Vater Henry Turner sie mutmaßlich an einen Psychopathen wie Rave verraten hatte, untermalte dies noch. Mein Blick wanderte zu Mercys aufgeschürften Knöcheln und er grinste breit. „Hat sich dein Verdacht bestätigt?", fragte ich schließlich, während ich seine Verletzungen unkommentiert ließ.

„Ja. Die Black Wolves in San Diego machten mit ihm keine Geschäfte mehr, sein Zeug ist unsauber und wir kaufen nicht jeden 0815-Schrott. Also hat er jede noch so unbedeutende Pissgang beliefert, unter anderem auch Kontaktmänner der Iron Raiders. Rave musste rausgefunden haben, dass er Daneels Vater ist. Für Geld und Drogen hat er ihm praktisch alles verraten, was er wissen musste. Zwar wusste Turner nichts von Daneels genauer Adresse, er hat ihn aber zu den richtigen Leuten geführt."

„Was hast du mit ihm gemacht?", fragte ich.

„Ausgequetscht."

„Äh … wörtlich?" Ich zog beide Augenbrauen hoch.

„Nein, ich hab ihn zum Reden gebracht. Und da kam einiges. Nach ein bisschen Unterstützung von mir."

Wenn Mercy recht behielt, würde es bald sehr ungemütlich werden. Wir tranken unseren Kaffee aus und machten uns auf den Weg in den Club, um mit King und Finley zu sprechen.

King beobachtete uns sorgsam, während Mercy und ich durch die Unterlagen gingen.

„Hast du es überprüft?“ Mercy faltete die Hände vor seinem Bauch und sah mich erwartungsvoll an.

Ich wippte nachdenklich mit meinem Stuhl und fuhr mir über die Bartstoppeln am Kinn. Ich sah auf die neuesten Meldungen meiner Übergaben. Drei sabotierte Waffendeals, drei misslungene Schmuggelaktionen am Hafen. Ich könnte mir büschelweise die Haare ausreißen.

„Wir verstärken die Wachleute an den Hallen, wo wir unsere Waffen lagern. Der Hafen ist schon immer eine beschissene Location gewesen, zu viel Durchgangsverkehr und die Arbeiter dort, die wir in der Tasche haben, werden neuerdings ausgewechselt wie Unterhosen“, sagte ich und sah zu Mercy und King.

„Allerdings. Euer Kontakt bei der Polizei hatte recht. Da stimmt etwas nicht. Ich warte noch auf eine Bestätigung, aber die Razzia war zu schnell durchgewunken. Sie müssen wissen, dass Detective Finley mit euch zusammenarbeitet. Großer Einfluss oder viel Geld, anders kann ich es mir nicht erklären“, warf King ein und bestätigte unsere schlimmste Vermutung. Die Befehle kamen von höherer Stelle.

„Wer will euch da ans Bein pissen?“, fragte King nach, als keiner von uns beiden reagierte.

Hinter Mercys Stirn arbeitete es genauso wie hinter meiner. Ein Name tauchte immer wieder vor meinem geistigen Auge auf, aber das konnte nicht sein, oder? Iron Raiders MC. Der gegnerische Motorradclub, der uns im letzten Jahrzehnt, und zuletzt vor einem halben Jahr, das Leben schwer gemacht hatte, durfte nicht sein. Mercy hatte Rave, den Präsidenten, der Daneel entführt und vor zehn Jahren unseren Bruder Mace ermordet hatte, umgebracht. Der Club war weitgehend zerschlagen, jedenfalls dachten wir das.

„Die Liste ist so lang, damit könnte ich mir einen Strick

basteln. Mein erster Gedanke? Jetzt, mit Alyson? Die DeLucas, aber das ergibt keinen Sinn. Ich kenne den Don, Naz, wir haben keinen Streit. Wir haben nichts, was ihn interessiert. Er hat seine Handelswege und Einnahmen und wir unsere", sagte Mercy und raufte sich die Haare.

„Naz ist uralt. Es kann nur einer seiner potenziellen Nachfolger sein, der unser Revier für sich beanspruchen will. Es hilft nichts, wir müssen uns mit Naz treffen und herausfinden, ob und wenn ja, was er weiß." Ich sah Mercy abwartend an und schließlich nickte er. Mein Handy blinkte mit einer neuen Nachricht auf.

Finley: *Bin da.*

Gut. „Unser Kontaktmann ist da." Finley würde uns jetzt erklären müssen, weshalb er übergangen worden war und er uns nur knapp eine halbe Stunde vor der Razzia warnen konnte. Wir waren auf solche Eventualitäten vorbereitet, doch ein stetiger Angriff der Polizei in Seattle würde unsere Handelspartner verschrecken und damit würde nach und nach unser Geldfluss versiegen.

King nickte, nahm seine Aktentasche und verschwand. Wenig später klopfte es an der Bürotür und Mercy rief ein ‚Herein'. Detective Derek Finley sah aus, wie wir uns fühlten. Müde, ausgelaugt und reif für das ein oder andere Bier. Er trug wie immer einen Anzug, doch hing jetzt die Krawatte lose um seinen Kragen und er sah aus, als hätte er in seinen Klamotten gepennt. Ich wies stumm mit meiner Hand auf den Stuhl neben mir, direkt vor Mercys Schreibtisch. Finley ließ sich in den Stuhl sinken und sah zwischen uns hin und her.

„Rede", befahl ich und fischte eine Zigarette aus meinem Päckchen.

„Okay, äh … meine Fälle werden neu aufgerollt und untersucht. Jeder einzelne. Ich wurde unbezahlt beurlaubt und auf unbestimmte Zeit heimgeschickt. Dienstmarke und Waffe entzogen.“ Er fuhr sich nervös durch die Haare. „Ich, verdammt … ich hab keine Ahnung, was da abgeht.“

Ich schon. Das bestätigte nur, was wir vermuteten. Einer der DeLucas war auf Abwegen. Sie waren diejenigen, die sich auf die Unterwanderung der höheren Institutionen eingestellt hatten. Polizei, Politik. Alles was Macht und Prestige brachte, trug die Handschrift der Mafia. Ich schnalzte mit der Zunge. Vor vielen Jahren hatte Mercy Finley das Leben gerettet, uns so einen Platz in der Bullerei gesichert. Vielleicht war das Ablaufdatum erreicht und er brauchte uns als Freund.

Ein Blick in seine Augen und ich wusste die Antwort.

„Was brauchst du von uns?“ Ich sah ihn bestimmt an. Er hingegen wirkte wie das Reh, das von Autoscheinwerfern geblendet wurde.

„Wie … was?“, fragte er unsicher.

„Was du von uns brauchst. Brauchst du Geld?“ Ich wartete seine Antwort nicht ab, denn ich spürte sein sichtliches Unbehagen. Ich stand auf und überließ Finley Mercy. Vielleicht würde er ihm mehr verraten, wenn die beiden allein waren.

„Ich muss telefonieren“, sagte ich zu Mercy und verließ das Büro.

Kapitel 14

Alyson

Gegenwart

Ich stand zu Hause in meinem Badezimmer und betrachtete mich im Spiegel. Auch wenn alles darauf hingedeutet hatte, war nichts zwischen uns passiert.

Er hatte neue Fältchen an den Augenwinkeln bekommen, wenn er lachte. Seine tiefblauen Augen waren noch tiefgründiger als damals. Es war, als sah ich ihn seit langer Zeit richtig an. Wirklich, als wäre er nicht nur eine heimliche Liebschaft an durchzechten Partynächten, sondern als dürften wir es uns erlauben, uns unseren Gefühlen hinzugeben. Doch das durften wir nicht. Das konnte ich nicht. Es würde uns alle in Gefahr bringen.

Ich stieg in die Duschkabine und verließ sie erst wieder, als das Wasser begann, kalt zu werden. Ich würde diesen Abend in eine Truhe packen, abschließen und den Schlüssel sorgsam verwahren. Irgendwann, so versprach ich mir, würde ich einen Weg finden, sie gefahrlos zu öffnen. Ich steuerte die Küche an, befüllte meine Kaffeemaschine und drehte mich zum Kühlschrank, um die Milch zu holen. Mitten in der Bewegung hielt ich inne. Am Kühlschrank klebte ein Foto. Mein Herzschlag nahm gewaltig an Fahrt auf und ich spürte, wie alle Farbe aus meinem Gesicht wich. Ein Bild von mir, wie ich heute Morgen Daneels Haus verließ. Der Winkel war seltsam. Der Fotograf musste praktisch direkt gegenüber vom Hauseingang gestanden haben. Ich bemühte mich krampfhaft, mir den heutigen Morgen in Erinnerung zu rufen. Hatte dort ein Auto gestanden? Ein Lieferwagen, eine Limousine? Ein Mann? Eine Frau? Mit zittrigen Fingern öffnete ich den Kühlschrank und nahm den Anblick, der sich mir darin bot, auf.

Taubheit war alles, was ich empfand. Nicht Schock, nicht Panik.

Taubheit.

Ich hatte damit gerechnet, seit fünf Jahren. Ich ging einen Schritt rückwärts, als ich den piepsenden Nachrichtenton meines Handys vernahm. Ich lugte aufs Display und sah eine Nachricht von Ink. Was mich ebenfalls nicht wunderte.

Ink: *Alyson, ruf mich an!*

Ink: *SOFORT!*

Ich sah wieder zum Kühlschrank und verharrte in dieser Starre einige Minuten. All das musste Ink sehen. Mein Zögern. Ich steckte das Handy ein, drehte mich so natürlich und ruhig um, wie es in diesem Moment möglich war, und unterdrückte den Impuls, hoch in die Ecke zur Kamera zu sehen. Ich schüttelte den Kopf, so unmerklich, dass nur Ink es verstehen konnte. Dann griff ich nach meinen Sachen, meiner Handtasche und verließ mein Haus. Ink würde es Gabe sagen. Doch bis dahin wäre ich weg. In Portland.

Diese Botschaft ließ keine andere Reaktion zu.

Kapitel 15

Saint

Kaum hatten Mercy und ich unsere Maschinen auf dem Parkplatz abgestellt, kam Ink aus der Vordertür gerannt.

„Ins Büro, sofort“, schrie er beinah.

Mercy und ich tauschten einen Blick aus und sprinteten los. Ink saß bereits wieder an seinem riesigen Schreibtisch mit den vier Bildschirmen. Ich sah von einem zum anderen.

„Ist das Alys Haus?“

„Ja. Warte“, sagte Ink und tippte wie ein Wahnsinniger auf der Tastatur.

Er suchte in seinen Dateien nach einer Aufnahme und drückte Play. Sie zeigte Alyson, wie sie am frühen Morgen nach Hause kam, durch die Wohnung ging und im Bad verschwand. Mercy drehte sich ein Stück weg, als klar wurde, dass sie sich auszog, um duschen zu gehen. Wir spulten das Video vor, zur der Stelle, als sie die Küche betrat. Ein Foto an ihrem Kühlschrank schien sie zu irritieren. Die Kamera befand sich hinter Alys Rücken, sodass wir perfekte Sicht auf den Kühlschrank hatten.

„Was soll das?“, wisperte Mercy, der nicht gerade für seine Geduld bekannt war.

Mir schlug das Herz bis zum Hals. Aly öffnete in diesem Moment die Tür.

„Das“, sagte Ink und drückte Pause.

„Was ist das?“, fragte Mercy und lehnte sich nach vorn, sah Ink an, dann wieder mich.

Doch ich war sprachlos. Dort in Alys Kühlschrank lag ein verfluchter Pferdekopf.

„Was soll der Scheiß mit Fury?“, hörte ich Mercy neben mir poltern.

Ink drückte wortlos Play und man sah Alyson in Schockstarre verharren. Dann drehte sie sich langsam um, vermied es aber, in die Kamera hochzusehen. Sie schüttelte unmerklich den Kopf, verließ die Küche und nach kurzer Zeit das Haus mit einer Tasche.

„Fuck“, rief ich und fegte einen Stapel Ordner um, der mir am nächsten lag.

„Wann war das?“, fragte Mercy.

„Vor einer halben Stunde“, antwortete Ink und suchte nach einer weiteren Datei.

„Wer zur Hölle war das? Wo ist sie?“, rief ich.

Das nächste Video zeigte zwei schwarz Maskierte, die in der Nacht, als sie bei mir gewesen war, den Kühlschrank ausräumten und seelenruhig den Kadaver platzierten. Als sie sich zum Gehen umdrehten, drückte Ink Pause. Der Ärmel des einen war hochgerutscht und man konnte ein Tattoo erkennen.

Mercy und ich lehnten uns so dicht an den Bildschirm, wie es ging, während Ink das Bild heranzoomte, Filter darüber laufen und die Tinte sichtbarer werden ließ.

Eine Reihe Sterne.

„Fuck.“ Mercy stieß sich vom Tisch ab und sah mich an. Seine grünen Augen verdunkelten sich und eine Ader trat auf seiner Schläfe hervor. „Was zur Hölle hat Alyson mit der DeLuca Familie zu schaffen?“ Seine Stimme war um eine Oktave gefallen.

Ich konnte ihn nur ratlos ansehen, doch in mir kochte ebenfalls Wut hoch. Der Vorfall in Portland. Portland war die Heimat der DeLuca Familie, die zu einer der größten Mafiafamilien der Westküste zählte. Oh, Aly. Wo war sie da nur reingeraten? Ich schlug mir eine Hand vor den Mund und ging ein paar Schritte.

„Ach, hier seid ihr“, sagte Reaper. „Hör mal, Mercy, Jack und ich dachten, wir übernehmen die neue Lieferung Harleys, die Mittag kommt, aber Ryan, der kleine Kacker …“ Er brach mitten im Satz ab, als er die Trauergesellschaft, wie die wir ohne Zweifel aussahen, betrachtete. „Alles okay?“

„Sieht das vielleicht so aus?“, knurrte Mercy. „Aber wo du schon da bist. Planänderung. Du und Ryan begleitet Gabe nach Portland.“

Ich hörte kaum noch zu, als Mercy ihn in die Details einweihte. Mein Blut rauschte in den Ohren und ich massierte mir die Nasenwurzel. Also hatte sie sich mit der Mafia eingelassen. Das war der Vorfall in Portland. Und dieser Wichser, der sie zusammengeschlagen hatte, der sehr bald sehr, sehr tote Wichser, musste einer von ihnen sein.

Ich fühlte, wie sich eine schwere Hand auf meine Schulter legte und sanft zudrückte.

„Hey“, sagte Mercy ungewohnt ruhig.

„Ich brauche keinen Anstands-Wauwau in Oregon“, knurrte ich. Absolute Zeitverschwendung, wenn mein Bruder etwas beschlossen hatte, war es Gesetz.

Wieso hatte sie mir das nicht erzählt? Wir hatten nicht die rosigsten Zeiten gehabt in den letzten Jahren, aber wenn sie eines wusste, dann dass sie zur Familie gehörte. Ich sah in die ernsten whiskybraunen Augen von Reaper. Entschlossenheit und Brüderlichkeit begegneten mir. Er und Mercy hatten ihre Differenzen begraben, so weit wie man das tun konnte, und mein Bruder vertraute ihm blind. Also tat ich es auch. Ich nickte.

„Okay. Aber nur Ryan und Reaper.“

Mercys Lippen umspielte ein schwaches Lächeln.

„Gut. Dann los, packt euren Scheiß. Holt sie wieder. Ich rufe Knuckles an.“

Dreieinhalb Stunden später passierten wir das Ortsschild von Portland und steuerten das Clubhaus des Portland Chapters an. Knuckles empfing uns direkt im Vorraum und wir setzten uns mit seinem Road Chief und Sergeant at Arms zusammen. Die Geschichte von Aly war schnell erzählt, Knuckles erinnerte sich noch gut an die Schlägerei damals.

„Wow, fuck. Ihr Walkers steht auf schwierige Weiber, oder?“, kommentierte Knuckles und fuhr sich durch den ergrauten Bart.

„Was weißt du über die DeLucas?“ Reaper lehnte sich im Sessel zurück und nahm einen großzügigen Schluck Bier.

„Alteingesessene Familie. Haben ihre Finger tief in der Politik, was uns scheißegal ist. Sie haben die lästige Angewohnheit, Bullen zu kaufen, aber sonst haben wir nicht allzu viele Probleme miteinander. Ich kenne den alten Don Naz ganz gut. Mercy auch.“

„Kommt es öfter vor, dass sie wehrlose Frauen zusammenschlagen?“ Meine Frage triefte vor Sarkasmus. Mir bereitete es körperliche Schmerzen, hier zu sitzen und Däumchen zu drehen. Wer wusste, wo Aly sich jetzt aufhielt? War sie verletzt? Was wollte sie hier? Es war mir relativ klar erschienen, dass sie hierher gehen würde, doch vielleicht war sie einfach komplett untergetaucht? Ich wusste gar nichts mehr. Ich dachte, ich kannte sie. Meine Brust zog sich schmerzhaft zusammen. Würde mich nicht wundern, wenn ich einen Herzinfarkt hätte.

„Oi, Gabriel.“

Ryans spanischer Slang rollte meinen Namen so sanft über seine Lippen, dass es wie ein Beruhigungsmittel wirkte. Er legte beruhigend eine Hand auf meine Schulter und ich nickte ihm dankbar zu.

Knuckles schwadronierte weiter über die Mafia-Familie, als Reaper ihn unterbrach. Wofür ich ihm mehr als dankbar war.

„Komm zur Sache, Brother. Möglichst während wir noch jung sind. Wäre der Don zu sowas fähig?“, fragte er, was ihm ein schallendes Lachen einbrachte.

„Niemals, der Kerl hängt praktisch nur an einem Beatmungsgerät. Nein, ich tippe auf Vitto, seinen Enkel. Der hat eine, sagen wir mal, ausgeprägte Art, seine Meinung durchzusetzen.“

Der Name sagte mir auf jeden Fall etwas.

Ink hatte versucht, Alys Telefon zu orten, doch sie hatte es ausgeschaltet. Also mussten wir hier auf die altmodische Art suchen. Nur gut, dass wir einen perfekten Sucher vor Ort hatten. Wie auf Kommando schlenderte Dylan um die Ecke, die blonde Mähne zu einem Zopf gebunden. Und eine Frau im Arm? Was zum Geier?

Ich war auf den Beinen, bevor Ryan oder Reaper mich aufhalten konnten, packte Dylan am Kragen und knallte ihn gegen die nächstbeste Wand, sodass ihm beinah Hören und Sehen verging.

„Saint“, setzte er an, doch verstummte, als er meinen Blick sah.

„Willst du mich verarschen, Arschloch? Machst meine Schwester an, die nebenbei bemerkt off limits ist, wie dir mein Hulk-ähnlicher Bruder sicherlich eingetrichtert hat, und hier rennst du dem erstbesten Clubarsch hinterher?“ Das beleidigte ‚Hey‘ der halbnackten Ablenkung auf zwei Beinen ignorierte ich geflissentlich.

„Ich hab keine Ahnung, was …“, begann Dylan.

„Saint.“

Ich ignorierte Reaper. „Was du willst? Das kann ich sehen. Ich denke, ich nehme dir die Entscheidung ab“, knurrte ich zwischen zusammengepressten Zähnen in Dylans Gesicht.

„Saint!“

Verdammter Reaper!

„Und als Erstes werde ich Charlie anrufen, damit …“

„Gabe!“

Ich drehte mich ruckartig um. „Was, verfickt noch mal?“

Reaper stand direkt hinter mir und Gott steh mir bei, wenn er nicht aufhörte zu grinsen …

„Das ist Josh“, erklärte Reaper trocken.

Leck mich doch. Was? „Was?“

Jetzt lachte er richtig, genauso wie der Clown, den ich

gegen die Wand drückte.

„Wie ich sage. Das ist Josh. Dylan steht hier bei uns", sagte er und wies mit dem Daumen hinter sich, wo ein breit grinsender Dylan mir winkte.

Beschämt ließ ich Josh los und rückte ihm sein Hemd und seinen Cut gerade.

„SorrymannMissverständnis", ratterte ich herunter, kassierte ein weiteres breites, zu meiner Verteidigung absolut identisches Grinsen wie das seines Bruders und trollte mich zurück an den Tisch.

„Aber schön zu sehen, dass du dir so Sorgen machst", lachte Dylan und wir klopften uns gegenseitig auf die Schulter. „Keine Sorge, das ist nur freundschaftlich mit Charlie", flüsterte er mir zu.

Wer's glaubt, Arschloch.

Doch darum würde ich mich später kümmern. Nach dem Mord an Reaper, der mir das seinem fetten Grinsen nach zu urteilen, bis an mein Sterbebett vorhalten würde.

„Also, dann wollen wir mal deine Süße suchen", rief Dylan fröhlich aus, ließ die Fingerknöchel knacken und legte feierlich eine Straßenkarte von Portland auf den Tisch.

„Haben die hier kein Internet?" Ryan sah Dylan fragend an.

„Die Kunst, unter dem Radar zu fliegen, besteht darin, sich nicht auf die Technik zu verlassen. Kein Empfang, Akku leer, weiß der Geier was sonst. Diese Karten hier sind meine Babys."

Dylan tätschelte seine Papierfreundin und fing an, Straßen und Gebäude einzukreisen. Wir bildeten Grüppchen, die sich nach und nach die infrage kommenden Gebäude vornahmen. Ein super Plan. Solide. Taktisch ein Meisterwerk. Doch dieses fiese nagende Gefühl in meinem Magen ließ nicht locker. Etwas stimmte hier nicht.

Kapitel 16

Alyson

Ich erwachte mit einem Keuchen und setzte mich ruckartig auf. Wo war ich? Ich lag auf einem Bett, angezogen, immerhin. Nichts hieran kam mir bekannt vor. Das Zimmer war dunkel, es war Nacht. Ich rieb mir die Augen und versuchte mich krampfhaft an das Letzte zu erinnern, bevor ich hier gelandet war.

Der Pferdekopf. Fuck, fuck, fuck. Ich war nach Portland gefahren, in die Gegend, die mir am wahrscheinlichsten vorgekommen war, um Vitto zu finden. Das hier musste ein Ende finden, ein für alle Mal. Hier hatte Vitto mit seinen Jungs die meisten Deals ausgehandelt. Ich hatte nicht viel aufgeschnappt, als wir zusammen waren, doch das hatte ich mir behalten. Ich erinnerte mich an ein fabrikähnliches Gebäude und dann an nichts mehr. Ein beißender Geruch strömte von meinem T-Shirt aus. Was zur Hölle? Chloroform? Okay, das würde meinen Filmriss erklären.

Ich stand schwerfällig vom Bett auf und tastete mich ab. Alles war noch da, bis auf mein Handy. Ich ging zur Tür, die überraschenderweise offen war, und lief mitten in ein Meeting, wie es schien. Etwa ein Dutzend Kerle saß um einen Tisch, das einzige Licht im Raum kam von flackernden Neonröhren an der Decke.

„Seht mal, wer endlich ausgeschlafen hat."

Diese Stimme. Ich musste mich nicht erst zu ihm drehen, um Vitto zu erkennen. In einen schwarzen Dreiteiler gekleidet, die kohlrabenschwarzen Haare penibel zurückgekämmt, stellte er mittlerweile alles dar, was ich vergessen wollte. Wie ich jemals auf seine widerliche Art hereingefallen war, erschien mir jetzt schleierhaft. Ich war dem Charme des wortgewandten Mannes damals verfallen.

Er war gebildet, höflich und passabel in der Kiste. Ich würde nicht sagen, dass er meine Welt zum Wanken gebracht hatte, denn das hatte nur einer, doch er war eine gute Ablenkung gewesen. Alles an seinem Äußeren war perfekt. Zu perfekt. Ich wollte nicht perfekt. Ich wollte rau, ich wollte ungebändigt. Ich wollte stürmische blaue Augen, die mich fest ansahen, wenn ein ganz anderer, südlicherer Teil seines Körpers mich auf die perverseste und wundervollste Art penetrierte. Ich wollte die blauen Flecken an meinen Hüften, den geröteten Hintern, wollte die Nägel in seinen Rücken schlagen und ihn meine Spuren Tage später spüren lassen.

Vitto führte mich stets edel aus, in die teuersten Fischrestaurants der Küste. Er nannte mich nach wenigen Monaten eine Banausin, weil ich das, was der Koch scheinbar mit dem Schleppnetz reingeholt hatte, nicht zu würdigen wusste. Aus kleinen Rügen wurde Beschimpfen. Aus Beschimpfen wurden Befehle. Ehe ich mich versah, fand ich mich in einer Beziehung wieder, die einem Schraubstock ähnelte. Zerquetscht, erdrückt und jeglichen Frohsinns beraubt.

Drei Jahre später feierten die Wolves in der Nähe des Campus und ich sah ein altbekanntes Gesicht: Saint. In einem schwachen Moment schlich ich mich mit ihm weg und sechs Wochen später erkannte ich, dass ich tief in der Scheiße steckte.

Bevor ich Vitto etwas erklären konnte, flippte er aus und schlug mich zusammen. Er war unfruchtbar und ich hatte ihm mit meinem Fehltritt Kanonenfutter der Extraklasse geboten.

Meine Reise jetzt nach Portland war keinesfalls ungeplant gewesen. Ich wusste, dass der Kopf eine Warnung gewesen war. Ich hatte schon eine Weile vermutet, dass er mich beobachtete, die Kameras hatten es nur bestätigt. Er wollte mich endgültig für mein Fremdgehen bezahlen lassen.

Jetzt stand er dicht neben mir und strich mir eine Haarsträhne aus dem Gesicht. Sein überkandideltes Aftershave raubte mir beinahe den Atem. Ich sah zu den Typen am Tisch. Einige von ihnen trugen teure Anzüge, genau wie Vitto. Allerdings trugen mindestens vier der Anwesenden Iron Raiders MC Cuts. Das durfte doch nicht wahr sein, ich hatte gedacht, die Wolves hätten sie dem Erdboden gleichgemacht.

„Ach, ja. Unsere Handelspartner. Wirklich gute Geschäftspartner muss ich sagen." Vitto lachte dreckig und packte mich im Nacken. „Und jetzt haben wir unsere, sagen wir, Spionin da? Doppelagentin? Kannst dir gern einen tollen Namen für das, was du tun wirst, aussuchen, Baby."

Ich wollte kotzen. Ich wollte in der Zeit zurückreisen und alles anders machen. Hierherzukommen war ein großer, großer Fehler gewesen. Das wurde mir jetzt klar. Was immer Vitto von mir wollte, er würde es ohne meine Hilfe kriegen, das stand fest. Ich sollte nur zusehen, wie die, die ich liebte, leiden würden.

„Du … du steckst hinter den Überfällen auf die Black Wolves." Meine Stimme war nur ein leises Flüstern.

„*Bene.* Ich hasse diesen verlausten Scheißhaufen und allen voran diesen arroganten, überheblichen Riesengorilla Mercy. Greift sich alles an der Ostküste ab, was geht. Jede verfickte Handelsroute, einfach alles. Und was sagt der Don? ‚Nein, Sohn, wir haben ein Abkommen.' Scheiß auf Abkommen! Der Alte lebt nicht ewig und ich nehme mir, was mir zusteht. Denkst du, ich will die gleichen stinkend langweiligen Politikgeschäfte und Verbindungen unterhalten wie mein Großvater? Fuck, nein. Und meine Freunde aus Montana waren so nett, mir zu helfen. Seit sie kürzlich ihre Führungsriege verloren haben. Und du kleine Schlampe wirst uns helfen, Insiderwissen zu sammeln."

Er packte mich grob am Oberarm und schleifte mich an den Tisch. Einer seiner Lakaien stand auf und breitete technischen Kram vor mir auf dem Tisch aus.

„Das sind Wanzen, USB-Sticks, alles um die, zugegeben, sehr gerissene Firewall dieses tätowierten Arschlochs zu umgehen.“

Ink, er redete von Ink.

„Du wirst uns alles beschaffen, was wir wollen. Allem voran den Zugang oder …“

Ich sammelte den Rest Mut, den ich finden konnte und drehte mich zu ihm. „Oder was?“

Er grinste breit und tippte sich nachdenklich ans Kinn. „Oder ich fange an, deine Abschaumfamilie systematisch auseinanderzunehmen. Den Kredit deiner Eltern, ihr Geschäft. Die Karrieren deiner Brüder. Deine beste Freundin, die schwanger ist? Was, wenn sie einen Unfall hätte? Tragisch.“

Heiße Tränen stiegen mir in die Augen und ich schmeckte bittere Galle. Ich hatte mich mit dem Teufel eingelassen. Dem leibhaftigen Teufel. Wieso war ich damals auf diese scheiß Party gegangen? Wie hatte das nur passieren können? Und als ob er meine Gedanken gelesen hätte, beugte Vitto sich zu mir und flüsterte in mein Ohr.

„Glaubst du, ich habe nicht gesehen, wie er dich damals an der Hauswand gefickt hatte? Aber, und das ist ja das Schöne an Karma, das war der Weg zum Black Wolves MC, den ich gebraucht habe. Du bist ihre Schwachstelle. Ich führe fort, was Rave, dieser armselige Loser, nicht geschafft hat.“

Sie waren Partner. Mir blieb die Luft weg. Hier war Rave, der psychopathische Präsident der Iron Raiders, die ganzen Jahre über gewesen.

Eine Stunde später fand ich mich allein auf einem Parkplatz bei meinem Auto wieder. Wie es hierhergekommen war, wusste ich nicht. Vitto hatte mir ein Wegwerfhandy besorgt und unmissverständlich klargemacht, sollte ich

Hilfe holen, in Form von Polizei oder den Wolves, würde er anfangen, seine Drohungen wahrzumachen. Die Schlinge um die Wolves zog sich ohnehin immer weiter zu. Was ich anhand des Treffens mitbekommen hatte, wäre pures Gold an Information für Mercy und den Club. Nur wie sollte ich ihm das alles erklären? Wie sollte ich meinen Teil des Deals einhalten, ohne dass die, die ich liebte, zu Schaden kamen? Und damit meinte ich nicht nur meine Eltern. Ich meinte auch Daneel, den Club. Aber vor allem Gabriel. Ich erinnerte mich an einen Satz, den mir meine Tante gesagt hatte, als ich bei ihr in Texas zu Besuch war. In der bisher dunkelsten Zeit meines Lebens.

„Wenn du vor einer Mauer stehst, quäle dich nicht damit, sie zu überklettern. Jede Mauer hat eine Tür."

Ich setzte mich ins Auto und starrte ins Nichts, bis mir die Augen brannten.

Okay, es war an der Zeit, diese Tür zu finden.

Drei erfolglose und ziemlich deprimierende Stunden später parkte ich meine Maschine auf dem Platz vor dem Wolves Clubhaus. Knuckles fuhr eine Sekunde später an und nach und nach folgten alle anderen.

Reaper sah mich an, schüttelte aber nur den Kopf, als er meinen Gesichtsausdruck sah. Mein Handy klingelte und Mercys Name leuchtete auf.

„Hey Prez“, sagte ich und ging ein Stück abseits. Ich kämpfte darum, meine Stimme standhaft zu halten. Dieser ganze Scheiß mit Alyson zehrte an meinen Kräften. Sie war wie Sand in meiner Hand, wenn ich sie packen wollte, rann sie mir durch die Finger.

„Status?“, grunzte er ins Telefon und ich hörte lautes Rufen im Hintergrund.

„Wo bist du?“, fragte ich irritiert von dem Lärm.

„Im Lagerhaus in Tacoma. Drei Mal darfst du raten.“

Nein. Nicht schon wieder.

„Razzia?“ Es war mein neuestes Hass-Wort.

„Verfickt richtig. Status?“

Ich massierte meine Schläfe und kickte einen Stein vor mir her. „Nichts Neues. Keine Spur.“ Ich hörte Hawk im Hintergrund fluchen und wie Sledge auf Spanisch herumbrüllte. Home sweet home.

„Was willst du tun?“, fragte Mercy.

Er brauchte Alysons Namen nicht zu sagen, doch die Botschaft war klar: Scheiß dich aus oder geh vom Pott. Er brauchte mich in Seattle.

„Ich bleibe die Nacht und komme morgen zurück. Ich habe nicht den Eindruck, dass sie verschleppt wurde. Wenn ich eins von dieser Frau weiß, dann, dass ich sie nicht finden werde, wenn sie nicht gefunden werden will.“

Ich hörte das Klicken eines Zippo-Feuerzeugs. „Okay. Komm vorbei, wenn du wieder da bist.“

Wir verabschiedeten uns und ich folgte den anderen in den Club. *Sail* von Devildriver lief im Hintergrund, als ich mich auf die Couch fallen ließ. Eines der Clubmädchen von hier hielt mir ein Bier hin und ich zwinkerte ihr dankbar zu, unsicher, ob ich sie schon einmal im Bett gehabt hatte.

Die Nacht auf Mercys Terrasse vor einigen Tagen hatte etwas zwischen uns verändert. Das Verhältnis von Alyson und mir war immer holprig gewesen. Es hatte leidenschaftliche Zeiten gegeben, in denen ich mir sicher war, dass sie mich ebenso wollte wie ich sie. Und dann hatte ich wieder kalte Füße gekriegt und sie sich hinter ihrer ‚mir-doch-alles-scheißegal-Attitüde' verkrochen, den erstbesten Kerl heimgeschleppt und es mich sehen lassen. Wir mussten diesen Teufelskreis endlich durchbrechen. Hilfreich wäre auch, wenn sie verfickt noch mal auftauchen würde.

Dylan kam aus seinem Zimmer, offenbar frisch geduscht, die blonden schulterlangen Haare noch tropfnass, schlenderte er in den Vorraum, wobei sich alle Clubweiber zu ihm umdrehten. Klasse, und den sollte ich bald Schwager nennen? Das würde Mercy ergrauen lassen wie Marie fucking Antoinette oder wie die Schnalle hieß. Das würde er nie zulassen. Ich auch nicht, wenn wir schon dabei waren.

„Hör auf, ihn mit Blicken zu töten. Der Kerl macht doch gar nichts", raunte mir Reaper zu und stieß mich an der Schulter an.

Ich nahm einen großzügigen Schluck Bier und wünschte mir, ich könnte irgendetwas tun. Etwas, das nicht nutzlos herumsitzen und Gras beim Wachsen zuschauen beinhaltete. Sowas wie, meinen Club vor der nächsten Razziawelle beschützen oder dass sich die Frau, die seit Jahren schon an meine Seite gehörte, die sich ihr Haus zu einer abgefuckten Version von Big Brother hatte umbauen lassen, endlich zu mir bekannte. Oder wie viele Ficks in dunklen Ecken im Club oder sonst wo sollte es noch geben?

„Er ist nicht so dumm, Charlie wehzutun. Er weiß, dass er dann den gesamten Club gegen sich hat“, begann Reaper erneut und ich riss den Kopf ruckartig zu ihm um.

„Hat dich auch nicht davon abgehalten, Daneel zu ficken, oder?“, gab ich zurück. Der Kerl drückte alle meine Knöpfe heute.

„Piss mich nicht an, nur weil du dir den Schwanz nicht nass machen kannst.“

Ich atmete tief durch.

„Vielleicht sollte ich genau das tun“, murmelte ich und wollte aufstehen, doch Reaper hielt mich am Arm fest. Ich sah auf seine tätowierten Finger und dann in seine unbarmherzigen braunen Augen. Fragend hob ich eine Braue.

„Sei nicht so unfassbar naiv, Gabe. Du willst Aly, das kann jeder sehen. Wir finden heraus, was da läuft und dann holst du sie dir.“

Irgendwie bezweifelte ich das, aber ich gab nach, ließ mich zurück neben ihn in den Sitz fallen und wir tranken schweigend unser Bier.

Am nächsten Vormittag fuhren wir in Seattle ein und ich steuerte direkt Mercys Wohnhaus an, das Haus meiner Kindheit. Er hatte es über die Jahre in eine wahre Festung umgebaut und jetzt mit Daneel war diesen kalten Räumen das Leben eingehaucht worden, das es die Jahre über vermissen ließ. Hier und da schlichen sich die ersten Bilder an die Wand, hauptsächlich Gemälde von Charlie, aber auch eines Künstlers aus Atlanta, den Daneel aus ihrer Zeit als Barkeeperin dort kannte.

Pflanzen, zum Tode verurteilt, da ich Daneels Talent kannte, doch sie gab sich Mühe und Mercy ließ sie gewähren. Er war ihr hörig, seit er das erste Mal seinen kalten Blick auf ihr sonniges Gemüt gelegt hatte. Ich lächelte, als ich im Wohnzimmer auf meinen Bruder wartete und Daneel *Sorry* von Nothing But Thieves mitsang, während sie Grünzeug in eine Schüssel schnippelte. Ich liebte ihre Stimme. Als Teenager hatten wir Stunden in meinem Zimmer verbracht. Ich hatte auf der Konsole gezockt und Daneel leise neben mir gesungen. Diese Erinnerung brachte mich zum Lächeln.

„Gaffst du meiner Frau auf den Arsch?", polterte Mercy und ließ sich demonstrativ neben mich auf die Couch fallen.

„Was? Hast du sie nicht alle? Daneel ist wie meine Schwester." Gott schütze mich vor dem grünäugigen Monster.

Mercy lachte tief in seiner Kehle und schlug mir auf die Schulter, die er mir dabei fast ausrenkte. Irgendwie hatte er die letzten Monate seine Trainingseinheiten verdoppelt, es war beinahe grotesk, wie sich die T-Shirts um seine Muskeln spannten. Ich fühlte mich dagegen wie ein Meerestier an Land. Das mit den glibbrigen Fäden als Fortbewegungsmittel. Ich fühlte mich alt, auf der Stelle tretend. Egal, was ich anstellte, um Alyson begreiflich zu machen, dass wir zusammengehörten, dass sie der Idee eines Uns eine Chance geben sollte, desto mehr entglitt sie mir. Wie Rauch, den man fassen wollte. Und ich verstand es nicht, es ergab für mich keinen Sinn. Jedes Mal, wenn wir uns sahen, konnte man das Knistern praktisch sehen. Vielleicht waren es aber auch Schlaganfälle und ich fantasierte mir das alles zusammen. Gott, ich brauchte dringend die weibliche Einsicht hierzu. Nach unserer Besprechung würde ich mir Daneel schnappen.

„Guten Morgen."

Ich riss abrupt den Kopf herum. Mit nichts als einer lockeren Trainingshose bekleidet, schlenderte Finley in die Küche und ging wie ferngesteuert zur Kaffeemaschine. Ich spürte, wie mir die Morgenluft, die durch die offene Terrassentür kam, in den weit offen stehenden Mund wehte. Mercy schlürfte neben mir an seiner Kaffeetasse und sah nach draußen. Was zum Fick? Ich sah wieder in die Küche und zurück.

„Äh, ist dir aufgefallen, dass Finley in deiner Küche steht?“, flüsterte ich und schloss meine Essensluke. War das die Twilight Zone?

„Was denkst du denn?“, war die unbefriedigende Antwort.

Ich starrte ihn wieder an, während Finley Small Talk mit Daneel hielt und die beiden kicherten wie zwei beschissene Schulmädchen.

„Gerade nicht viel, wenn ich ehrlich bin“, erwiderte ich, woraufhin Mercy schnaubte. „Was macht er hier?“

„Kaffeetrinken.“

„Ich raste gleich aus, Mercy. Wieso. Ist. Er. Hier?“

Mercy pfiff scharf und laut durch die Zähne und bedeutete Finley, sich zu uns zu setzen.

„Nach unserem Gespräch im Club habe ich ihn zu mir zum Abendessen eingeladen. Der Kerl hat nicht nur seinen Job, sondern auch seine Wohnung verloren. Viele der Bullen wohnen in einem der Gebäude in der Nähe des Reviers. Als er suspendiert wurde, sagten sie ihm, er solle sich schnellstmöglich eine neue Bleibe suchen.“

„Er tut dir leid“, stellte ich fest.

Mercy nickte. „Er hat uns gute Dienste geleistet und hatte es früher nicht leicht. Ich helfe ihm, auf die Beine zu kommen.“

Ich raufte mir zwischendurch die Haare. Finley saß die ganze Zeit ruhig da.

„Nichts für ungut, aber das erklärt nicht, wieso er im Hotel Walker residiert.“

„Residiert? Wusste gar nicht, dass du so Wörter kennst“, frotzelte Finley.

„Liegt daran, dass ich mehr als Singen und Klatschen in der Schule hatte, du Pisser.“ Ich langte fast über den Tisch zu ihm, doch Mercy hielt mich zurück.

„Bleib cool, Gabe. Er ist hier, weil ich es will. Wir gehen davon aus, dass seine Wohnung verwanzt ist. Er ist so lange hier, bis er beruflich und in einer neuen Bleibe Fuß fassen kann."

Das ergab Sinn, die Wohnung abzuhören. Momentan konnten wir niemandem auf dem Revier trauen und bevor Finley irgendetwas ausplauderte, unwissend, war es sicher besser, wenn wir ihn unter Beobachtung hatten.

„Und auf lange Sicht?" Ich sah zu Finley. „Sei dir lieber sicher, was du da tust, denn wenn du nur im Ansatz versuchst, dem Club zu schaden, mach ich dich fertig."

„Das weiß ich", antwortete Finley mit einem Seitenblick zu Mercy, der ihn ebenfalls fokussierte.

Ich ließ mich auf dem Sofa zurücksinken und atmete tief durch.

„Erzähl mir von Portland", forderte Mercy, während er die vorbeilaufende Daneel auf seinen Schoß zog.

Ich legte die Bandbreite unserer Niederlage auf den Tisch, wie wir die Stadt auf links gedreht hatten und sowas von gar nicht erfolgreich gewesen waren.

„Sie will nicht gefunden werden", merkte Daneel überflüssigerweise an. Ich setzte zu einer Antwort an, doch sie hob ihren Finger. „Aber glücklicherweise weiß ich, wo du suchen solltest."

„Ach ja?", fragte ich.

„Mir ist nicht entgangen, dass damals etwas passiert ist. Und auch wenn ich wirklich warten wollte, bis dieses sture Weib mir alles erzählt, habe ich eventuell unlautere Methoden angewendet, die Informationen vorher zu bekommen."

„Babe, verfickt noch mal", knurrte Mercy.

„Sie ist bei ihrem Bruder." Sie lehnte sich zufrieden an Mercy.

„Welchem?", fragte ich.

„Carter. Mike ist derzeit, soweit ich weiß, auf See. Ich habe seine Adresse." Sie schickte mir alles aufs Handy und als ich eine Stunde später aus der Tür ging, hatte ich zwar ihren wahrscheinlichsten Aufenthaltsort, aber immer noch keine Ahnung, was ich tun sollte, wenn ich sie vor mir hatte.

Kapitel 17

Saint

Carter Mitchells Haus stand in Raymond, drei Stunden von Seattle entfernt, mit Blick auf einen riesigen See. Ich konnte Alys Auto nirgends sehen, doch ich musste Daneel zustimmen. Das wäre auch ein Ort, an den ich mich flüchten würde.

Ich parkte meine Harley Breakout am Ende der Straße und hielt mich wie ein Stalker in den Schatten. Es dämmerte bereits, was mir zugutekam. Es brannte ein Licht im Haus, vermutlich in der Küche. Immerhin war jemand zu Hause.

Bis ich das Haus vollends erreichte, war es dunkel. Ich sah einen Mann ans Fenster treten, mit dem Rücken zu mir schien er sich mit jemandem zu unterhalten. Er hatte breite Schultern und einen militärtypischen Kurzhaarschnitt. Als er sich zur Seite drehte, erkannte ich ihn. Es war definitiv Carter. Er musste jetzt Anfang vierzig sein, das Gesicht schien im Licht der Deckenlampe hart und gefühlskalt, doch ich wusste es besser. Im Angesicht ihrer engelsgleichen Schwester schmolzen die Mitchell-Brüder dahin. Ich allerdings nicht. Ich war geladen. War bis zum Anschlag bedient. Ich war mit der Absicht hergekommen, Antworten zu kriegen und bei Gott, die würde ich mir auch holen.

Eine weibliche Gestalt trat zu Carter und er legte den Arm um sie. Bereit für Alysons Anblick, staunte ich nicht schlecht, als sich die Person als eine Rothaarige entpuppte und staunte sogar noch mehr, als Carter sie auf den Mund küsste. Das war unerwartet. Mir war nicht bewusst gewesen, dass er inzwischen liiert war, der ewige Junggeselle. Hieß das, Alyson war nicht hier? Ich ging ans andere Fenster und hielt inne.

Nichts deutete darauf hin, dass Aly in diesem Haus war,

kein Wagen vor der Tür, keine Silhouette im Fenster. Ich beschloss zu klingeln, ehe mich Carter wie einen herumschleichenden Einbrecher an Ort und Stelle niedermähte.

„Immer mit der Ruhe“, erklang Carters tiefe Stimme, nachdem ich geklingelt hatte.

Geräusche im Hausinneren verrieten, dass er auf dem Weg war und ich fragte mich, wie ich die Sache angehen wollte. Ich hatte Carter seit Jahren nicht gesehen.

„Gabriel?“ Carter hob fragend eine Augenbraue, als er mich erblickte.

„Ich war zufällig in der Gegend“, sagte ich grinsend, wurde übergangslos ernst und sah ihn fest an. „Wo ist sie?“

Er presste die Lippen zu einem dünnen Strich zusammen und sein misstrauischer Blick studierte meinen entschlossenen Gesichtsausdruck. Wortlos trat er einen Schritt zur Seite und ließ mich ins Haus. Und ich hoffte sehr, dass er mit Antworten glänzen würde.

Ich schob vorsichtig den Vorhang ein Stück zur Seite und spähte durchs Fenster. Nichts. Paranoia war dieser Tage wie ein Mantel, der mich einhüllte. Der frühe Morgennebel lag auf den Tannenspitzen in der Ferne und waberte in auslaufenden Fetzen über den Kiesweg, der zur Hütte führte. Die alte Blockhütte war seit Jahren in Familienbesitz und erwies sich jetzt als mein Rettungsanker. Hier hatten meine Eltern ihre Sommerurlaube verbracht, den angrenzenden See zum Angeln oder fürs Bootfahren genutzt und als junges Mädchen hatte ich nie den Reiz daran verstanden. Jetzt, da meine Gedanken rasten und drohten, das Kartenhaus meines Verstandes über mir zum Einsturz zu bringen, fühlte ich mich hier meinen Eltern näher denn je. Wieder sah ich an dem bordeauxbeige karierten Vorhang vorbei und erhaschte einen Blick auf die aufgehende Sonne, die die Umgebung in ein zartes Rosa tauchte.

Ich ging zurück in die kleine Küchenecke, stellte den Wasserkocher an und überbrühte meinen Tee. Ich ging ein großes Risiko ein, indem ich mich hier aufhielt. Ich wusste nicht, wie tief Vittos Spitzel in die Immobilien meiner Familie eingeweiht waren. Dass die Hütte auf den Geburtsnamen meiner Großmutter registriert war und tief im Wald lag, war der einzige Grund, weshalb ich dieses Wagnis hier einging. Und ich baute auf meine kluge Freundin und einen sehr, sehr sturen Vizepräsidenten des Black Wolves MC.

Mein Warten wurde belohnt und eine halbe Stunde später hörte ich das unverkennbare Grollen des Harleymotors, das über die Baumwipfel schallte. Ich griff nach meinem Poncho, kämmte mir mit den Fingern locker durchs Haar und trat auf die kleine Veranda hinaus.

Gabe parkte seine Breakout, stieg seelenruhig vom Bike und streckte den Rücken durch. Das hellbraune Haar vom Wind zerzaust, der ausgewachsene Dreitagebart, dazu dieser entschlossene Blick und das süffisante Grinsen im Anschlag ließen mir beinahe die Knie nachgeben. Das war, bevor sich ein Schatten über sein Gesicht legte und er breitbeinig, mit verschränkten Armen vor mir stehend innehielt und mich fixierte.

„Was zur Hölle, Weib? Hast du eine Ahnung, was ich mir für Sorgen gemacht habe?", polterte er und ich spürte das schlechte Gewissen in mir hochkriechen.

„Ich brauchte einen neutralen Ort, an dem ich nachdenken konnte. Außerdem hast du mich ja gefunden", verteidigte ich mich. Wenn er mir keine Gelegenheit geben würde, das hier zu erklären, war alles umsonst.

„Nein, nein, nein. So läuft das nicht", rief er entschieden.

Gabe sah mir in die Augen und funkelte mich wütend an, dabei verschränkte er fordernd die Arme.

„Was?"

Er nickte mir zu. „Spuck's aus. Jedes Detail. Oder ich schwöre, ich binde dich so lange hier fest, bis du endlich redest, Alyson. Ich habe es satt."

„Wenn du wüsstest, wie satt ich es erst habe", zischte ich zurück, obwohl das nicht gerechtfertigt war. „Glaubst du, mir macht das Spaß?"

„Willst du darauf eine Antwort? Hm?" Er ließ geräuschvoll die Nackenwirbel knacken und begann auf und ab zu laufen. So sehr mich der wütende Gabe einschüchterte, so heiß fand ich ihn auch. Gott, was war nur los mit mir? Hallo, lebensbedrohende Mafiosi auf dem Vormarsch!

„Fangen wir mal mit etwas Einfachem an: Was tust du hier?"

„Nachdenken."

„Aly, ich werde gleich komplett ausrasten, wenn das deine einzige Antwort ist."

Hätten aus seinen Augen Flammen geschlagen, wäre ich

nicht einmal überrascht gewesen. Ich begann nervös mit dem Bund meines T-Shirts zu spielen.

„Ich brauchte einen Ort, an dem ich meine Gedanken für zwei Sekunden ordnen konnte. In Seattle konnte ich das nicht." Nicht, ohne alle, die mir etwas bedeuteten, in Gefahr zu bringen.

„Ach, und hier schon? Wenn das stimmt, was ich erfahren habe, dann weiß DeLuca ganz genau, wo Carter und deine reizende Schwägerin wohnen."

Er ging zügig auf mich zu, sodass ich vor Schreck gegen die Tür hinter mir stieß. „Ich gebe dir genau eine verfickte Chance, dich zu erklären. Und weil es ohne scheinbar nicht geht, hier eine kleine Gebrauchsanweisung: Du hast deine beste Freundin und meine sehr schwangere Schwägerin verängstigt zurückgelassen, hast dir ein teures Überwachungssystem einbauen lassen, von dem kaum jemand wusste und hast Verbindungen zur Oregon-Mafia, die dir Mein-kleines-Pony-Geschenke zurücklassen. Hab ich was vergessen? Nein? Dann rede."

Die letzten Worte brüllte er förmlich und ich zuckte mit einem Keuchen zusammen. So hatte ich ihn noch nie erlebt. Ich kämpfte erfolglos die Tränen zurück und hasste mich dafür. Ich wollte stark sein, wollte ihm zeigen, dass ich mein Leben allein regeln konnte. Doch wem wollte ich hier etwas vormachen? Ich konnte es nicht im Alleingang. Nur konnte ich ihn schlecht um Hilfe bitten, oder? Nicht, ohne mein dunkelstes Geheimnis zu erzählen. Danach würde er mich bestimmt nicht mehr haben wollen. Und was ich wollte, breitete sich in dieser Nanosekunde vor mir aus, als ich den Gedanken dachte.

Ich wollte ihn.

Dem stillen Betteln in seinem Blick nach wollte er mich auch. Zumindest bildete ich mir das ein.

Ich fuhr mir mit schwitzigen Händen über meine Sweathose und schluckte die bittere Galle runter.

„Es ist nicht ganz das, wonach es aussieht", begann ich.

„Berühmte letzte Worte.“

Ich sah ihn mit hochgezogener Augenbraue an.

„Ich … fuck, das ist echt Scheiße. Vitto ist mein Ex. Oder sowas in der Art.“

„Definiere ‚sowas in der Art‘.“

„Wir gingen eine Weile miteinander, als ich auf dem College war, aber als es ernster wurde, wurde er …“ Ich leckte mir über die Lippe, was Gabe mit seinem Blick verfolgte, doch ließ er sich nicht in die Karten schauen. Seufzend ließ ich mich auf einem der Stühle auf der hinteren Terrasse nieder und Gabe tat es mir gleich.

„Er wurde ungemütlich, bevormundete mich, schikanierte und blamierte mich, wenn wir ausgingen. Dann war er wieder zuckersüß, nur um mich zwei Wochen lang zu ignorieren. Ich hatte die Nase voll. Und dann kam diese Collegeparty, wo du und ich …“

„Gefickt haben? Wenn du es tust, solltest du es auch aussprechen können, Babe.“

Die Art, wie er ‚Babe‘ sagte, ließ mich frösteln. Egal, ich hatte damit angefangen. Sollte er mich danach ebenfalls fallen lassen, war es eben so. Ich straffte die Schultern.

„Er hat das mit uns beiden rausgefunden, Gabe. Und das Ergebnis hast du gesehen. Ich ging zurück nach Seattle und nachdem ich wieder eine Weile zu Hause war, hatte ich das Gefühl, beobachtet zu werden. Vor einiger Zeit wurde es mir zu viel und bei einer Clubparty bat ich Ink um Hilfe. Ich wusste, dass er mir das beste Überwachungssystem besorgen konnte, doch er musste es mit Mercy abklären. Er hatte mir Stillschweigen versprochen.“

Gabe lachte laut auf. „Und was wollte er als Gegenleistung?“

„Nichts.“

„Bull-fucking-shit! Ich kenne Mercy, falls es dir entgangen ist.“

Ich sprang auf und stampfte auf ihn zu. „Mercy wollte,

dass ich dir die Wahrheit erzähle, und wenn ich nicht in den letzten zehn Minuten den Verstand verloren habe, dann bin ich gerade dabei, genau das zu tun." Ich stieß ihn mit meiner Hand an der Brust an, was den Fels von Mann nicht die Bohne interessierte.

„Äh, ja. Nachdem zerschnittene Nutztiere in deinem Kühlschrank aufgetaucht sind. Unter normalen Voraussetzungen hättest du nie von selbst angefangen. Was anscheinend bedeutet, dass sich dieser Kerl mit dem Jahresabo an Pomade alle paar Tage in deiner Wohnung einen runterholt. Wann genau hätte es der Prinzessin denn gepasst, mich einzuweihen? Bevor ich wie ein Trottel ganz Portland abgesucht habe? Nächste Woche? Nächsten Monat?"

„Ich wollte es dir sagen, Gabe, ich …"

„Biep. Moment, was war das für ein Geräusch?" Er hielt sich die Hand hinter die Ohrmuschel. „Oh, das war das Bullshit-o-Meter, das gerade Stufe zehn erreicht hat. Komm zum Punkt. Was will der Kerl?"

„Die Black Wolves stürzen."

Gabe starrte mich mit großen Augen an und lachte dann los.

„Das ist nicht witzig", rief ich, als er sich fast vornüberbeugte. „Gabe, er ist gefährlich."

Er stand auf und wischte sich kopfschüttelnd eine Lachträne aus dem Augenwinkel. „Babe. Ich bin gefährlich. Reaper ist gefährlich. Mercy ist nuklear. Soll er mit seinem Pack Armani-Anzug-Androiden ruhig kommen, aber da muss er sich verdammt weit hinten anstellen."

„Sie arbeiten mit den Iron Raiders zusammen."

Gabe machte auf dem Absatz kehrt, kam auf mich zu und hielt direkt vor meiner Nase an. Sofort wurde ich in sein maskulines Aftershave gehüllt, roch das Leder seines Cuts und einen Hauch Motoröl, als ob er zuvor in der Werkstatt gewesen war.

„Entschuldige, wie war das? Iron fucking Raiders?" Er

spie den Namen verächtlich aus.

Ich erzählte ihm von meinem Trip nach Portland, ich erzählte ihm alles. Dass Vitto mich zum Spitzel für die Black Wolves machen wollte und er mich seit Jahren beobachtete. Jede Kleinigkeit an Information war brühwarm von DeLuca an die Iron Raiders weitergegeben worden.

Fast alles.

Mit wachsender Unruhe hörte er zu und fuhr sich, als ich fertig war, mit der Hand übers Gesicht.

„Ich brauch 'ne Zigarette", murmelte er und lief zu seiner Maschine.

Ich widerstand dem Drang, mir die Haare auszureißen. So hatte ich mir das nicht vorgestellt. Für mich war von der ersten Sekunde an klar gewesen, dass ich niemals meine Freunde, Familie oder den Club ausspioniert hätte. Gabe an diesen neutralen Ort hier zu zwingen, so mein Plan, gab mir Gelegenheit, ihm alles zu erzählen, und ich hoffte, dass er eine Lösung finden würde. Eine, bei der niemand zu Schaden kam – Vitto mal ausgenommen.

Ich fühlte mich wie ein wildes Tier in Gefangenschaft. Es stimmte, ich hatte Mercy versprochen, Gabe alles zu sagen. Und er verdiente die Wahrheit, so schmerzvoll sie auch sein mochte. Doch sie übertrumpfte in meinen Augen nicht die drohende Gefahr, die die DeLucas für den Club darstellten.

Wie weit reichte Vittos Einfluss? Ich wollte es gar nicht wissen, wollte ihn einfach nur aus dem Verkehr gezogen sehen. Wie hart konnte man ein Ego verletzen, dass jemand wie Vitto so ausrastete? Oder war ich von Beginn an eine Schachfigur für ihn gewesen, unfähig den Ausgang dieser Katastrophe zu steuern? Ein Bauernopfer? Und bei Gott, was hatte ich geopfert.

Ich sah wehmütig zu Gabe.

Ich konnte mir hiernach kein Happy End vorstellen. Es würde unser Schicksal besiegeln und ich würde Gabriel gehen lassen. Endgültig. Mit festen Schritten ging ich auf ihn zu, bereit mein Herz in die Waagschale zu werfen.

Kapitel 18

Saint

Ich stand an meiner Breakout angelehnt vor der Hütte in der malerischen Umgebung und blickte in den aufklarenden Himmel. Dabei drehte ich die Zigarette in den Fingern. Die Iron Raiders kollaborierten mit der DeLuca Familie? Ich konnte Mercys Gebrüll schon bis hierhin hören. Diese Raiders-Brut war die Wurzel allen Übels. Was Aly erzählt hatte, war heißer Scheiß, keine Frage. Es war lachhaft, dass Aly Vitto clubinterne Infos liefern sollte. Was dachte der Kerl, dass wir einen schriftlichen Plan unserer Deals und Handelspartner am Schwarzen Brett aufhingen? Der Kerl nervte mich über die Maßen, ich hätte ihn damals totschlagen sollen. Aber Rache servierte man am besten kalt. Es war Zeit, vergangene Versäumnisse aufzuholen.

Ich hörte sie erst, als sie ganz nah bei mir stand und mit mir in den Himmel sah.

„Ich hatte fast befürchtet, du würdest wegfahren", sagte sie leise. Ich roch ihr Kokosshampoo, erinnerte mich an ihre süßen Lippen, zart und sinnlich an meinen. Sie so nah neben mir zu wissen, fachte die alte Freundin Sehnsucht an. Die Nächte, in denen ich versucht hatte, sie mir mit anderen Weibern aus dem Kopf und dem Herz zu ficken. Versuchte, die Erinnerung an sie in Alkohol zu ertränken. Ich dachte an unsere vielen Begegnungen in den letzten Jahren, an die Nacht der Schießerei im Diner, als ich sie wie der Mann geliebt hatte, der ich für sie sein wollte. Der beschützende Fels, an den sie sich wenden würde, wenn sie in Not war. Den sie nachts anrief, wenn die vielen wirren Gedanken sie ins Straucheln geraten ließen. Ich wollte ihr Lachen für immer konservieren und alles abwenden, was ihr Leid verursachen könnte. Gleichzeitig wollte ich sie mindestens eine Nacht lang übers

Knie legen für ihre leichtsinnige und rücksichtslose Art. Sie wertete mein Schweigen als Ablehnung, ich sah es an ihrem Blick. Die Traurigkeit, die sich wie ein unsichtbarer Schleier über ihre Züge gelegt hatte, erstickte alles an positiven Schwingungen in unserer Nähe.

Wortlos legte ich meinen Arm um ihre zierlichen Schultern und zog sie an mich, küsste sie auf den Kopf. Sie passte perfekt an meine Seite. Ich war verrückt nach ihr, sie machte mich wahnsinnig und die meiste Zeit keiften wir uns an, aber ich wollte es nicht anders haben.

„Lass uns hineingehen", sagte ich, doch sie fing meinen Blick auf und legte ihre Hand auf meine Brust.

„Ich muss dir etwas erzählen, Gabriel."

Sie holte tief Luft und sah zu ihren Füßen, bevor sie mich wieder ansah. Eine Welle der Aufregung spülte durch mich. Was sie mir nach der Bombe, die sie hatte platzen lassen, noch draufsetzen konnte, wollte ich nicht wirklich wissen.

„Als Vitto mich auf der Party verprügelte, war ich schwanger."

Mein Gesicht gefror zu einer regungslosen Maske. Schwanger. Sie musste mir nicht erst sagen, dass sie es verloren hatte. Ich hatte gesehen, wie er sie zugerichtet hatte.

„Das tut mir leid, Babe." Meine Stimme klang krächzend, die Floskel nicht annähernd das, was ich ihr als Trost bieten wollte.

Tränen füllten ihre Augen und sie legte ihre Arme um sich selbst.

„I-ich habe es niemandem erzählt, nicht mal Daneel. Ich wollte nur vergessen. All das, was in Portland passierte. Ich schämte mich, mich so von einem Mann behandeln haben zu lassen. Und noch weniger wollte ich das Mitleid der Leute, wenn sie erfahren hätten, dass ich das Baby verloren habe."

Ich fühlte es, da war mehr als das. „Warum hat er dich

verprügelt?"

„Er hatte von der Schwangerschaft erfahren und war darüber nicht sehr glücklich." Untertreibung des Jahrhunderts.

Sie sah mich fest an, die Tränen liefen ihr in dicken Perlen über die Wangen.

„Es war deins, Gabe. Es war unser Baby."

Was?

Nein. Ich griff haltsuchend nach der Breakout und kämpfte den Drang nieder, auf die Knie zu sinken. Ich taumelte einen Schritt zurück, sah zur Seite, dann wieder zu ihr. Übelkeit wallte in mir auf, Bilder dieser Nacht, als ich sie verprügelt und so übel zugerichtet auf dem Boden hatte liegen sehen, flackerten vor meinem geistigen Auge auf. Schwanger. Immer wieder raste dieses Wort durch meine Gedanken. Und es war meins. War. Mein Hals war wie zugeschnürt.

„Wie bitte, was?"

Unser Baby.

Die Party.

„Ich hatte es an dem Tag erfahren, an dem er mich schlussendlich zusammenschlug. Ich war vorher so im Stress mit Prüfungen, dass es mir zuerst nicht aufgefallen war. Wir waren nicht vorsichtig, wir …" Sie brach ab und biss sich auf die Unterlippe.

„Wieso hast du mir im Krankenhaus nichts davon gesagt?" Ich wollte sie in die Arme nehmen, sie halten. Trauer brach über mich herein und ich ballte die Hände stattdessen zu Fäusten. Die Gefühlsachterbahn in meinem Kopf nahm Fahrt auf. Unglauben und Entsetzen über das verlorene Baby, unser Baby. Markerschütternde Wut auf Vitto und eine herbe, tiefgreifende Enttäuschung darüber, dass sie niemals auch nur ein Wort darüber mir gegenüber verloren hatte. Ich hatte doch ein Recht dazu. Oder?

„Ich weiß es nicht. Ich habe mich das oft gefragt. Es

war dein Recht, es zu erfahren. Vitto fand den Schwangerschaftstest in meinem Bad und ab da eskalierte es. Er wusste, dass ich ihn betrogen hatte oder das, was er Beziehung nannte. Er ist unfruchtbar. Daher wusste er, dass es nicht seins gewesen sein konnte."

Fuck. Fuckfuckfuck.

Auf einmal bereute ich es nicht mehr, den Wichser damals nicht umgebracht zu haben. Denn mit diesem Wissen würde ich ihn mit dem allergrößten Vergnügen wie eine Schmeißfliege zerquetschen. Ihn und seine Sippe von Grappa saufenden Arschlöchern.

Oh ja.

Der Sturm in meinem Innersten ebbte ab, eine Ruhe legte sich über mein Gemüt wie ein Vorhang, der die Trauer, die Wut und das ohnmächtige Gefühl der Hilflosigkeit von meinem fokussierten Denken trennte. Schätze, da steckte wohl doch ein Teil von meinem Vater in mir.

Alyson weinte still. Die Enttäuschung saß mir tief in den Knochen, doch auch Alyson war mit der ganzen Sache allein gewesen. Wie viel Angst musste sie gehabt haben? Wie viel Trauer über all die Jahre empfunden haben? Ich griff nach ihr und schlang sie in meine Arme. Flüsterte ihr beruhigende Worte zu, verwendete die süßesten Koseworte und streichelte ihr kokosduftendes Haar. Wir gingen in die Hütte, betraten das geräumige Zimmer. Ich brachte sie zu dem Bett in der abgetrennten Schlafecke, legte mich mit ihr hin und zog sie erneut in meine Arme. Lauschte ihrem leisen Weinen, bis es verstummte und sie einschlief. Ich hielt sie eng umschlungen und lag lange wach. Formte meinen Plan. Und als ich wusste, was ich zu tun hatte, gab ich den tentakelartigen Greifarmen des Schlafes nach und döste ein. Mit Alyson, genau dort, wo sie sein sollte.

Kapitel 19

Alyson

Als ich aufwachte, war es dunkel. Schlaftrunken griff ich neben mich und ertastete nichts. Ich setzte mich auf und sah mich um. Das blasse Mondlicht beleuchtete das Zimmer nur schwach, doch ich konnte Gabes Silhouette auf der Veranda erkennen. Er telefonierte und lief leise auf und ab. Ich stand auf und ging an die Tür, hielt aber inne, als ich ihn sprechen hörte.

„Keine Ahnung, aber es sind die DeLucas. Du musst dich mit dem Don treffen." Pause. „Was? Wann? Fuck!" Er fuhr sich durch die langen Haare und ballte die Hand zur Faust. „Was soll das heißen? Wieder eine Razzia? Die wollen uns doch verarschen. Du musst ihn anrufen, Mercy. Nein, hör zu, nein, hör mir, verfickt noch mal, hör mir zu!" Auf der anderen Seite der Leitung brüllte Mercy so laut, dass selbst ich ihn hören konnte. Gabe starrte mit ausdrucksloser Miene ins Nichts und nickte, als die Stimme leiser wurde.

„Okay. Aber wenn das nichts bringt, rufst du ihn an." Er beendete das Gespräch und ich rechnete im ersten Moment damit, dass er das Handy von sich schleuderte. Eine Diele knarzte unter meinem Fuß und er riss den Kopf rum. Mit schnellen Schritten kam er herein und war bei mir, doch sofort breitete sich Erleichterung auf seinem Gesicht aus.

„Hey", sagte er sanft. „Du bist ja ganz kalt." Er legte einen Arm um mich und ich schob meinen Kopf unter sein Kinn, sog seinen Duft in mich auf.

„Worum ging es?", fragte ich leise.

„Nichts, worum du dir Sorgen machen musst, Baby. Ich hab unseren allmächtigen Häuptling auf den neuesten Stand gebracht."

„Schien ihm nicht zu gefallen", murmelte ich mit säuerlichem Unterton. Ich hatte nie ganz ausmachen können, ob Mercy mich leiden konnte oder nur wegen Daneel tolerierte.

„Du gehörst zur Familie, Aly. Zerbrich dir nicht den Kopf, es wird sich alles regeln."

Seine tiefe Stimme beruhigte mich und ich seufzte leise. Er hob mein Kinn an und sah mir einen Moment lang in die Augen.

„Und jetzt rede bitte mit mir. Du musst es nicht mehr alleine schultern, okay? Kein Wegrennen mehr, kein Verstecken, hörst du? Das endet jetzt."

Seine Stimme war ruhig, ich konnte den ernsten Unterton erkennen. Ich war es auch leid, dass mir immer wieder Steine in den Weg geworfen wurden, dass wir uns begegneten und das Schicksal jedes Mal beschloss, dass es wieder nicht unsere Zeit sein sollte. Ich wollte ihn. Ich wollte ihn nur für mich und nicht mehr warten.

„Küss mich bitte", hauchte ich und sah den inneren Kampf, der sich in seinem Blick spiegelte. Ich würde über alles reden, doch jetzt, nachdem der Geist aus der Flasche war, wollte ich in erster Linie vergessen. Wenn auch nur für kurze Zeit.

Und schon waren seine Lippen auf meinen, pressten sich fordernd dagegen und ich empfing sie, ebenso wie seine Zunge, die sogleich meinen Mund dominierte. Mir wurde warm in der Brust, eine Hitze, die mir bis in meine Mitte schoss und ich presste meine Hüften an seine, um das Ziehen im Unterleib abzumildern. Er war hart für mich, ich konnte ihn fühlen und sehnte mich nach seinem Körper wie nie zuvor. Die Rastlosigkeit und das wirkliche Fehlen eines Zugehörigkeitsgefühls über all die Jahre kochten in mir hoch und ich presste mich noch fester an ihn. In seinen Armen fühlte ich mich angekommen, schon immer. Er strahlte eine Ruhe aus, die mich erdete. Mein Kopf konnte abschalten. Endlich.

Er schob eine Hand unter mein Shirt, spielte mit meinen hart aufgestellten Brustspitzen und öffnete mit der anderen meinen BH-Verschluss.

„Aufs Bett mit dir“, raunte er an meinem Mund und ich tat wie geheißen.

Ich riss mir das Shirt vom Leib, strampelte mir die Sweathose von den Beinen, während er sich seiner Hose entledigte. Es konnte mir nicht schnell genug gehen, ich musste ihn ganz spüren. Kurz darauf waren es nur noch wir, ohne lästige Klamotten. Heiße, nackte Haut, dicht beieinander. Ich ertrank in seinem lustverhangenen Blick, hielt mich an seinen Schultern fest, als er sich über mich senkte, mir seine Härte an den Unterleib presste und Küsse auf meinem Gesicht verteilte. Jeder Kuss prickelte auf meiner Haut, sendete Schockwellen der Lust durch meinen Körper.

„Ich muss dich schmecken“, flüsterte er.

Mein Herz raste und ich sehnte nichts mehr herbei, als mich ihm vollends hinzugeben. Gabe schob sich an mir herunter, wechselte seine Küsse mit Bissen ab, liebkoste meinen einen Nippel und zwickte den anderen. Ich kratzte über seinen Rücken, über das sich riesige Black Wolves Emblem Tattoo erstreckte, seine Tattoos am Hals und den Händen. Wollte jedes einzelne betrachten und mit dem Finger nachfahren. Wollte ihm so nah sein wie irgend möglich. Den Duft seiner Haut würde ich mir am liebsten konservieren, jede Stelle küssen und berühren, um sie mir für immer einzuprägen.

Er zog seine Zunge durch meine feuchte Mitte und grinste wie die Katze, die den Kanarienvogel gefressen hatte. Dieser Mann machte mich fertig. Diese Mischung aus Leidenschaft, Humor und einfach ihm selbst ließ mich erneut in ihn verlieben. Wenn das überhaupt noch möglich war.

Mit seiner talentierten Zunge fickte er meine Pussy, übte an genau den richtigen Stellen Druck aus, rieb in sanften Kreisen über meine geschwollene Klit, nur um im letzten Moment wieder damit aufzuhören. Mittlerweile war ich ein emotionales Wrack, ausgelaugt von den Emotionen der letzten Tage. Angst und Unsicherheit, was Vitto betraf und eine so tiefliegende Sehnsucht, mich Gabe endlich ein für alle Mal hinzugeben, sodass ich meinem heiß ersehnten Orgasmus hinterherjagte, doch er verweigerte ihn mir jedes Mal.

„Gabe, bitte lass mich kommen“, flehte ich und war mir nicht zu schade zu betteln. Ich würde hecheln wie ein verdammter Hund, wenn er mich nur kommen ließe. Er antwortete nicht, warf mich stattdessen mit einer geschickten Bewegung auf den Bauch und zog mich ruckartig an den Hüften zu sich heran, sodass mein Hintern in die Höhe ragte. Schallend klatschte seine Hand auf meinen Hintern und ich musste einen Aufschrei unterdrücken. Lustschmerz durchfuhr mich und ich wusste nicht mehr, worauf sich mein übersensibler Körper mehr konzentrieren sollte: das Brennen auf meiner Haut, wo sich sicherlich ein Handabdruck ablesen ließ, oder den aufwallenden Orgasmus. Wen oder was mein Schrei hier in der Wildnis stören sollte, war mir nicht klar. Ich wollte vergessen, wenn auch nur für einen Abend.

Ich hörte, wie er ein Kondompäckchen aufriss, das er aus seiner Jeans gefischt haben musste, und es sich überzog. Wieder klatschte seine Hand auf meinen Hintern, gefolgt von einem Biss in dieselbe Stelle. Ich bäumte mich unter seinen Berührungen auf. Ich würde es keine Sekunde länger mehr aushalten, ihn nicht zu spüren. Alles fühlte sich vertraut mit ihm an, als wären wir nie voneinander getrennt gewesen. Stunden, Tage, Monate oder Jahre. Das alles spielte keine Rolle, wir ergänzten einander auf so perfekte Weise. Emotional wie körperlich.

„Perfekt“, hörte ich ihn hinter mir murmeln.

„Ich wünschte, ich könnte dasselbe sagen“, maulte ich gespielt und wackelte demonstrativ mit meinem Hintern.

„Frech.“ Klatsch.

Gott im Himmel, wieso entschloss er sich ausgerechnet heute Morgen, die ganze Bandbreite seiner Bettfähigkeiten zur Schau zu stellen. Ich versuchte, mich nach hinten zu schieben, doch er wich mir aus, versenkte stattdessen einen langen Finger in mir. Dann zwei, dann drei. Dabei schnippte er im Wechsel gegen meine Klit und als ich absolut sicher war, dass ich vor lauter Lust den Verstand verlieren würde und den anrollenden Orgasmus nicht einmal hätte aufhalten können, wenn mein Leben davon abhinge, rammte er sich in mich. Es war wie ein nach Hause kommen. Ich fühlte mich vollständig, hier in seinen Armen, sein fordernder Blick, der mich nicht aus den Augen ließ, jede Regung von mir verfolgte, ließ mich wie eine Königin fühlen. Und er war mein König. Mein Retter und ich schob alle Ängste und Zweifel beiseite, ließ nur den Moment, nur das uns zu und verlor mich in seinen kraftvollen Bewegungen. Ich fühlte seine Härte, wie sie mich dehnte, bis er sich vollkommen in mir versenkt hatte und einen Herzschlag lang innehielt. Die Zeit schien stillzustehen und meine inneren Muskeln zuckten um seinen stahlharten Schwanz.

„Beiß lieber ins Kissen", riet er mir und stieß zu.

Wieder und wieder, während mich eine Welle nach der anderen schüttelte. Ich kam seinem Vorschlag nach, biss ins Kissen, stöhnte, weinte und kam erneut. Ich wusste, dass er die nötige Ausdauer hatte, mich die ganze Nacht zu vögeln, wenn er wollte. Und er wollte. Stur rammte er seine pulsierende Länge in mich, meine inneren Muskeln molken seinen Schwanz und ich wimmerte.

„Bitte …"

Ich wusste nicht mal, um was ich bat. Mich kommen zu lassen, schon wieder. Aufzuhören, weiterzumachen. Mich zu ficken, bis ich bewusstlos wurde, was sicher nicht mehr lange dauern konnte.

Er presste seinen Daumen an meinen Hintereingang und ich schrie ins Kissen.

„Hattest du hier jemanden?“

Seine Frage blieb unbeantwortet, hauptsächlich, weil ich permanent nach Atem rang. Er schob seinen Finger langsam weiter und zog ihn wieder heraus. Im Takt mit seinem unerbittlichen Schwanz und ich sah Sterne.

„Und?“, flüsterte er an mein Ohr und biss in mein Ohrläppchen.

„Nein“, keuchte ich. Die Antwort gefiel ihm, denn er intensivierte seine Stöße und ich wurde mit einem weiteren Finger belohnt. Er verharrte in mir und kam mit einem Grollen, wobei er mich ein letztes Mal mit sich riss. Vorsichtig zog er sich aus mir zurück und verschwand im Bad. Einen Moment später spürte ich, wie er mich wusch, die Decke über uns zog und mich fest in seine Arme nahm, ein Bein über meinem liegend. Langsam lichtete sich der Nebel, der meine unnachgiebigen Grübeleien umschleiert hatte und die Realität sickerte langsam wieder in meinen Verstand. Reue durchfuhr mich, ihm nichts von dem Baby gesagt zu haben. Er hatte ein Recht dazu gehabt und ich hatte es ihm verweigert. War der Meinung gewesen, alles alleine regeln zu müssen und das fehlende Vertrauen in seine Fähigkeit mich aufzufangen, traf mich wie ein Hammerschlag. Er war es wert, das wurde mir in diesem Augenblick klar. Mehr noch, ich wollte die Zeit zurückdrehen, wollte es richtig machen und diese Mauer der Angst, die mich gefangen hielt, endlich einreißen.

„Gabe“, begann ich, obwohl mir schon die Augen zufielen.

„Nicht jetzt. Wir reden nachher. Schlaf jetzt.“

Er streichelte meinen Kopf, sanft und so zärtlich, wie man es nie vermuten würde. Ich nahm mir fest vor, dieses Gespräch weiterzuführen, doch die Aufregung und Erschöpfung des Tages forderten unaufhaltsam ihren Tribut. Meine Augen wurden schwer und mir schwand die Kraft, das Gespräch erneut aufzunehmen, und so driftete ich in den Schlaf.

Regen, der wild an die Scheibe peitschte, weckte mich. Ich drehte mich zu Gabe, der neben mir auf dem Bauch lag und schlief. Ich nahm mir einen Augenblick, ihn anzusehen. Die definierten Muskeln, die sich über seinen Rücken zogen, weil er wie ein Irrer beinah täglich trainierte. Seine Haare lagen wild über dem Gesicht. Im Tageslicht konnte ich die kleinen Fältchen an seinen Augen erkennen. Die Narben an seinen Unterarmen, die von einem Unfall in der Werkstatt vor Jahren herrührten. Sein Dreitagebart gab ihm ein verwegenes Aussehen, unterstrich seine stahlblauen Augen, die immer noch geschlossen waren. Er sah so friedlich aus, kein Vergleich zu dem Mann, der sonst bei jeder sich bietenden Gelegenheit einen Spruch auf den Lippen hatte. Ich musste lächeln und fuhr mit dem Finger seine dunklen Augenbrauen nach. Keine Reaktion.

Ich rutschte an seinem Körper herunter, küsste seine Schultern, seine Seite, seinen unteren Rücken und seinen knackigen Hintern. Er seufzte leise und tief, rührte sich aber nur träge. Sanft zog ich kreisende Bahnen mit meinem Finger auf seiner Haut, unter der sich eine leichte Gänsehaut bildete. Ich rollte ihn sanft auf die Seite und betrachtete einen Moment seinen prachtvollen Schwanz und spürte, wie meine eigene Erregung erwachte. Ich beleckte mir die Lippen, nahm ihn in den Mund. Mit der Zunge fuhr ich über seinen Schlitz, pumpte ihn erst langsam, dann bestimmender. Dabei ließ ich ihn nicht aus den Augen, liebte es, seine Reaktion zu beobachten. Das war etwas, das ich schon damals gern gemacht hatte. Ich liebte es, ihn so zu wecken. Es war eine ganz besondere Form der Intimität, dieser Blick, den er mir zuwarf, wenn er letztendlich die Augen öffnete. Er öffnete den Mund, doch bevor er etwas sagen konnte, senkte ich mich auf seinem Schwanz ab und nahm ihn komplett auf, bis in meine Kehle. Er warf den Kopf zurück in die Kissen und nach ein, zwei Pumpbewegungen kam er heiß und tief in meinem Hals. Ich schluckte ihn stetig und ruhig und kroch langsam an ihm hoch. Ich wollte auch seinen Mund schmecken. Wir küssten uns leidenschaftlich und sanft. Im Anschluss gingen wir duschen und nahmen uns Zeit, den anderen einzuseifen, zu genießen. Als ich aus dem Bad kam, fand ich ihn auf dem Bett sitzend vor. Dank dem winzigsten Föhn diesseits des Mississippis waren meine Haare nur halbtrocken. Gabe wirkte ernster, als er es noch im Bad gewesen war. Unsere kleine Flucht vor der Realität war wohl vorbei. Er zog mich zu sich aufs Bett.

„Ich hasse sowas, Babe, aber wir müssen reden."

Mutlos senkte ich den Kopf, wollte das unausweichliche Gespräch nun doch so weit wie möglich von mir schieben, um uns diese Traumblase, in der für eine kurze Zeit alles in Ordnung war, zu erhalten, aber er hob mein Kinn an und lächelte. Es war ein nervöses Lächeln, er war unsicher.

„Okay, ich weiß." Ich holte tief Luft, wappnete mich für das, was kommen würde.

„Gut. Zuerst das Wichtigste: Der Club kümmert sich um das DeLuca Problem. Was aber auch bedeutet, dass du nicht mehr zurück in dein Haus kannst."

„Aber …?"

„Wenn du jetzt fragst, wieso, bekomme ich einen Anfall." Er schnalzte mit der Zunge und imitierte Hufgetrappel. Unfreiwillig musste ich auflachen, wenn auch die Erinnerung an das enthauptete Pferd alles andere als lustig war.

„Nächster Punkt. Keine Alleingänge mehr, weder ghostest du mich, den Club oder Daneel. Wir müssen wissen, wo du wann bist. Mercy checkt, was es mit diesem Vitto auf sich hat und inwieweit der Don mit drinsteckt. Bis dahin heißt es, alle Mann an Deck. Du bleibst bei mir, entweder gehen wir in Grandpas Haus im Club oder in meine Wohnung."

„Du hast eine Wohnung?"

„Echt jetzt? Das ist es, was dich stört?" Er rieb sich mit der Hand über die Augen. „Ja, letztes Jahr gekauft. Zufrieden? Ich bin nur selten da und eigentlich gehört sie dem Club."

Ich biss mir auf die Lippe, um ein Grinsen zu unterdrücken. „Ich kann mir dich nur nicht bei so etwas Simplen wie einem Wohnungskauf vorstellen."

Er sah mich entgeistert an. „Was denkst du denn, wo ich wohne? Auf einem Baum?"

„Na ja, ich dachte, du wohnst im Club. In deinem Zimmer."

Er schüttelte lachend den Kopf. „Ob du es glaubst oder nicht, aber selbst ich habe mal genug von Partys und brauche meine Ruhe."

„Oder ist es, weil du nur verbrannte Erde hinterlassen hast?", fragte ich. Okay, ich sollte dringend an der inneren und der äußeren Stimme arbeiten. Das hatte ich bestimmt nicht laut sagen wollen.

„Willst du damit sagen, dass ich einen neuen Platz zum Vögeln brauche? Du darfst beruhigt sein, Anna sorgt immer für frischen Nachschub." Sein Gesichtsausdruck war so ernst. Eine Kälte durchfuhr mich, die mir durch Mark und Bein ging. Ich würde ganz sicher nicht danebensitzen, wenn er Frauen oder Clubschlampen empfing.

„Wieso kann ich nicht einfach zu Daneel und Mercy?" Ich versuchte, Standhaftigkeit in meine Stimme zu legen, doch es fiel mir immer schwerer, der Gedanke daran, dass er mich betrügen könnte, ließ Wut und Verzweiflung in mir hochkochen. So hatte ich mir das Gespräch nicht vorgestellt.

„Weil ich nach dir sehen werde, ob es dir passt oder nicht. Außerdem ist Casa del Walker schon mit Finley belegt."

Das war mir neu. Aber ich konnte mich in letzter Zeit auch nicht wirklich mit dem Titel beste Freundin schmücken. Vor lauter Stalkern und gruseligen Fleischbeilagen im Kühlschrank hatte ich Daneel komplett aus den Augen verloren.

„Ink wird dir ein neues Handy besorgen und Mercy verpasst dir einen Schatten, der dich auf die Arbeit und zurück begleitet, wenn ich es nicht kann."

Ich bezweifelte, dass ich noch dorthin zurückkehren würde. Ich fehlte bereits zu lange und mein Chef würde keine Ausrede mehr gelten lassen, das hatte er schon häufiger deutlich gemacht. Als ob Gabe meine Gedanken gelesen hätte, fügte er hinzu:

„Besser noch, du gehst gar nicht mehr hin. Wie lange noch, bis du und Daneel euer eigenes Ding aufziehen könnt? Ein halbes Jahr?"

Ich nickte.

„Gut, den Rest regele ich."

Er ratterte eine ganze Reihe Warnhinweise runter. Niemandem die Tür öffnen, nichts und niemanden anrufen, der nicht dem Club zugehörig war. Kein Kontakt zu meiner Familie, die selbstverständlich auch Schutz an die Seite gestellt bekämen, bis die Sache geklärt war. Der Rest verschwand in einem Nebel aus meinem Gedankenwirrwarr, das ich nicht in den Griff bekam. War ich nach der letzten Nacht dem Irrglauben erlegen, dass sich dieses Gespräch auch um uns drehen würde? Er hatte mich vor nicht einmal einer Viertelstunde gevögelt. Oder würde ich mich erneut in seine Liste der Errungenschaften einreihen, die vermutlich so lang war, dass man das Clubhaus damit einzäunen konnte? Ich schlang die Arme um meine Mitte und sah zur Seite.

Er holte tief Luft und legte seine Hand auf meine Schulter.

„Glaube nicht, dass mir das nichts bedeutet hat mit dir, Aly."

Ich atmete tief durch und sah ihn an. Nichts wollte ich lieber, als nie mehr von seiner Seite zu weichen, doch seine nächsten Worte raubten mir den Atem.

„Ich denke, der Sex gestern Abend und heute Morgen war ein Fehler. Im Augenblick ist es wichtiger, dass der Kerl, der dich seit Jahren bedroht, der …“ Er rang um Worte. „Der unser Kind auf dem Gewissen hat, zur Strecke gebracht wird, okay Baby? Wir werden uns um uns kümmern, versprochen. Aber bis dahin kann ich dir nicht das geben, was ich in deinem Blick lese.“

Seine Miene versteinerte sich und ich kämpfte eine Tränenflut nieder. Es war logisch, rational und so gar nicht Gabe. Er war impulsiv, er nahm sich, was er wollte. Wieso war es jetzt so anders? Ein Fehler. Immer wieder hörte ich diese Worte. War es, weil ich mich auf Vitto eingelassen hatte? Wäre ich diesem Psychopathen niemals erlegen, würde unser Kind noch leben. Schuldgefühle fraßen sich in meinen Verstand. Vitto hatte unser Kind getötet und nichts konnte das jemals rückgängig machen. Dass er den Sex, den auch er sichtlich genossen hatte, jedoch als Fehler bezeichnete, traf mich schwer. Die Mauer, die ich letzte Nacht noch so vehement hatte einreißen wollen, verfestigte sich wieder und ich wusste nicht, wie ich sie jemals beseitigen könnte.

5AM von Amber Run lief auf voller Lautstärke, als ich die Stadtschilder von Seattle passierte. Gabe fuhr in konstantem Abstand vor mir her. Ich war nicht überrascht, dass Gabe mein Haus bewusst mied. So wie ich Mercy kannte, hatte er alles Nötige für mich bereits dort rausholen lassen. Statt des Clubs steuerte er die Innenstadt an und wir machten an einem Hochhaus mit irrsinnig riesiger Tiefgarage Halt. Er lotste mich ins untere Parkdeck, wo er einen bestimmten Parkplatz anvisierte und mich neben ihm parken ließ.

Wir nahmen den Aufzug in den dreiundzwanzigsten Stock und ich kam nicht darauf klar, dass Gabe, Saint, der Badass-Bruder vom Badass-Präsident in einem verdammten Hochhaus eine Wohnung hatte.

„Wie bist du auf diese Wohnung gekommen?“ Wir stiegen auf seiner Etage aus, die nur zwei Wohnungen beherbergte, seine und eine am anderen Ende des Flurs.

„Sie gefiel mir. Nicht jeder muss wie ein verdammter Eremit im Wald leben.“

Ich lachte bei dem Gedanken an Mercys Haus.

„Aber du hast das Haus auf dem Clubgelände?“, fragte ich sichtlich verwirrt.

„Das war eine Übergangslösung. Mercy hat auf lange Sicht was anderes damit vor. Wir sind da“, verkündete er und schloss die Tür zu seinem Refugium auf.

Mit offenem Mund blieb ich in der Tür stehen.

Kapitel 20

Saint

Ich schmunzelte, als ich meine Schlüssel an der Garderobe auf eine Kommode warf. Langsam trat Aly ein und saugte das Interieur mit Blicken begierig auf. Dieser Anblick hatte mich damals die Wohnung kaufen lassen. Zugegeben, es war auch ein nicht geringer Akt der Geldwäsche gewesen, doch als wir die Wohnung abstoßen wollten, hatte ich sie Mercy abgeschwatzt. Zwei Treppenstufen und man befand sich direkt im Wohnzimmer mit bodentiefer Fensterfront und einem Blick über Seattle. Im Hintergrund die Nebelschwaden über den Wäldern. Eine große offene Küche, die ich entgegen der Meinung meines Bruders auch für andere Dinge nutzte, als Bierflaschen zu öffnen und Fastfood Essensschachteln zu lagern. Schlafzimmer, Gästezimmer und Fitnessraum. Ich war gern hier. Nur leider zu selten. Weshalb das heutige Essen definitiv von außerhalb kommen würde.

„Deine Sachen sind alle hier drin", sagte ich und zeigte ihr das Gästezimmer. Ich ignorierte ihren geknickten Gesichtsausdruck. Ich konnte ihr nicht zeigen, dass es mir genauso ging. Am liebsten wollte ich sie direkt in meine Arme ziehen und nie mehr loslassen. Sie nicht ständig zu berühren, zerriss mich beinahe, doch ich musste einen kühlen Kopf bewahren. Vitto auszuschalten, hatte absoluten Vorrang, ebenso wie ihre Sicherheit. Auch brauchte ich eine ruhige Minute, um das Gehörte zu verarbeiten, dass ich ein Vater hätte sein können und dieser Kerl mir diese Chance genommen hatte.

Das Gästezimmer war genau wie der Rest der Wohnung in hellen Farben eingerichtet, weiße Holzmöbel, ein Queensize-Bett und ein kleines Bad. Säuberlich verpackt in Kisten, standen ihre Klamotten und einige Bücher aus ihrer Wohnung da. Auch eine Fireball-Whiskyflasche lag auf ihrem Bett.

„Daneel“, sagten wir beide wie aus einem Mund.

„Ich muss Mercy anrufen, mach dich frisch und richte dich ein. Ich bestelle uns nachher etwas zu essen. Worauf hast du Lust?“

Sie zuckte mit den Schultern und setzte sich auf die Bettkante, als wüsste sie nicht, wie sie sich in meiner Gegenwart verhalten sollte. Was vermutlich auch stimmte. Sie sah so zerbrechlich aus. Ich wollte nichts mehr, als sie in den Arm nehmen, doch ich konnte nicht. Ich wollte ihr beweisen, dass es mir ernst war. Und dafür musste ich es diesmal richtig angehen. Mein Kontaktmann hatte sich gemeldet und mitgeteilt, dass Naz in der Stadt sein würde. Ich legte das Treffen mit ihm auf den nächsten Tag.

Sie sagte nichts mehr, ich nickte ihr zu und ging dann aus der Tür.

Ich: *Sind da. Morgen Treffen mit Naz. Ich sage den anderen Bescheid. Gibt es was Neues?*

Mercy: *Okay. Nein, bisher nichts.*

Ich: *Bis morgen.*

Ich warf mein Handy auf die Couch neben mich und schaltete meine Bluetoothanlage ein. *King of Pain* von Mudvayne beschallte mich aus den Towerboxen hinter mir. Ich zog mich um und orderte eine Auswahl an thailändischen Spezialitäten bei Wong Tsu.

Wir aßen in Stille, Aly wich meinem Blick aus. Ich sagte ihr, dass wir am nächsten Tag zu Daneel fahren würden und das hob ihre Laune für einen Moment. Nach dem Essen verzog sie sich in ihr Zimmer und ich sah sie den ganzen Abend nicht.

Ich ließ den Kopf in die Kissen fallen und mich von der Musik in den Schlaf lullen. Ich träumte von Aly. Von ihrem Lachen, von unseren ersten Begegnungen. Wie sehr ich sie gewollt hatte. Wie ich in ihren blauen Augen ertrunken war und heute noch unter Wasser schwamm. Keine nach ihr kam ihr nahe. Meine Gelegenheitsfickerei mit Trisha diente nur dem Dampfablassen, wenn mir keins der Clubweiber gefiel. Aber niemand genügte. Ich wollte Alyson. Irgendwann glaubte ich, sie vor mir zu sehen, ihre Hand, wie sie mein Gesicht streichelte und eine Decke über mich legte, doch vermutlich war das Einbildung gewesen.

Ich erwachte gegen morgen, mit einer Decke über mir.

„Los, ich friere mir die Eier ab", maulte Red und zog sich seinen Schal enger um den Hals.

„Es ist Frühling, du schottisches Weichei", sagte Hawk und rempelte ihn spielerisch an.

„Ich bin erkältet, du Wichser, weil du mich vor dieser Bar in Tacoma ewig hast warten lassen."

„Die Alte wollte es eben von hinten, dafür braucht man Zeit." Hawk grinste breit und ich schüttelte nur den Kopf.

„Was denn? Ist doch so", rief er uns hinterher, als Mercy, Red und ich Richtung Restaurant liefen.

„Reißt euch jetzt verfickt noch mal zusammen", raunte ich über meine Schulter hinweg und betrat das noble Hotelrestaurant. Ich hatte Aly bei Daneel abgesetzt und war dann weiter ins Clubhaus, wo wir Jungs zu dem Treffen mit Naz aufgebrochen waren.

„Du machst doch sowieso, was er will", murmelte Reaper neben mir und ich bedachte ihn mit einem warnenden Blick. Aber er hatte recht, ich würde Vitto ausschalten und das hier diente nichts anderem, als uns ein Alibi zu verschaffen.

Ich erblickte Naz, der am Ende des Restaurants an einem Zweiertisch saß. Seine Armani-Anzug-Gorillas mit Sonnenbrillen wie eine Mauer hinter ihm aufgestellt.

„Was zum …?“, lachte Hawk nicht halb so leise neben mir, wie mir lieb war.

„Schnauze“, knurrte ich und marschierte weiter. Mercy verdrehte die Augen und ging neben mir Richtung des alten Mannes. Ich war innerlich ruhiger als erwartet. Seit ich von Vittos Tat erfahren hatte, war das Ende dieses Kerls für mich sonnenklar. Ich würde ihn beerdigen, so einfach war das. Er hatte der Frau, die mir alles bedeutete, geschadet und damit sein Todesurteil unterschrieben.

„Weißt du, wer Sonnenbrillen in Innenräumen trägt?“, fragte Reaper neben mir. „Blinde. Und Vollidioten.“

Einatmen. Ausatmen. Ich bedeutete den drei Komikern, hinter uns zu bleiben und setzte mich mit Mercy Naz gegenüber.

Es war einige Jahre her, dass wir Naz das letzte Mal gesehen hatten. Er war grauer geworden seit dem letzten Treffen. Und breiter. Er hatte sein Jackett ausgezogen und präsentierte eine schwarze Weste mit Gold-Fäden und Knöpfen aus demselben Material. Rolex, Goldringe. Goldene Unterwäsche oder goldene Inkontinenzbinden – mir scheißegal. Ich setzte mich in meinen abgewetzten Jeans und meinem simplen schwarzen Shirt mit meinem Cut vor ihn und faltete die Hände vor mir auf dem Tisch. Seine Protzerei juckte mich nicht. Er hatte Geld, na und? Davon hatten wir mehr als genug und man konnte nichts mit auf die andere Seite nehmen. So schwer, wie er schnaufte, würde das bei ihm ohnehin nicht mehr lange dauern.

„Mercy“, sagte er und sah zu mir. „Saint.“ Er schenkte mir ein breites Grinsen. Seine dicken, pfefferundsalzfarbigen Haare glänzten im künstlichen Licht und er streckte mir eine beringte Hand zur Begrüßung hin.

„Naz.“ Ich schüttelte sie und deutete ein höfliches Lächeln an.

„Wie kann ich dir helfen? Ist eine Weile her.“

Eine Bedienung kam an unseren Tisch, doch Mercy

signalisierte ihr, dass wir nichts wollten.

„Wir müssen über Vitto reden", begann Mercy und ich sah im Augenwinkel, wie einer der Gorillas mit dem Mundwinkel zuckte. Hm.

„Vitto? Was ist mit ihm?" Er sah ehrlich überrascht aus, doch Naz war seit einer Ewigkeit im Business.

„Verschaffe uns Privatsphäre und ich erzähle es dir."

Er sah mich irritiert an, doch ich ließ mich nicht täuschen. Er wusste, dass ich seine Soldaten meinte. Er wägte kurz ab, wusste aber, dass er uns vertrauen konnte. Noch.

Er wedelte die Mini-Armee weg, was einem der Anzüge ganz und gar nicht gefiel und meine Vermutung bestärkte, dass Naz die Verräter bereits in den eigenen Reihen sitzen hatte. Mit einer Handbewegung signalisierte ich Hawk, Red und Reaper, sich ebenfalls außer Hörweite zu begeben.

Schnell klärte ich ihn so leise wie möglich über Vittos Verbindung zu den Iron Raiders auf, wie sie versuchten, sich in unsere Geschäfte zu drängen und, in Kurzfassung, was mit Daneel und Bullet geschehen war. Nur um klarzustellen, mit was für Typen Vitto sich abgab.

Naz hatte die ganze Zeit über geschwiegen und spielte nun gedankenversunken mit einem seiner Goldringe.

Er wirkte alt.

„Vitto war nicht meine erste Wahl, das Zepter weiterzureichen, doch mein Sohn ist die Mühe leider nicht wert. Kommt ganz nach der nutzlosen Mutter, fürchte ich. Ich hatte viel Hoffnung in Vitto gelegt."

„Vitto ist eine Gefahr, Naz und du weißt es."

Sein grauer Blick suchte meinen und ich hielt stand. Was er mit Alyson gemacht hatte, sprach ich nicht aus. Das Ganze war zu privat und sollte er herausfinden, dass es mein Kind gewesen war, das Vitto auf dem Gewissen hatte, machte ich mich nur angreifbar, was nicht sein durfte.

„Er führt einen Kampf mit seinem Cousin Daniele aus, der Anspruch auf die Nachfolge erhebt. Es ist nur eine Frage der Zeit, bis unserem Abkommen das Fundament wegbröckelt. Ich bin krank, mein Herz ist scheiße.“ Er hustete wie auf Kommando.

„Was willst du mir damit sagen? Dass ich bald deine Familie auf der Fußmatte stehen habe? Ich will keinen Krieg mit euch, Naz. Was ist mit dem anderen Cousin?“, fragte Mercy, der sichtlich die Geduld verlor.

„Daniele. Im Grunde ein vernünftiger Junge, mit ihm solltet ihr keine Probleme kriegen.“

Gut. Mit Daniele konnte ich arbeiten. Kein durchgeknallter Bastard, der Frauen die Babys aus dem Bauch trat.

„Was wollt ihr?“, fragte Naz, nachdem ich eine Weile nichts gesagt hatte.

„Dass du Daniele förderst. Gib ihm weiter, wie wichtig das Abkommen zwischen uns ist. Ihr müsst nicht befürchten, dass wir euch in der Politik in die Quere kommen, eure Restaurants und Hotels sind uns ebenfalls egal.“ Ich lehnte mich ein Stück nach vorn, sodass nur Naz hören konnte, was ich zu sagen hatte. „Vitto hat sein Leben verwirkt, Naz. Ich gebe dir die Chance, es selbst zu regeln.“

Er presste die Lippen zu einem dünnen Strich zusammen. Wie ich es mir gedacht hatte.

„Wie du willst, Saint.“

Er sah zu Mercy, der meine Aussage mit einem bestimmten Nicken untermalte. Naz seufzte, stimmte dann aber zu. Wir schüttelten die Hände und das Treffen war beendet. Wir schwiegen den Weg zu unseren Harleys. Als wir aufstiegen, warf ich einen letzten Blick zum Restaurant. Naz gestikulierte wütend und scheuchte Personal und seine Lakaien durch das Lokal. Wir hatten schlafende Hunde geweckt.

Reaper sah mich kritisch von der Seite an. „Glaubst du

ihm?"

„Nein." Ich schrieb Ink eine kurze Nachricht, uns in der Chapel zu treffen. „Lügt wie gedruckt."

„Und was willst du jetzt tun, Prez?" Bull band sich seine langen grauen Haare zu einem Zopf und lehnte sich wieder auf dem langen Tisch, der in der Chapel stand, vor. „Abwarten, bis er seinen ersten Schritt macht?" Der Kern der Brothers hatte sich mit uns in unserem Besprechungszimmer versammelt und gespannt zugehört, was Mercy und ich von unserem Treffen mit Ignatio DeLuca berichtet hatten.

Ich drehte meine Bierflasche in den Händen und sah durch die Runde zu meinen Brothers. Erwartungsvolle Mienen lagen über den Gesichtern von Ryan, Bull, Sledge, Triple und Ink.

Ich schwieg eine Weile. Die allermeisten von ihnen wussten, was ich wollte. Vittos Kopf auf einem Tablett.

Mercy ergriff das Wort. „Augen und Ohren an die DeLucas. Vor allem an Daniele und Naz. Vitto ist unter Beobachtung von den Zwillingen. Naz redet nur Scheiße. Nichts passiert in seiner *Famiglia*, ohne dass er es weiß. Mag sein, dass die Cousins einen Machtkampf führen, doch ich denke, dass Vitto nur Befehle ausführt. Übermütig, aber gefolgstreu. Er will an die Spitze und Meuterei würde es ihm verbauen."

„Was sollte der Scheiß mit Aly?", warf Ryan ein. „Dieses jahrelange Beobachten."

„Er dachte, sie würde uns ausspionieren, wenn er sie lange genug weichkocht", erwiderte mein Onkel Sledge an meiner statt. „Das Ass im Ärmel?"

Ich lehnte mich zurück und trank einen Schluck Bier. Mein Kopf dröhnte. Ich war ein guter Stratege, doch die Koordination für die Überwachung würde ich an Red und Hawk übergeben, Sledge und Ink würden das Knowhow und die Technik liefern. Mir schwirrte noch die Sache aus San Diego, die Mercy mir vor der Chapel erzählt hatte, im Kopf rum. Ein kurzer Blick zu Reaper verriet mir, dass er ebenfalls daran dachte. Es war Zeit, ein bisschen davon ans Licht zu bringen.

„Die Fäden der Raiders reichen tiefer als gedacht. Reaper und Mercy waren in San Diego, um einem Verdacht nachzugehen. Derjenige, der Daneels Aufenthaltsort an Rave verraten hatte, war ihr eigener Vater. Der Wichser hatte sich in einem Kaff nördlich von San Diego versteckt. Er lieferte eine Weile Stoff an die Raiders, weil niemand mehr mit seinem Zeug dealen wollte. Er traf auf Rave, der ihm Vitto vorstellte. Vitto überwachte Alyson seit Jahren, musste so an Daneels Adresse gekommen sein und gab sie an Henry Turner, Daneels Vater, weiter. Der Rest ist Geschichte. Rave schnappte sich Daneel, um Mercy zu erpressen und den Black Wolves zu schaden."

Ich schloss meine Erzählung und sah in die Runde. Die Erinnerung an Daneels Entführung war noch bei allen frisch im Gedächtnis. Dass jetzt wieder eine Zusammenarbeit mit den Iron Raiders stattfand und noch dazu mit der viel mächtigeren Mafia, war ganz und gar nicht gut. Wir hatten Seattle an vielen Stellen mit unseren Leuten abgedeckt, wir kontrollierten die Straße, sie war unser Revier. Doch wir konnten nicht die Augen und Ohren überall haben. Mit dem Verlust von Finley bei der Polizei fehlte uns eine wichtige Figur auf diesem Schachbrett.

Eine Reihe ‚fuck' und ‚nicht euer Ernst' machten die Runde und ich lehnte mich zurück, ließ die Info einsickern. Ich tauschte einen Blick mit Mercy und Reaper. Rave hatte sein Netz aus Intrigen gut gewoben und mittendrin steckte niemand anderes als mein toter Bruder Bullet. Nach dem, was Reaper und Mercy herausgefunden hatten, sah es so aus, als ob Bullet vor seiner Ermordung durch Rave einen Deal mit ebendiesem abgeschlossen hatte. Das wäre Hochverrat. Doch ich konnte und wollte nicht glauben, dass unser eigener Bruder uns alle verraten hatte.

Bevor wir uns dieser Aussage annahmen, wollte ich Alyson in Sicherheit wissen, für unser aller Sicherheit war es jedoch an der Zeit, Vorkehrungen zu treffen, sollte die Sache mit Naz und den DeLucas eskalieren, wonach es derzeit aussah.

Und so verteilte Mercy die Aufgaben. Ich würde Vitto erledigen, zumal mich nichts und niemand davon abbringen könnte. Ryan, Sledge, Red und ich würden uns sobald es ging nach Portland aufmachen und die Sache regeln. Die Sicherheit an all unseren Geschäftsplätzen würde verstärkt und wir brauchten dringend neues Insiderwissen aus dem Präsidium, worum sich Ink kümmern würde.

Mercy schloss die Sitzung und hielt mich am Arm fest, bevor ich ging.

„Wenn du das Ding durchziehst, lass Aly bei Daneel."

Das hatte ich ohnehin vorgehabt, da Mercys Haus eine Festung war. Ich nickte dankend und zog ab.

Kapitel 21

Alyson

In dieser Nacht hatte ich keinen Schlaf gefunden. Solange ich unter seinem Dach wohnte, würde das auch nicht passieren. Immer wieder lief meine Vergangenheit vor meinem geistigen Auge ab. Jede verdammte Entscheidung, die mich zu Vitto getrieben hatte, die Nacht, in der ich Gabe und mein Baby verloren hatte und natürlich letzte Nacht. Hatte ich bis gestern noch den Eindruck gehabt, wir würden es schaffen, nach Jahren endlich zueinander zu finden, so wurde diese Hoffnung heute Morgen zerstört. Ich sah ein, dass Vitto zu finden Priorität hatte, doch dass Gabe mir nicht das geben konnte, was ich mir so sehr ersehnte, mich aus meinem Turm aus Zweifel und Angst zu befreien, nagte an meinem fragilen Selbstbewusstsein. War ich allein doch besser dran? *Nein*, schrie eine Stimme in meinem Kopf. *Du gehörst zu ihm.*

Doch wieso sah er es nicht genauso? Nach dem, was er mir über die Situation erklärt hatte, wusste ich aber auch, wie alternativlos alles war. Ich wünschte, ich könnte bei Daneel bleiben, aber wollte auch sie und ihr ungeborenes Baby nicht gefährden. Ich drehte mich frustriert auf die Seite in diesem Bett, das in seinem Komfort ans Aberwitzige grenzte, denn je mehr ich mich in die Laken kuschelte, desto einsamer fühlte ich mich. Weit nach Mitternacht schlich ich auf Zehenspitzen in die Küche für ein Glas Wasser und sah ihn auf der Couch liegen. Ich legte sachte eine Wolldecke über ihn. Ich nahm mir einen Augenblick, um ihn anzusehen, seine Hand friedlich auf der breiten Brust ruhend. Er hatte geduscht und sich rasiert, dadurch sah seine Kinnpartie noch kantiger aus, die vollen Lippen hatte er halb geöffnet. Wieso konnte das mit uns nicht einfacher sein? Wieso, verdammt, war so viel Scheiße passiert? Wäre es nicht so gekommen mit Vitto, wäre unser Kind jetzt fünf Jahre alt. Mir schnürte es den Hals zu beim Gedanken daran, wie er oder sie jetzt aussehen würde. Welche Augenfarbe hätte es gehabt, wäre es so vorlaut wie sein Vater? Ich hatte mich oft gefragt, was für ein Vater Gabe gewesen wäre. Bei Gott, ich hatte versucht, ihn zu vergessen, doch wie vergaß man den einen Mann, der einen in jedem einzelnen Traum besuchte? Daneel und ich hatten immer Witze darüber gerissen, wie ich beinahe jedes Wochenende einen anderen Kerl abgeschleppt hatte. Es war lustig und befreiend gewesen, aber nicht mehr als das. Und wenn man jemandem nicht begegnen wollte, entpuppte sich eine Stadt wie Seattle auf einmal als ein Dorf. Die Wolves waren hier omnipräsent; ich hatte nicht mal ihn selbst sehen müssen, sondern nur einen seiner Brothers und alles war hochgekocht. Ich hatte nach der Trennung von ihm, wenn man das so nennen konnte, alle Stufen der Trauer durchlaufen. Mehrfach. Und wenn ich damit durch war, begann das Ganze von vorn. Hatte Gabe verflucht, den Pharmakonzern für die miserable Pille, die versagt hatte. Für das abgelaufene Kondom oder weshalb auch immer ich schwanger wurde. Mich selbst, für den Test, den ich gemacht hatte. Lieber hätte ich weiter in Unwissenheit gelebt, als zu wissen, was ich verloren hatte. Ich hätte ihm und auch mir so einen Verlust gern erspart, Gabe war ein Familienmensch, doch da wir nie eine richtige Beziehung geführt hatten, war das Thema Kinder nie aufgekommen. Allerdings war ich weder blind noch blöd. Ich hatte gesehen, wie seine Augen aufleuchteten, wenn Daneel ein neues Ultraschallbild präsentierte. Ich wusste davon, dass er im Möbelhaus Amok gelaufen war und das halbe Kinderzimmer bezahlt hatte. *Aber bis dahin kann ich dir nicht das geben, was ich in deinem Blick lese.*

Nach meinem Geständnis über die Fehlgeburt wurde ich das Gefühl nicht los, als ob das der Nagel zu dem Sarg unserer Beziehung gewesen war. Ich würde ihm nie eine Familie geben können. Die Chance, nochmals schwanger zu werden, war leider unterirdisch. Leise ging ich in mein Zimmer zurück und setzte mich aufs Bett, blickte aus dem Fenster über die Skyline von Seattle. Asherman-Syndrom, hatten die Ärzte gesagt. Verwachsungen in und an der Gebärmutter aufgrund der Ausschabung. Ich hatte alles darüber gelesen, was die Literatur hergab, was meiner psychischen Verfassung nicht unbedingt zuträglich gewesen war. Mit jeder Faser meines Daseins hasste ich Vitto. Er hatte uns gleichgemacht, denn Vitto war unfruchtbar. Fast hätte ich damals gelacht, hatten wir doch nie eine tiefere Verbindung zueinander finden können. Mit dieser letzten Handlung verband Vitto und mich nun etwas.

Erst in den frühen Morgenstunden driftete ich in einen traumlosen Schlaf. Gabe war schon aufgestanden und kochte Kaffee, als ich in die Küche kam. Ich hatte ihn selten so häuslich erlebt. Mit nichts als einer schwarzen Trainingshose bekleidet, stand er an seiner Arbeitsplatte und mischte sich einen Shake.

Ich brummelte einen Morgengruß und setzte mich an die Kücheninsel. Er grinste über seine Schulter und schob mir gleich darauf eine dampfende Tasse mit Kaffee herüber.

Endlich etwas, woran ich mich festhalten konnte. Die Luft war zum Schneiden dick vor unausgesprochenen Dingen.

„Ich geh schnell duschen, dann fahren wir zu Mercy. Daneel will Donuts, die müssen wir vorher besorgen“, verkündete er und ich sah den Schweißfilm auf seinem Kreuz.

Ich bewunderte Menschen, die sportliche Disziplin besaßen. Ich joggte zwar für mein Leben gern, aber wenn er mich nicht begleitete, fiel diese Option wohl erst mal flach. Ich nickte, hauptsächlich aus Mangel an Antworten und sah zu, wie er in seinem Schlafzimmer verschwand.

Eine Stunde später bogen wir in die Auffahrt von Daneels und Mercys Haus. Gabe hatte die halbe Auslage im Donutshop aufgekauft. Mercys Nachricht besagte, dass sich Daneels Gelüste alle zwei Sekunden änderten und er überlege ernsthaft, sie ins Bad zu sperren, um eine Sekunde Ruhe zu haben.

„Yo, seid ihr salonfähig?“, rief Gabe, als wir durch die Seitentür in die Küche gingen.

Ich lachte hinter ihm und er grinste wie ein Honigkuchenpferd. Verdammt noch mal, dieses Grinsen. Es ließ trotz allem, was geschehen war, mein Herz höherschlagen.

„Salon-was? Bist du wieder vor deinem Schnulzen-Channel eingepennt?“ Mercy walzte um die Ecke.

„Leck mich. Nicht mein Problem, wenn du das Vokabular eines Grundschülers hast.“ Gabe warf ihm die Papiertüte zu.

„Fick dich. Ich muss nicht mit Zweihundert-Dollar-Wörtern um mich werfen oder, wo wir gerade dabei sind, irgendwen beeindrucken“, knurrte Mercy.

Gabe zwinkerte mir zu und ging ins Wohnzimmer. Daneel lag auf der Couch in weiten Sweatpants und einem engen Top, das ihren süßen Babybauch betonte.

„Hey Süße! Schwing deinen Hintern rüber. Vor uns liegt ein Serienmarathon mit heißen knackigen Kerlen“, rief Daneel mir zu und ich ließ mich neben ihr auf die Couch sinken.

Mercy stellte die Tüte mit den Donuts neben ihr ab und küsste sie auf den Scheitel. „Hier, Babe. Wenn du mir jetzt sagst, dass dir wieder schlecht ist, simuliere ich einen Herzinfarkt.“

Sie lachte aus vollem Hals und zog ihn zu einem intensiven Kuss zu sich herunter.

„Wir sind draußen, Shit besprechen. Wenn sie nervös wird, wirf ihr einfach ab und zu einen Donut zu“, erklärte

Mercy mir und ging in Deckung, als Daneel ein Kissen nach ihm warf. „Sei brav“, rief er über seine Schulter.

„Niemals.“ Daneel lächelte breit.

Sein wölfisches Grinsen, das die Zimmertemperatur um zehn Grad anhob, implizierte, dass er auf genau diese Antwort gehofft hatte.

Dass es trotz einer langen Durststrecke und allerhand Widrigkeiten ein Happy End geben konnte, das zeigten mir Daneel und Mercy jedes Mal. Ich wollte das auch für mich und Gabe. Wollte eine Liebe aufbauen wie ihre, die ich sonst so intensiv nur von meinen Eltern kannte. Es gab mir Hoffnung. Ich drehte mich zu ihr und begann, ihr unsere Donutauswahl zu präsentieren.

„Er übertreibt. Ich hatte bisher kaum Gelüste. Ich habe nur einfach Hunger und hätte gern mal etwas, was nicht grün ist.“

„Mercy und Übertreibung? Niemals.“ Ich griff mir gespielt schockiert an die Brust.

„Glaubt man gar nicht, oder? Aber der Riese hat ein Riesenherz.“ Sie zwinkerte mir zu und streichelte sich liebevoll über ihren Bauch.

„Wie geht es dir?“, fragte ich und nickte zu ihrer kleinen Murmel.

„Ach, alles okay. Ich hatte vorgestern leichte Wehen. Es war eigentlich nur ein leichtes Ziehen, aber Mercy wollte sichergehen, deshalb halte ich ihm zuliebe ein paar Tage die Füße still und er ist zufrieden. Ich könnte theoretisch Flickflacks durch die Wohnung schlagen.“

„Du würdest dir alle Knochen brechen.“ Ich schob mir einen Donut mit Blaubeerfüllung in den Mund und stöhnte auf. Himmlisch.

„Überhaupt nicht. Ich hatte in San Diego Turnen an der Schule.“ Sie pulte empört ein paar gefrostete Cornflakes von ihrem Süßgebäck.

Ich prustete los. „Schatz, du bist bald dreißig, was du als Kleinkind konntest, zählt nicht. Ich habe als Kind einmal eine riesige Flasche Gatorade abgebohrt und danach grün gekotzt. Das ist auch nichts, womit ich jetzt noch angeben kann."

„Das ist widerlich. Auf so vielen Ebenen." Wir lachten und sie stieß mich mit ihrer Schulter an. „Du hast mir gefehlt, Babe", sagte Daneel mit einem breiten Lächeln.

„Du mir auch", erwiderte ich.

Ihr Blick wurde ernst. „Bitte rede mit mir, Aly. Ich weiß, es gibt Dinge, die du mir nicht erzählen kannst oder willst, aber ich bin für dich da. Immer."

Ich kämpfte eine erneute Tränenflut nieder und nickte, ließ meinen Blick auf meinen Schoß gesenkt. Ich gab ihr eine Kurzfassung der Ereignisse in Portland vor zwei Tagen. Ich erzählte nichts von der Fehlgeburt, das konnte ich nicht. Noch nicht. Ich wollte sie damit nicht aufregen. Sie war eine gute Zuhörerin, immer schon. Als ich ihr alles erzählte, was ich loswerden wollte, fragte ich mich, wieso ich es nicht schon früher getan hatte. Wenn jemand wusste, wie es war, wenn einem das Leben verdammt schlechte Karten austeilt, dann war es Daneel. Ich hätte wissen müssen, dass sie mir etwas von der Last nehmen würde.

Mein Blick wanderte nach draußen. Mercy und Gabe spazierten mit zusammengesteckten Köpfen Richtung See. Kein Herumalbern, kein Rumgeschubse oder Kabbelei, wie es die beiden sonst taten. Die friedliche Stimmung war also nur Fassade. Im Hintergrund lief alles auf Hochtouren, vermutete ich.

Ein Knarzen der Diele hinter mir ließ mich hochschrecken. Ein großgewachsener Kerl, mit vom Schlaf verstrubbelten braunen Haaren, ging in die Küche. Er war nicht so muskulös wie Gabe oder Mercy, doch er war trainiert.

„Hey, Fin", sagte Daneel, ohne zu ihm rüberzusehen, und verschlang einen weiteren Donut mit Puderzucker. „Gott, das ist so gut. Ich schwöre, wenn ich noch mehr

Gemüse esse, gebäre ich einen Brokkoli."

Fin, den ich als Detective Finley erkannte, setzte sich auf den Sessel neben uns. Er sah erledigt aus, als ob er mindestens so schlecht schlief, wie er aussah. Wenn ich meinen Job und meine Wohnung wegen noch korrupteren Vorgesetzten als er selbst einer war, verloren hätte, ginge es mir vermutlich ähnlich.

„Mercy meint es nur gut", murmelte er und griff dennoch nach einem Donut.

„Ich weiß." Daneel strahlte ihn an. „Willst du dich noch umziehen? King kommt in einer halben Stunde."

Er sah verwirrt auf seine Sweatpants und das ausgeblichene T-Shirt mit dem Logo des Seattle Police Departments herunter.

„Und der ist von der Klamottenpolizei?", fragte ich.

„Nein, er ist der Anwalt vom Club."

„Nee, schon okay", sagte Finley leise.

Ein Morgenmensch war er wohl auch nicht. Wie auf Kommando kamen Gabe und Mercy wieder herein.

„Schau mal an, was die Katze reingeschleppt hat", sagte Gabe lachend und schlug Fin auf die Schulter. „Willkommen auf der dunklen Seite der Macht."

Finley verdrehte die Augen, doch ich sah, dass er sich wohlfühlte. Von Daneel wusste ich, dass Fin und Mercy eine Vergangenheit hatten.

Es klingelte und Mercy verschwand an der Tür.

„Kennst du den Anwalt?", flüsterte ich Daneel zu.

„Ja. Er war nach der Razzia da und er hatte öfter mit Cole Gespräche. Irgendwas, was das Kalifornien-Chapter betrifft." Sie zuckte nonchalant mit den Schultern und stand auf, um den Gast zu begrüßen.

Und was für ein Gast das war. In seinem navyblauen Dreiteileranzug, mit dunkelroter Krawatte und Schuhen, in denen ich mich spiegeln konnte, hätte er genauso gut gerade vom Laufsteg gesprungen sein können. Er schob eine schwarz gerahmte Brille höher und blickte interessiert, aber mit kaltem Blick durch die Runde. Die rabenschwarzen Haare waren penibel in einen Seitenscheitel frisiert. Ich musste spontan an Henry Cavill denken. Mercy klopfte ihm freundschaftlich auf die Schulter.

„Meine Frau und meinen verlausten Bruder kennst du ja“, begann Mercy, was ihm ein ‚fick dich ins Knie‘ von Gabe einbrachte. „Das hier ist eine Freundin der Familie, Alyson Mitchell und mein neuestes emotionales Anhängsel, Detective Derek Finley.“

Das erzielte eine Gefühlsregung bei Finley, allerdings so minimal, dass ich vor Gericht nicht auf die Bibel geschworen hätte, sie wirklich gesehen zu haben.

Er stellte seine schwarze Aktentasche auf den Couchtisch und setzte sich neben Daneel.

„Kinslea Donovan.“

Er hatte einen Akzent, den ich nicht ganz zuordnen konnte. Er ließ die Schnallen seiner Tasche aufschnappen und zog einen Stapel Zettel heraus. Dann betete er einen Sermon an juristischem Kram herunter, dem ich kaum folgen konnte. Mercy wirkte, als ob er das alles schon wusste, und Gabe sah immer wieder verstohlen zu mir. Ich konnte seine Blicke, die sich in meine Seite bohrten, spüren und jedes Mal, wenn ich nachsah, begegnete ich seinem Blick. Lesen konnte ich darin nichts. Wollte er sich vergewissern, wie ich auf Kinslea reagierte? Der Mann sah aus wie ein griechischer Gott, aber mein Heißer-Mann-Radar sprang nicht an und ich hatte so eine Ahnung weshalb. Als ob ein Scheinwerfer über ihm hing, lagen alle Blicke auf Fin. Kinslea legte ihm einen Mandatsantrag vor und Fin bestätigte, vom Seattle Police Department gekündigt worden zu sein. Verschwiegenheitsklauseln, Aussagen, was er wo und wann von wem über die Razzia gehört hatte, wurden aufgenommen und Finley schien immer kleiner in seinem Sessel zu werden. Das konnte ich nachempfinden, denn nicht nur sein Leben, sondern auch seine gescheiterte Karriere wurde vor uns allen ausgebreitet. Doch Mercy legte ihm zwischendurch eine Hand auf die Schulter, was ihn zu beruhigen schien.

„Nach deinem Treffen mit Ignatio habe ich heute einen Terminvorschlag von seinem Anwalt erhalten“, erklärte King. „Schätze, er will das Abkommen neu verhandeln. Ich maile dir die Daten. Aber ich denke, wir wissen, dass das nichts bringen wird. Was du mir erzählt hast, ist der Enkel auf einem eigenen Rachefeldzug. Bleib bei dem, was du mir gesagt hast.“ Dann schob er Fin eine Visitenkarte zu. Wortlos erhob er sich, glättete seinen Anzug und ging mit Mercy zur Tür.

Gabe stand auf und verschwand mit dem Handy am Ohr nach draußen.

„Alles wird gut, Süße. Sie finden diesen Vitto.“

Daneels zuversichtliches Lächeln war ansteckend, auch wenn mich das Gefühl der Enge in meiner Brust am Durchatmen hinderte.

„Bist du okay, Fin?“, fragte Daneel ihn, als ich mich gefangen hatte.

Er starrte Richtung Haustür, durch die King soeben verschwand, sah wieder zu uns, murmelte eine Entschuldigung und verließ praktisch fluchtartig den Raum.

Wir blieben bis zum Nachmittag. Dann machten wir im Club Halt, wo ich mit Anna und Charlie, die Tiny, den Werkstatthund, für einen Besuch beim Tierarzt abholen wollte, Kaffee trank. Die Besprechung dauerte ungewöhnlich lange und ich war fast auf dem Sofa im Gemeinschaftsraum eingeschlafen, als Gabe mich weckte. Es war weit nach sieben und im Clubhaus wimmelte es von Wolves und leicht bekleideten Frauen. Ich war müder als gedacht und ausnahmsweise dankbar, dass wir in Gabes Elfenbeinturm zurückkehrten.

Kapitel 22

Saint

Sie litt. Ich sah es ihr an. *Drag Me to Hell* von Dark Signal lief in meinem Pick-up, als wir zu meiner Wohnung fuhren. Die Besprechung war gut verlaufen. Sledge und Ryan würden sich mit den Zwillingen, Dylan und Josh, an die Fersen von Vitto hängen. Hawk und Red würden hier vor Ort gebraucht und wir benötigten dringend neue Einsicht in das Polizeirevier, jetzt, wo Finley wegfiel. Am See hatte ich Mercy von der Fehlgeburt erzählt. Bei ihm hatte ich mir erlaubt, die Emotionen zu zeigen, die ich seit Alysons Geständnis zurückgehalten hatte. Mercy hatte mir beigestanden, mich durch meinen Zusammenbruch begleitet. Ich war froh gewesen, mich fallen lassen zu können. Diese Stärke wollte ich Alyson gegenüber ebenfalls aufbringen, doch vorerst musste ich mich mit diesem Gedanken anfreunden. Musste ich begreifen, was Alyson seit Jahren gewusst hatte, dass wir ein Kind zusammen hatten. Wir sprachen weiter über das, was uns Alyson erzählt hatte. Die Zusammenarbeit der DeLucas mit den Resten der Iron Raiders hatte nicht zu Mercys Laune beigetragen. Der Club ging auf höchste Alarmbereitschaft. Die nächste Instanz wäre ein Lockdown.

Ich sah Aly ihre Anspannung an, doch wir waren dem Arsch dicht auf den Fersen. Er verwischte nicht wirklich seine Spuren und ruhte sich auf seinem Status als Don in spe aus, sodass es fast schon zu leicht war. Die älteren Brothers hatten am Tisch zu Recht wieder das Thema der verschwundenen Frauen aufgegriffen. Eine Spezialität von Meat, dem Vize der Raiders, den wir vor ein paar Monaten kaltgemacht hatten. Wir hatten schon vor längerer Zeit vermutet, dass Menschenhandel, insbesondere die Entführung und Verschleppung von jungen Frauen, sein Aushängeschild waren. Nach dem Tod von Rave hatte das Verschwinden nicht aufgehört und mit der Präsenz der letzten verbleibenden Mitglieder der Iron Raiders in unmittelbarer Nähe wie Portland kamen sie für unseren Geschmack wieder viel zu nah. Die Kollaboration mit der Mafia erklärte natürlich, wieso weiterhin Frauen verschwinden konnten, ohne dass wir eine heiße Spur hatten.

Mir brannte es in den Fingern, Vittos armseliges Dasein zu beenden, doch wir mussten vorsichtig sein. Je nach Ignatios Reaktion würden wir unseren nächsten Schritt planen. Aly hatte sich auf unbestimmte Zeit von ihrem Job beurlauben lassen. Da sie schon seit einiger Zeit zusammen mit Daneel eine eigene Firma plante, war sicher, dass sie nicht wieder zurück in ihren alten Job ging.

Mein Fehler von vor ein paar Wochen machte sich auch bemerkbar. Trisha schrieb mir immer öfter Nachrichten, in denen sie um ein Treffen bat. Von anzüglichen Bildern über versaute Texte war alles dabei. Ich ignorierte sie alle. Wir waren nicht exklusiv gewesen, das wusste sie auch. Mit Aly wollte ich alles richtig machen, dazu gehörte auch, meine Bettgeschichten abzuhaken, so wenig das meinen blauen Eiern auch gefiel. Ich wollte sie nicht auf eine bloße, plumpe Bettgeschichte reduzieren. Sie bedeutete mir so viel mehr. Meine Frauengeschichten über die Jahre hatten meinen Gefühlen zu ihr keinen Abbruch getan. Ich war auf der Flucht gewesen, wollte mich nicht binden, aus Angst enttäuscht zu werden. Zu wissen, dass sie nicht nur aus Abneigung vor meinen Betteskapaden meine Nähe gemieden hatte, sondern weil ihr etwas derart Schlimmes widerfahren war, lag mir schwer auf den Schultern. Nie hatte ich an ihren Gefühlen für mich großen Zweifel gehabt, waren meine ihren doch mehr als nur ähnlich. Ich liebte sie schon länger, als ich mir eingestehen wollte. Doch dass sie mir von der Fehlgeburt nichts erzählt hatte, dieser so intimen Sache, die schließlich auch uns beide betraf, versetzte mir einen Stich. Das war der

Grund, weshalb ich mich distanzierter als sonst verhielt. Es war an der Zeit, dass wir diese Sache zwischen uns richtig angingen. Vertrauen aufbauten, blindes am besten, damit wir niemals wieder in so eine Situation kamen. Unsicherheit, dem anderen etwas sagen zu können oder Zweifel, ob der andere einen auffangen könnte, durfte es nicht mehr geben.

Zu Hause ging Alyson wortlos in ihr Zimmer und ich blieb frustriert zurück, ging ebenfalls in mein Schlafzimmer und ließ mich aufs Bett sinken.

Die nächsten Tage verliefen nach einem ähnlichen Muster. Aly war zurückhaltend, höflich, doch nicht annähernd die lebenslustige und witzige Person, die ich kannte. Sie lebte vor sich hin, las viel und trottete mir hinterher, wohin auch immer ich ging. Wenn ich in der Werkstatt arbeitete, half sie Anna oder Truvy, Bulls Old Lady, in der Küche, hing mit Daneel und Charlie ab oder saß schweigend neben Reaper.

An einem der wenigen Tage, an denen ich allein unterwegs war, betrat ich mit einer Lieferung fürs *Wyrm* unter dem Arm die Kneipe. Aly war im Clubhaus und das war meine letzte Station für heute. Ich brachte einige Sachen fürs Büro, eine neue Kassenlade und wollte gerade das Geld abzählen, als sich zwei schlanke Arme um meine Mitte legten.

„Hey, Schöner. Endlich erwische ich dich mal."

Verfickte Scheiße. Trisha.

„Selber hey." Ich schälte ihre Tentakelarme von mir und trat einen großzügigen Schritt zur Seite.

„Was ist? Schüchtern?"

„Nein, nicht interessiert." Ich zählte mein Geld, packte es ein und war auf dem Weg nach draußen, als sie mich erneut einholte.

„Warte doch mal, Saint. Hab ich was falsch gemacht? Ich dachte, wir haben ein bisschen Spaß?" Sie schob ihre

Unterlippe schmollend vor und ich stöhnte innerlich auf. Mein Handy vibrierte in meiner Hosentasche, doch ich ignorierte es.

„Babe, du hast nichts falsch gemacht. Aber dass ich nicht antworte, ist ein recht deutlicher Hinweis, okay? Ich habe jemanden, der mir wichtig ist und der meine Hilfe braucht."

„Okay, aber fickst du sie?" Subtil, Trisha. Echt subtil.

„Das geht dich einen Scheiß an."

„Das heißt in der Regel, nein", erwiderte sie.

Ich rieb mir die Nasenwurzel. „Ruf mich nicht mehr an, Trisha, klar? Ich hasse anhängliche Weiber, das hab ich dir tausend Mal gesagt."

„Na hoffentlich besorgt es dir die Schlampe gut, ich weiß, worauf du stehst." Sie kam näher und schlang einen Arm um meinen Nacken, leckte über meinen Hals.

„Trish, gottverdammt."

„Komm schon, Baby. Lass mich fühlen, wie hart du für mich wirst", schnurrte sie in mein Ohr und ich packte sie an den Schultern, im Begriff sie von mir zu stoßen, als mein Blick hinter sie fiel. Auf Alyson, die mich aus großen blauen Augen ansah, die Lippen zu einem blutleeren Strich zusammengepresst. Ehe ich reagieren konnte, verschwand sie durch die Tür.

Ich schob Trisha endgültig zur Seite und hechtete Aly hinterher, doch sie war weg.

Den ganzen Abend suchte ich nach Aly. Meine Brothers halfen mir dabei und wir fuhren alle bekannten Plätze ab. Niemand hatte von ihr gehört oder sie gesehen. Mein Blutdruck stieg mit jeder Minute, in der wir nicht wussten, wo sie war.

Mein Handy klingelte.

Reaper.

„Ich hab sie", sagte er sofort.

„Wo?"

„Ein Diner in der Nähe vom Discovery Park. Sie ist aber nicht allein."

„Sag mir nicht, dass Vitto bei ihr ist." Ich flehte beinahe.

„Nein. Irgendeine Tussi mit schwarzen Haaren."

Okay, immerhin kein Mafioso.

„Ich komme", sagte ich und legte auf.

Kapitel 23

Alyson

Ohne Ziel und letzten Endes Orientierung war ich ewig durch die Stadt gelaufen. Was ich dort im *Wyrm* gesehen hatte, zerstörte die letzte Bastion der Hoffnung, die ich für Gabe und mich gehabt hatte. Etwas lief nicht nach seinen Vorstellungen und er warf sich gleich der nächstbesten Clubtussi um den Hals? Wunderbar. Sicher, es war nicht die beste Entscheidung gewesen, ihm nichts von der Fehlgeburt zu erzählen, aber Gelegenheit mich zu erklären oder zu entschuldigen, gab er mir auch nicht. Ich war mit meinem Latein am Ende. Zufällig hatten mich meine Füße zu der kleinen Zeitungsredaktion geleitet und ich war Tara, die ich dort vor ein paar Tagen kennengelernt hatte, in die Arme gelaufen. Ich musste genauso miserabel aussehen, wie ich mich fühlte, und ehe ich mich versah, hatte sie mich in ein lockeres Gespräch verwickelt, im Zuge dessen wir uns in einem gemütlichen Diner mit Blick auf Salmon Bay wiederfanden.

Wir aßen eine Kleinigkeit und redeten über Belangloses. Sie erkundigte sich nach den Fortschritten bezüglich Daneels und meiner Firmengründung und erzählte wiederum, wie sie sich in der von Männern beherrschten Domäne der Zeitung einen Namen machen wollte. Ich konnte mit ihr lachen, ungezwungen, denn sie kannte nur die Alyson der Gegenwart. Sie wusste nichts von mir, meinen Fehlern und nichts von Gabe. Sie wusste nichts von meinen Problemen, nichts von dem Mann, der mich verfolgte oder dem Mann, der mir das Herz gebrochen hatte, vor weniger als vier Stunden.

Ich wollte gar nicht wissen, wer die Kleine war, die ihm um den Hals hing. Gabe war ein Weiberheld, schon immer. Im Grunde hatte ich nichts anderes erwartet. Nur ein kleiner Teil in mir hatte angefangen zu hoffen, dass er doch mehr für mich empfand und mich nicht nur als guten Gelegenheitsfick sah.

In der Hütte im Wald hatte ich das Gefühl gehabt, ihm so nahe gewesen zu sein. Fühlte wirklich nur ich diese Verbindung? Wenn ihn meine Bekenntnisse so sehr schockiert hatten, wieso sagte er es nicht? Ich verstand es nicht. *Er will dich nicht*, raunte die hämische Stimme in meinem Kopf. *Du bist nicht gut genug für ihn, das warst du nie.*

Ich kämpfte gegen diese Stimme an und konzentrierte mich auf Tara. Sie erzählte von einer Serie auf Netflix, die sie in ihren Bann gezogen hatte. Sie war sympathisch und authentisch. Ich genoss ihre Gesellschaft und die Ablenkung, die damit einherkam. Wir wollten uns gerade für ein andermal verabreden, als ein Schatten neben mir auftauchte und Reaper mich auf meiner Sitzbank zur Seite schob.

„Na. Hast du Spaß?“ Seine Stimme signalisierte Alarm.

„Entschuldigung, aber wir unterhalten uns hier.“ Tara funkelte ihn empört an.

Okay, ich hatte das Detail mit meiner Verbindung zu den Wolves verschwiegen.

„Mit dir rede ich nicht“, blaffte er sie an und wandte sich wieder mir zu. „Zeit zu gehen.“ Er nickte zur Tür.

„Ich bleibe, so lange ich will“, fauchte ich und rutschte so weit es ging von ihm weg.

„Falsch, Babe. Saint läuft Amok und ist auf dem Weg hierher. Wenn ich du wäre, würde ich zusehen, dass ich fertig bin, wenn er kommt.“

„Fick dich, Reaper. Meine Woche war die Hölle.“

„Du hast keine Ahnung von der Hölle, kleines Mädchen. Und jetzt raus hier, sonst helfe ich nach.“

Seine Stimme war wie Eis und seine Augen kalt. Ich ließ es mir nicht anmerken, aber ich hatte immer ein wenig Angst vor ihm gehabt. Allerdings fürchtete ich mehr, was Gabe tun würde, wenn er hier auftauchte. Ich wollte seine Erklärung nicht wirklich hören. Ihn anschreien und schütteln lag mir schon eher.

Tara starrte mich mit offenem Mund an und ich formulierte ‚Ich ruf dich an' mit meinen Lippen, als ich mich von der Bank schob.

„Ich bin für dich da, Liebes, okay?", hörte ich sie sagen.

„Komm runter, es ist alles cool", raunte er Tara zu, die empört aufsprang.

„Was bist du denn für ein Typ? Alyson, ist alles in Ordnung? Soll ich jemanden anrufen?"

„Es ist okay, Tara. Er ist sonst nicht so." Reaper schnaubte belustigt neben mir. „Na, vielleicht doch."

„Ich beiße nicht, also mach dir nicht ins Höschen." Er zwinkerte Tara zu.

„Daneel sagte aber was anderes", murmelte ich beim Rausgehen und für einen kurzen Moment grinste er. Ich sah hinter mich. Tara stand verloren an unserem Tisch. Sie sah aus, als wäre sie hin- und hergerissen, ob sie die Polizei oder Männer mit Zwangsjacken rufen sollte.

Draußen führte Reaper mich zu dem Parkplatz. Gabe fuhr wenige Minuten später mit seinem Pick-up vor und stieß die Beifahrertür auf.

„Einsteigen."

Ich seufzte und stieg ein. Er sagte nichts, es lief auch keine Musik und er krallte sich wie ein Irrer am Lenkrad fest.

„Wer war die Kleine?", fragte er schließlich.

„Eine Freundin." Okay, das war sicher übertrieben, doch ich wollte ihn nicht beunruhigen, dass ich mit einer vollkommen Fremden stundenlang dagesessen und geredet hatte. Nicht, wenn der ganze Club auf Alarmbereitschaft war.

„Wie heißt sie?"

„Wieso, willst du sie auch ficken?", brach es aus mir raus, ehe ich die Worte zurückhalten konnte.

Er lächelte mich traurig an. „Es war nicht das, wonach es aussah."

„Sagen sie das nicht alle?", frotzelte ich.

„Trish ist nur eine gute Bekannte. Sie ist nicht so übel, sie dachte, ich mache Spaß, als ich sagte, ich will keinen Kontakt mehr. Sie hat diese strahlende und saubere Persönlichkeit. Sie ist …"

„Noch ein Attribut mehr und du hast mein Waschmittel beschrieben. Gabe, es ist mir egal. Okay? Es war dumm von mir, ins *Wyrm* zu kommen. Ich dachte, ich überrasche dich. Was mir auch gelungen ist." Ich machte eine wegwerfende Handbewegung.

„Sie ist keine Konkurrenz, wollte ich sagen."

Es war so leise, ich hatte es fast nicht gehört. In Anbetracht der Tatsache, dass ich von meiner neuen ‚Freundin' auf demütigende Weise weggezerrt wurde, sie vermutlich nie mehr mit mir reden würde, weil ich Kontakt zum größten und gefürchtetsten Motorradclub der Westküste hatte, konnte dieser Tag kaum schlimmer werden.

Gabes Handy klingelte und Trishas Name leuchtete auf.

Fick. Dich. Karma.

Den Rest der Fahrt schwieg ich stoisch vor mich hin. Was sollte ich auch sagen? Er hatte deutlich gemacht, dass er nicht mehr zwischen uns haben wollte, und diese Trisha schien von der hartnäckigen Sorte zu sein. Mit einer solchen Frau in Konkurrenz zu stehen, wenn auch unbeabsichtigt, war das Letzte, was ich wollte.

Ich konnte Gabes Anspannung fühlen, den Drang darüber zu reden, doch ich wollte nur ins Bett. Alles vergessen. Versuchen zu verstehen, wie mein Leben so eine Hundertachtzig-Grad-Wende hinlegen konnte.

In der Wohnung steuerte ich direkt mein Zimmer an und um ihm den Wind aus den Segeln zu nehmen, schloss ich die Tür ab.

Ich hörte ihn durch die Wohnung laufen, seine Musik, die durch die Wand hindurch vibrierte. Hörte das Laufband fast bis in die Nacht hinein und wie er den Boxsack malträtierte. Mehr als einmal sah ich einen Schatten durch den Türschlitz vor meinem Zimmer stehen, doch er klopfte nicht an.

Während er im Fitnessraum gewesen war, hatte ich mir eine Flasche Wein aus seiner Bar geholt. Ich versuchte, mich auf das Hier und Jetzt zu fokussieren und das Gedankenchaos in meinem Kopf zu sortieren. Jetzt saß ich am offenen Fenster und überlegte, wie ich wieder einen Kurs in meinem Leben setzen konnte.

Sollte ich fortgehen? Wie Daneel alles hinter mir lassen? So verlockend die Vorstellung auch war, ich liebte meine Familie, brauchte sie bei mir und ich liebte Daneel. Ich hatte sie gerade erst wiederbekommen und wollte uns nie mehr so weit voneinander getrennt wissen. Mit Sicherheit wusste ich, dass ich nicht mehr auf meine Arbeit zurückkehren würde. Ich hatte das Zahlenjonglieren seit Langem satt. So vielen Betroffenen konnten wir nicht helfen. Das sollte sich mit Daneel und meiner Firma grundlegend ändern.

Seufzend nahm ich einen großen Schluck Wein. Er war trocken und kratzte im Hals, doch ich hieß den ersehnten Schwindel willkommen. Ich dachte an den Mann, der nur wenige Meter von mir entfernt war und wusste, dass ich hier meinen Platz finden wollte. Doch wie? Ich saß hier und dachte an all das, während er was genau tat? Schrieb er jetzt mit ihr? Versicherte er ihr, dass er jetzt freie Bahn hatte? Was verband uns schon? Gelegentliche Ficks in Hinterzimmern, hinter dem Rücken des Clubs und eine Tragödie, die ich all die Jahre auch allein bewältigt hatte. *Ist das so?*, fragte die Stimme der Vernunft in meinem Hinterkopf. Ich schob sie beiseite und ersetzte sie durch die Weisheit des Weins. In vino veritas. Ich lachte leise und sah auf mein Handy. Nachdem Daneel mich mit Anrufen bombardiert hatte, stellte ich es auf stumm und schrieb ihr nach einer weiteren ellenlangen Sprachnachricht, dass es mir gut ging. Wer's glaubt. Daneel schon mal nicht, denn die Attacke auf mein Handy ging weiter.

Ich wählte ihre Nummer und sie ging sofort dran.

„Aly, fuck sei Dank! Was ist denn los?“

„Nichts, Süße. Die Nerven, schätze ich. Ich musste mal Luft holen. Hab mich mit einer Freundin getroffen.“

„Hör mit dem Scheiß auf. Was hat er getan? Und was für eine Freundin?“, schnappte sie. Mist, sie kannte mich zu gut.

„Nichts hat er getan. Ich war mit Tara unterwegs, habe sie kürzlich kennengelernt.“ Und war das nichts als die Wahrheit?

„Meistens bedeutet das genau das Gegenteil. Ich glaube das einfach nicht, ich habe es ihm extra noch gesagt. Er soll das mit dir nicht verkacken.“ Sie seufzte laut und schien nach Worten zu suchen. Sanfter sagte sie: „Rede mit mir, Aly. Ich weiß, dass du verrückt nach ihm bist. Und aus sicherer Quelle weiß ich, dass es auf Gegenseitigkeit beruht.“

Ich lachte leise. „Er hat mit der Barkeeperin vom *Wyrm* rumgemacht. Und das, nachdem er mich in der Hütte meiner Eltern um den Verstand gevögelt hat. Ich denke, du irrst dich.“ Tränen verschleierten mir die Sicht und ich nahm einen weiteren Schluck Wein.

„Trisha“, sagte Daneel mehr zu sich selbst. „Ja, die steht auf Gabe. Aber das ist nie etwas Ernstes gewesen.“

„Mag sein, aber es sah anders aus.“ Und es hatte sich definitiv anders angefühlt. „Sie wirkten vertraut.“ Ich wartete Daneels Reaktion ab, doch ihr Schweigen forderte mich auf weiterzusprechen. „Hör mal, ich wollte dir morgen diese Freundin vorstellen. Ich hab sie vor der Razzia kennengelernt. Eine Journalistin, die über unsere Firma schreiben will. Sie ist klasse. Mit ihr war ich Kaffee trinken, bevor Reaper wie ein Höhlenmensch da reingestürmt kam und mich rausgeschleift hat“, schloss ich meine Erzählung.

Ich erzählte ihr alles im Detail und meinte zwischendurch zu hören, wie sie ihren Kopf auf den Tisch schlug.

Sie fragte mich, ob ich für heute klarkommen würde und ich versicherte ihr, dass ich okay war. Auch wenn ich es nicht wirklich war. Und Daneels Rüge, mit einer praktisch Fremden Kaffee zu trinken, sei leichtsinnig gewesen, verbuchte ich unter ‚das habe ich wohl verdient'.

Später lag ich erschöpft und ziemlich angetrunken auf dem Bett und beobachtete den Deckenventilator, wie er sich drehte. Nur, dass er ausgeschaltet war. *Build a Kingdom* von Wasteland lief leise aus meiner kleinen Bluetoothbox.

Mein Handy leuchtete in der Dunkelheit des Zimmers auf. Ich verengte die Augen und versuchte, den Namen zu lesen.

Gabe: *Bist du wach?*

Ich: *Nein.*

Gabe: *Baby.*

Ich: *Nicht dein Baby. Schlaf, Gabriel.*

Gabe: *Darf ich rüberkommen?*

Ich: *Ist deine Wohnung.*

Gabe: *Wirst du mich reinlassen?*

Natürlich würde ich das tun. Ich würde ihn immer reinlassen, in dieses Zimmer, in mein Herz. Ich war machtlos.

Ich: *Vielleicht.*

Zwei Minuten später klopfte es an meiner Tür. Ich stolperte zwei Mal auf dem Weg zur Tür, schloss auf und schlurfte zum Bett zurück. Das Einzige im Raum, das sich im Moment nicht drehte. Ich legte mich mit dem Rücken zur Tür und schloss die Augen, gab den Versuch aber auf, der Schwindel hatte mich voll im Griff. Gabe betrat leise das Zimmer.

Ich spürte, wie die Matratze nachgab und er sich hinter mich legte, einen Arm um mich schlang und mich an sich zog. Ich hielt die Luft an und hoffte, er würde nicht mein amoklaufendes Herz fühlen. Ich spürte ihn hinter mir, sog seine Körperwärme auf und fühlte die tröstliche Nähe. Egal, wie sehr ich mir und der Welt einzureden versuchte, dass es so besser war, war es doch eine Lüge. Ich wollte ihn. Ich brauchte den Trost, den mir seine Berührungen spendeten. Wollte mich an ihn klammern, als wäre er mein Rettungsring in dem Ozean an Sorgen, Zweifeln und Zukunftsängsten.

Gabe rückte ein Stück an mich heran und ich merkte, dass er oberkörperfrei war. Er vergrub das Gesicht in meinen Haaren und atmete tief ein. Ich hielt immer noch still, wie ein Kaninchen, das in der Falle saß. Unsicher, wie er weiter vorgehen würde. Seine Worte hallten noch immer in meinem Gedächtnis nach, dass er mir nicht das geben könne, was ich wollte. Dass der Sex ein Fehler war. Was war dann das hier? Ich hasste meine Defensivhaltung, vermisste unseren entspannten Umgang miteinander. Doch die Grenze von belanglosem Sex zu einer ernsthaften Beziehung verschwamm jedes Mal, wenn wir uns nahe waren. Neu anfangen. Ein weißes Blatt. Eine zweite Chance.

Kapitel 24

Saint

Ich inhalierte den Duft ihrer Haare. Kokos, der Duft nach frischer Luft und Aly. Er erinnerte mich an unsere unbeschwerten, guten Zeiten. An unsere erste Begegnung, bei der ich von Anfang an nicht meine Augen von ihr lassen konnte. Bevor wir beide so viele falsche Entscheidungen getroffen und Weichen für Wege gestellt hatten, die uns immer weiter voneinander entfernt, statt zueinander geführt hatten. Ich wollte an meinem Vorhaben festhalten, eine Basis für einen Neuanfang zwischen Aly und mir zu schaffen, und erst Vitto aus dem Weg räumen. Doch ich merkte schnell, dass das der falsche Weg war. Ich hatte versucht, sie die letzten Tage aus meinem Kopf zu bekommen, mein Verlangen nach ihr und ihrer Gegenwart zu unterdrücken. Sport bis zum Umfallen, Alkohol und zu guter Letzt fast eine Sehnenscheidenentzündung vom vielen Wichsen unter der Dusche. Doch es half nichts, ich musste sie nah bei mir wissen. Ihr Humor, ihr Verstand, all das war wie für mich gemacht. Meine Seele schrie nach ihrer, beruhigte sich erst, wenn sie in meiner Nähe war. Wieso war mir das so deutlich nicht in all den Jahren aufgefallen? Es hätte die ganzen anderen Weiber nicht gebraucht, um zu wissen, dass ich nur sie will. Der Bullshit mit Trisha war typisch für mein Glück. Nie hatte ich Interesse an einer ernsthaften Beziehung gehabt. Es war schließlich genug Saint für alle da, oder? Doch die Sache ist die, wenn man beinahe alles unter der Sonne erlebt und getan hat, was man mit dem weiblichen Körper tun kann, ändert das nichts daran, dass man abends allein im Bett liegt und morgens allein aufwacht. Ich hatte gesehen, was die Einsamkeit mit Menschen, respektive gestandenen Männern, gemacht hatte. So wollte ich nicht enden. Das wusste ich jetzt. Nicht nur die Drohungen, die Vitto gegen sie ausgesprochen und auch in die Tat umgesetzt hatte, auch die Geschichte mit Mercy und Daneel hatte mich wachgerüttelt. Das Leben war verdammt noch mal zu kurz. Alyson war mir so oft durch die Finger geglitten, entweder steckte ich in einer Liebelei mit einem der Clubmädchen oder sie suchte in den Armen eines belanglosen anderen nach Bestätigung, die nur wir selbst uns geben konnten. Ich wollte Aly retten und beschützen, damit sie mich rettete. So wie ich das sah, wurde der Mensch mit einem Loch im Herzen geboren, das nur ein Partner füllen konnte. Wir waren nicht dazu bestimmt, allein zu bleiben. Niemand und schon gar nicht wir beide. Den jeweils anderen zu vergessen, hatte auf beiden Seiten nicht geklappt, also konnten wir genauso gut Schluss machen mit dem Theater und uns unseren Gefühlen stellen. Den guten wie den schlechten. Die Sache mit dem Baby war definitiv nichts, was unter den Teppich gekehrt werden sollte, das war schon zu lange der Fall gewesen. Wir mussten es beide verarbeiten, um nach vorn blicken zu können, sonst würde diese Sache immer zwischen uns stehen.

Ich konnte fühlen, wie sie sich in meinem Arm versteifte, und ich verstand es. Ich hatte sie auf Armeslänge gehalten, da ich ihr keine sichere Zukunft versprechen konnte, solange dieser Mafia-Abschaum noch atmete. Seit sie mir von unserem Baby erzählt hatte, war meine Entschlossenheit nur noch weiter befeuert worden. Vitto würde sterben.

„Es tut mir leid“, flüsterte ich in ihr Ohr und malte mit dem Finger Muster auf ihren Bauch. Ihr T-Shirt war eine lästige Barriere zwischen mir und ihrer samtweichen Haut. Ich fuhr über ihr Bauchnabelpiercing, wusste, dass sie sich in diesem Moment auf die Lippenringe biss und mit ihnen spielte. Sie tat das immer, wenn sie nervös war.

„Was genau?“ Ihre Stimme klang belegt und ich nahm einen Hauch Weingeruch wahr.

„Dass du unser Baby verloren hast und dass du allein da durchmusstest. Aber auch das mit Trisha. Zwischen ihr und mir ist nichts, das musst du mir glauben." Ich wartete angespannt auf eine Antwort. Lange Zeit hob und senkte sich nur ihr Brustkorb mit ihrer Atmung.

„Es wäre so viel einfacher, wenn du Trisha nehmen würdest."

Das konnte doch nicht ihr Ernst sein, oder? Ich schüttelte den Kopf und rieb mir mit einer Hand den Nacken, wählte meine nächsten Worte, wider meiner Natur, mit Ruhe und Bedacht. Ich konnte und wollte nicht glauben, dass sie dachte, ich wäre mit Trisha besser dran. „Wie meinst du das?" Mein Herz klopfte mir bis zum Hals. *Natürlich, du Idiot!*, schrie meine innere Stimme. *Du hast zu lange gewartet. Was dachtest du, dass du sie wegstoßen kannst und sie robbt auf Knien auf dich zu?*

„Sie hat sicherlich nicht so viel Ballast wie ich. Sie wäre dein weißes Blatt."

„Mein was?"

Endlich drehte sie sich halb zu mir um, sah aber an die Decke.

„Dein Neuanfang, Gabe. Ich bin nicht so naiv zu glauben, dass du mich willst, so wie ich dich will."

Falsch. Ganz falsch.

„Wie kommst du darauf?" Ich wollte in ihren hübschen Kopf kriechen und studieren, wie sie auf diese Idee kam. Wieso sie der Meinung war, ich könnte sie nicht wollen. Sie, zu der ich immer wieder zurückgekehrt war. Weiter konnte sie von der Wahrheit kaum entfernt sein. Ich beschloss nachzuhaken, wie sie auf diesen Gedanken kam.

„Ich habe dich gesehen, Gabe."

„Und ich sagte dir, es war nicht das, wonach es ausgesehen hatte."

„Nein, mit Daneel."

Moment, was?

„Wie du sie ansiehst, sie und Mercy. Das, was sie haben.

Das, was sie erwarten", fuhr sie sichtlich leiser fort und legte die Hand auf ihren Bauch.

Ein Baby.

Und langsam dämmerte es mir.

Sie setzte sich mit einem Ruck auf und funkelte mich an.

„Ich kann keine Kinder mehr bekommen, Gabriel. Ich kann dir das, was sie haben, niemals geben." Sie fuhr sich durch die Locken und ein Vorhang der Entschlossenheit legte sich über ihr Gesicht. „Deshalb hast du recht. Wir belassen es dabei. Freunde?" Sie hielt mir ihre Hand hin, damit wir wie Idioten darauf einschlugen.

Ich starrte sie an, unfähig, darauf zu antworten. Freunde? Nein. Liebende, Seelenverwandte. Partner. Ja.

„Glaubst du wirklich, dass mir das wichtig ist?", war das Einzige, das ich hervorbrachte. Und es war falsch, ich sah, wie ihr die neutrale Maske auf dem Gesicht verrutschte. Sie zog die Hand zurück, als hätte sie sich verbrannt.

„Wie du willst."

Es war nur ein Flüstern. Doch ich hielt sie fest, als sie sich hinlegen und von mir wegdrehen wollte.

„Stopp! Dieser Mist, den du dir da zusammenspinnst, hört jetzt auf, verfickt. Es ist mir egal, ob du Kinder bekommen kannst, Baby. Ich will dich. So wie du bist. Ich liebe Kinder und ja, ich bin jetzt schon verliebt in meine Nichte oder Neffen und ich werde es verwöhnen, bis die beiden mich mit Fackeln von ihrem Grundstück jagen. Aber was uns betrifft", ich hielt kurz inne und legte alle Standhaftigkeit, die ich besaß, in meine nächsten Worte. „Du bist meine Welt, Alyson. Du bist die, die diese Leere in meinem Herzen füllen kann. Niemand sonst kann das, nur du. Ich will nur dich. Krieg das endlich in deinen Schädel, Weib!"

Sie sah mich mit feuchten Augen an, doch ich konnte ihre Unsicherheit förmlich schmecken. Der Elefant im

Raum musste endlich aus dem Weg.

„Möchtest du Kinder?", fragte ich sanft und strich ihr eine Strähne von der Stirn. Sie biss sich auf die Unterlippe und mein Herz zersprang für sie. Natürlich wollte sie Kinder.

„Ich habe mich damit abgefunden", sagte sie leise und räusperte sich, um das Zittern in ihrer Stimme zu kaschieren. „Ich muss einfach glauben, dass es einen höheren Sinn hat."

Bull-fucking-shit. Das redeten sich alle Menschen ein, die so etwas erlebten. Fehlgeburten, Unfälle, Krankheiten. Alles diente einem höheren Zweck, die Wege des Herrn sind unergründlich, bla, bla, bla. Scheiße passierte. Was für eine fucking Prüfung soll das sein, wenn Eltern ihre Kinder beerdigen müssen? Worin lag die Gerechtigkeit oder die Güte, wenn Familien auf diese Art auseinandergerissen wurden. Die Hölle sind andere Menschen. Die Hölle ist hier. Und man musste sich durchkämpfen, andere Wege finden.

„Hast du das schon mal jemandem erzählt?" Ich sah sie prüfend an, damit mir die kleinste Regung in ihrem Gesicht auffiel, sollte sie mich belügen. Doch sie schüttelte einfach den Kopf. Die Tatsache, dass sie ein Leben, das wir, wenn auch unwissentlich, erschaffen hatten, verloren hatte, lastete sichtlich schwer auf ihr. Und auf mir gleichermaßen. Ich wusste erst seit wenigen Tagen von der Sache und konnte spüren, wie es sich wie zähflüssiger Teer durch meine Gedankenbahnen zog. Es war nicht fair, nichts davon. Ich holte tief Luft und zog sie in eine feste Umarmung.

Für heute würde ich es dabei belassen. Ich wollte ihr Zeit geben, sich damit auseinanderzusetzen, dass ich mich von so etwas nicht vertreiben ließ. Sollte sie irgendwann dazu bereit sein, würden wir erneut darüber reden.

Nach einer Weile entspannte sich ihre Atmung und wurde tiefer. Ich streichelte sanft ihre Haare, fuhr abwechselnd Kreise über ihren Rücken und genoss, wie sie in meinen Armen einschlief.

Kapitel 25

Alyson

Gabe brachte mich zu Daneel und verabschiedete sich mit einem bittersüßen Kuss von mir, der mich einerseits nach mehr sehnen ließ und andererseits geschwängert war mit der Schwere unseres Gesprächs. Der Geist, der uns jahrelang auseinandergetrieben hatte, war aus der Flasche und ich wusste zu diesem Zeitpunkt noch nicht genau, ob das eher gut oder schlecht war. Ich sah Gabe nach, wie er auf seine Breakout stieg, mir einen letzten, langen Blick zuwarf und davonfuhr. Wohin er ging, wusste ich nicht, aber es zu erraten, war keine Kunst.

Mercy war kurz nach uns mit Reaper eingetroffen. Wir fanden uns mit Fin zu fünft an Mercys großem Esstisch wieder. Daneel hatte den halben Tag in der Küche verbracht und ich genoss ein entspanntes Essen mit den wichtigsten Menschen in meinem Leben. Neben dem Gedankenchaos um Gabe und mich, der Angst, Vitto könnte meiner Familie oder meinen Freunden schaden, fühlte ich mich dennoch sicher in Daneels Haus. Meine Gedanken drifteten zu letzter Nacht und der Frage nach meinem Kinderwunsch. Ich wollte Kinder, ja. So sehr hatte ich sie gewollt. Dass das nun nicht mehr möglich war und er dennoch bei mir bleiben würde, war für mich schwer zu akzeptieren. Ich erlag der gesellschaftlichen Vorstellung der Rolle einer Frau, so sehr das meine innere Emanze auch zum Schreien und Speerwedeln brachte: Heiraten, Familie, Kinder. Haus mit weißem Lattenzaun und irgendein Vierbeiner. Wenn er das ernst meinte und mich immer noch wollte, auch wenn mein Babyapparat nicht mehr funktionierte, könnte ich meinem übervorsichtigen Herzen erlauben, Hoffnung zu schöpfen.

„Willst du einen Nachschlag?“, fragte Daneel und hielt Finley das Tiramisu hin.

„Nein, danke. Ich platze gleich."

Er lächelte sie warm an und Daneel grinste breit. Sie ging in der Rolle der Old Lady auf, wie eine Blume, die endlich nach vielen Jahren Wasser bekommen hatte.

Gabe hatte nichts weiter zu uns gesagt und ich hasste, dass es wie ein Damoklesschwert über uns hing. Wenn ich Daneel so sah, mit ihrem süßen Babybauch und Mercys stolzem Blick, wusste ich einfach, dass Gabe genau das auch wollte. Ich konnte und wollte ihm nicht im Wege stehen, selbst wenn ich mich mit jeder Faser meines Daseins nach ihm verzehrte. Ich bildete mir ein, dass wir eine Verbindung hatten, dass ich sie schon gespürt hatte, als ich ihn das erste Mal gesehen hatte. Doch war es so? Wieso hatten wir dann nie zueinander gefunden? Wieso, verflucht, war ich nach Portland gegangen, auf diese schwachsinnige Verbindungsparty und war dem Charme von diesem Teufel erlegen?

Das Klingeln von Mercys Handy riss mich aus meinen Gedanken.

„King?" Wenn ein Anwalt abends um neun anrief, war das sicher nicht das beste Zeichen.

„Ja, Mann. Komm her. Ich habe ohnehin eine super Aufgabe für dich. Wie? Nein, keine Angebote, die du nicht einhalten kannst." Er lachte laut und rau, während er Daneel auf seinen Schoß zog und seine Nase in ihren langen Haaren vergrub. „Schwing lieber deinen Arsch rüber."

Damit legte er auf und überfiel Daneels Mund.

Finley entschuldigte sich in sein Zimmer und Daneel, die sich nach drei Versuchen von ihrem Verlobten lösen konnte, zeigte mir das andere Gästezimmer. So viel zu der Aussage, dass bei Daneel nicht genug Platz war. Netter Versuch, Gabe. Das Haus beherbergte etwa drei Gästezimmer, Charlies altes Zimmer nicht inbegriffen. Genau in dieses quartierte mich Daneel ein.

„Keine Ahnung, wie viel die Männer nachher trinken,

daher lasse ich ein Zimmer frei, falls King hier schläft."

Sie legte mir Bettwäsche raus und ich entschuldigte mich ebenfalls für den Abend. Ich war müde vom Nichtstun. Ich hörte, wie sich Mercy und Reaper auf die Terrasse verzogen und eine halbe Stunde später King eintraf. Sie redeten weit bis in die Nacht hinein, denn ich lag die ganze Zeit auf dem Bett und starrte die Decke an.

Als ich es nicht mehr aushielt, nahm ich mein Handy.

Ich: *Du fehlst mir.*

Ich wusste nicht, ob er noch unterwegs war, sich gerade auf einer Mission befand, in einer anderen Frau vergrub – hallo Selbstmitleid – oder tot im Straßengraben lag. Ich hasste es, keine Kontrolle zu haben. Und das war es doch, oder? Ich hatte die Kontrolle über mein Leben verloren. Meine Arbeit, mein Haus, meine Nicht-Beziehung zu meinem Irgendwas-Ex, vor dem ich gestern einen Seelenstriptease hingelegt hatte, mit Dingen, die nicht einmal mein Beichtvater wusste. Sozusagen. Nicht, dass ich sonderlich gläubig war. Ich griff nach meinen Kopfhörern und hörte *Have You Ever Seen the Rain* von Creedence Clearwater Revival, bis mich der Gesang langsam in den dunklen Abgrund des Schlafes lullte.

Ich erwachte zu Regen, der gegen die Fensterscheiben peitschte. Mein Handy verriet mir, dass es kurz nach vier war. Ich stöhnte auf, schälte mich aus dem Bett und ging in die Küche, um mir ein Glas Wasser zu holen. Ich hörte ein leises Kichern, gefolgt von einem tiefen Lachen, was in ein Stöhnen überging, und grinste. Meine Gastgeber waren wie Teenager.

Mit meinem Wasserglas ging ich an die Terrassentür und beobachtete, wie sich das erste Licht am Horizont durch die dichten Regenwolken schob. Eine Bewegung vor der Tür ließ mich aufschrecken und ich unterdrückte einen Aufschrei. Es war Reaper, der unter dem Dach in der Dunkelheit saß. Das Aufglimmen seiner Zigarette hüllte sein Gesicht in ein unheimliches Licht. Ich schob leise die Tür auf und schlüpfte zu ihm raus. Es war frisch draußen, war es doch erst Frühling, aber ich liebte es, wie sich die Kälte um mich legte und meine Lebensgeister weckte. Sie vertrieb die düsteren Gedanken.

Das Bereuen.

Den leeren Nachrichteneingang.

„Willst du allein sein?“, fragte ich Reaper leise. Er sah zu mir auf und lächelte müde.

„Schon okay“, antwortete er.

Er trug nur eine Jogginghose und einen Hoodie, also musste er ebenfalls hier übernachtet haben.

„Kannst du nicht schlafen?“ Ich setzte mich in den Stuhl neben ihn und zog die Beine an.

„Ich schlafe nicht gut.“

Wir sahen wieder Richtung See, der wie ein schwarzer Fleck das Ende des großen Grundstücks markierte.

„Tut mir leid wegen deiner Freundin“, sagte Reaper nach einer Weile.

„Schon in Ordnung. Sie kommt klar.“

„Mh-mh.“

Und du?, lag es mir auf der Zunge. Doch ich sagte nichts. Denn hätte mich jemand dasselbe gefragt, hätte ich keine Antwort gewusst. So saßen wir auf der Veranda, bis die Sonne aufging und der Regen nachließ. Verstohlen sah ich immer wieder auf mein Handy, was von Reaper nicht unbemerkt blieb. Nach dem dritten Mal sah er direkt zu mir.

„Es geht ihm gut. Stress dich nicht. Er regelt das.“

„Was auch immer ‚das‘ ist“, sagte ich bitter.

„Werde ich dir sicher nicht sagen, aber du bist doch ein kluges Mädchen.“ Mit diesen Worten erhob er sich und ging hinein.

Vitto. Na super. Jetzt waren meine Sorgen und Ängste

wie weggeblasen. Nicht. Ich folgte Reaper kurze Zeit später und erschrak fast zu Tode, als ich King auf der Couch liegen sah. Was war das nur mit den Männern hier? Wieso lagen sie wie Ninjas überall herum? Und wohin war Reaper verschwunden? Da King schlief, schlich ich, so leise ich konnte, zurück in mein Zimmer.

Der Rest des Tages verlief unspektakulär. Da wir im Haus bleiben mussten, verschoben wir das Treffen mit Tara. Mercy war ebenfalls daheim und verbarrikadierte sich mit Reaper in seinem Büro, nachdem King gegangen war.

Daneel und ich skizzierten einen Businessplan, welche Hilfsleistungen wir anbieten wollten und ich lief innerlich beinahe Amok, weil ich absolut nichts von Gabe hörte. Daneel lenkte mich ab mit Arbeit, doch nachmittags, als Reaper und Mercy sich wieder zu uns gesellten, war ich ein nervliches Wrack. Mercy bat mich, mit ihm zu kommen und ich war für die Abwechslung dankbar.

Sein Büro war so gar nicht, wie ich mir das eines Clubpräsidenten vorgestellt hatte. Ein heller Raum unterm Dach, mit großen Fenstern, die ihn in ein gemütliches Licht hüllten. Mercy setzte sich an einen großen schwarzen Schreibtisch, auf dem nur ein Laptop stand. Ich ließ mich auf der abgetragenen schwarzen Ledercouch an einer Wand nieder und bewunderte die Bilder, die seine Wand schmückten.

„Charlie“, sagte er.

Die Jüngste der Walkers war unfassbar talentiert im Malen und Zeichnen. Das Bild in Ölfarbentechnik hinter Mercy zeigte zwei Gesichter zur Hälfte und bei genauem Hinsehen erkannte ich Daneel und Mercy selbst.

„Was willst du?“ Meine Frage kam harscher rüber als beabsichtigt, doch Mercy verzog keine Miene.

„Dich auf den neuesten Stand bringen.“

Oha.

„Deine Eltern und deine Brüder haben Security gestellt bekommen. Zumindest Carter, Mike ist ja in Übersee, wie du weißt.“

„Richtig, in Syrien.“ Ich schluckte schwer beim Gedanken daran.

„Ja.“ Mercy schnalzte mit der Zunge und lehnte sich vor. „Daneel wird dir die Kurzfassung gegeben haben, aber bis wir die Sache mit den DeLucas geregelt haben, herrscht Ausgehverbot. Es sei denn, es ist mit einem von uns. Ich will keinen Lockdown, damit zeige ich dem Don nur, dass ich ihm nicht vertraue.“

„Tust du das nicht?“

„Babe, ich vertraue niemandem, außer meiner Frau und meinem Club. Meiner Familie.“ Er zog seine schwarzen Brauen nach oben.

„Aber ich verstehe das nicht. Ich dachte, du hast mit Vittos Großvater einen Deal. Und den riskierst du jetzt meinetwegen?“ Bei dem Gedanken fühlte ich mich furchtbar unwohl. Ich setzte alle einer riesigen Gefahr aus. Nur, weil ich dem falschen Typ nach Hause gefolgt war?

„Yep.“

Okay, wow. Kein Mann der großen Worte.

„Aber ich …“

Er stand auf und setzte sich neben mich. „Sieh mich an, Aly.“

Ich schaute in seine grünen Augen und wo ich Härte und Verurteilung erwartet hatte, sah ich nichts als Wärme. Was mich überraschte, denn er zeigte diese Seite von sich eigentlich nur Daneel.

„Ich sehe, wo du hinwillst mit deinen wirren Weibergedanken, also hör genau zu: Du bist ein Teil der Familie. Was du und Gabe haben oder nicht haben, geht mich nichts an. Du bist aber die beste Freundin der Liebe meines verfluchten Lebens, also bist du ein Teil von uns. Was da passiert ist in Portland, ist nicht deine Schuld.

Nichts davon. Schlechte Entscheidungen trifft jeder und glaub mir, wenn ich dir sage, dass ich darin gewissermaßen den schwarzen Gürtel besitze."

Ich spürte, wie mir heiße Tränen die Wange runterliefen, ohne dass ich irgendetwas dagegen tun konnte. Als ob die bloße Erwähnung von Gabe alle Schleusen geöffnet hätte. Mercy legte seinen langen Arm um mich und zog mich an seine Seite, wo er mich einen Moment weinen ließ.

„Babe, du bist in ein Kreuzfeuer geraten. In einen Krieg, den Vitto heraufbeschwören will und den Naz nicht zu verhindern gedenkt."

Ich schluchzte ein paar Mal auf und hasste mich dafür, in seiner Gegenwart zu einem Häufchen Elend zusammenzuschrumpfen. Das war so ganz und gar nicht die Alyson, die ich sein wollte.

„Wo ist Gabe?", fragte ich nach einer Weile.

„Er kommt heute Abend wieder." Er hielt mir eine Packung Taschentücher hin und ich schnäuzte meine Nase.

„Okay", sagte ich leise.

„Warum fragst du Daneel nicht nach einem Schaumbad oder was auch immer ihr Weiber da ins Wasser werft. Sie hat unser Bad in ein Außenlager von diesem einen Seifenhersteller verwandelt und alles riecht nach Wald und Elfenpups."

Er hatte mich absichtlich zum Lachen gebracht und dafür war ich ihm dankbar. Ich war in den besten Händen, ich war in Sicherheit. Wenn sich sein Bruder jetzt endlich noch bei mir melden würde, wäre das die Kirsche auf der Sahne.

Es klopfte an und er bat herein.

„Kings Bruder ist am Telefon, er konnte dich nicht erreichen", sagte Reaper und sah zwischen mir und Mercy hin und her.

„Alles gut?", fragte mich Mercy und als ich bejahte und zur Tür ging, winkte er Reaper rein und nahm das Telefon entgegen. „Kilian. Ja, Mann. Ne Weile her. Hör zu, dein Bruder hatte gestern Abend einen guten Vorschlag. Ja, schwing deinen irischen Arsch an die Westküste und ich erkläre es dir."

Ich hörte den Rest des Telefonats nicht mehr, aber es ließ mich in Sachen Gabe beruhigter zurück.

Kapitel 26

Saint

Ich hatte schon vorher Menschen getötet, war in meinem Leben in gefährlichen und ausweglosen Situationen gewesen, doch nichts, absolut nichts, reichte an diesen Nerventerror heran. Hier ging es um mehr. Es ging darum, die Frau, die ich liebte, zu rächen. Mir durfte kein Fehler unterlaufen. Wir hatten Portland vor einer Stunde erreicht und nachdem wir uns bei Knuckles Verstärkung in Form der Zwillinge Dylan und Josh geholt hatten, waren wir ausgeschwärmt. Laut deren Secretary, dem Pendant zu unserem Ink, wurde Vittorio DeLuca zuletzt in einem Kasino im besseren Viertel der Stadt gesichtet. Wir ließen die Maschinen am Clubhaus stehen, schlüpften in unauffällige Klamotten, ließen unsere Cuts mit dem Black Wolves Color zurück und fuhren mit einem Van ohne Nummernschild in die Stadt hinein. Mein Adrenalin ließ mich kaum still sitzen. Ich wippte unablässig mit dem Bein. Das hier durfte ich nicht versauen, ich musste Vitto schnappen. Mental war ich wie ein loses Stromkabel im Wind, das bei jedem Kontakt Funken sprühte. Vitto war sich seiner Sache scheinbar sicher, stolzierte durch Portland wie ein eitler Pfau, in aller Öffentlichkeit und die Raiders, die zu besseren Söldnern mutiert waren, fuhren unter dem Radar.

Wir hielten eine Ecke vor dem besagten Kasino an und stiegen aus. Ich überprüfte meine Ausrüstung auf ihre Vollständigkeit. Schlagring, meine Glock unter meinem schwarzen Hoodie, das Messer in meinem Stiefel, Kabelbinder. Die anderen taten es mir gleich. Dylan sah sich ein paar Meter in alle Richtungen um. Unser Parkplatz war bewusst gewählt, keine Verkehrskameras deckten diesen Bereich ab.

„Okay, wie willst du vorgehen?", fragte Ryan und ließ

seine Nackenwirbel geräuschvoll knacken.

„Laut meinen Informationen hält sich Vitto hier jeden Abend exakt zwei Stunden auf. Das Kasino gehört der DeLuca Familie und er ist hier Geschäftsführer. Er lässt sich von seinem Stellvertreter die Zahlen des Tages nennen, geht den Edelzockern um den Bart und setzt sich dann in den Restaurantbereich, um zu Abend zu essen."

Der Kerl war wie ein Uhrwerk. Jeden Tag tat er das Gleiche und jeden Tag verließ er Punkt 22 Uhr das Kasino durch den Hintereingang. Eine dunkle Gasse, in der sein Fahrer in einem schwarzen Mercedes mit Panzerglasscheiben auf ihn wartete. Kameras deckten diesen Bereich zwar ab, doch dafür hatte ich Red dabei. Ich sah zu ihm rüber, wie er sein Gewehr zusammenbaute. Seine Zeit beim Militär machte sich für uns bei vielen Missionen bezahlt. Er würde sich auf dem gegenüberliegenden Gebäude positionieren und die Kameras ausschalten, sobald Vitto die Gasse betrat.

Ich erklärte den Rest des Plans, der beinhaltete, dass Ryan, Sledge und die Zwillinge sich um den Fahrer des Mercedes und etwaige Bodyguards kümmerten. Vitto gehörte mir allein. Wir versteckten uns am Eingang der Gasse hinter einem großen Müllcontainer und warteten. Viertel vor zehn fuhr der schwarze Wagen vor und die Brothers huschten von Schatten zu Schatten an den Wagen heran. Eine Minute vor zehn, schickte ich Red eine Nachricht und wie das perfekt einstudierte Team, das wir waren, passierte danach alles gleichzeitig. Die Hintertür schwang auf und Vitto trat mit einem Bodyguard in Begleitung in die dunkle Gasse hinaus. Eine Millisekunde später regnete es schwarzes Kameraglas, als Red die Linsen der Überwachungsobjekte zerschoss und zeitgleich Sledge und Dylan sich den Fahrer des Wagens vornahmen. Josh sprang den Bodyguard von hinten an, legte ihm den Arm um den Hals, bis dieser in die Knie ging und bewusstlos zur Seite sackte. Vitto riss die Augen auf, starrte von links nach rechts, versuchte in der Finsternis irgendetwas zu erkennen, doch ich ließ mir Zeit. Kostete den Moment aus, damit ich ihn mir immer wieder ins Gedächtnis rufen konnte. Dieser Kerl dort hatte meine Frau angefasst. Nicht nur sexuell, was schon schlimm genug war, nein. Er hatte sie geschlagen, gedemütigt und als wären das nicht schon genügend Tickets in die Hölle, hatte er mein ungeborenes Kind getötet.

„Vittorio", raunte ich ihm zu, als ich hinter ihm aus den Schatten trat. Die einzige Lichtquelle bot derzeit sein Handy, das ich ihm mit einer beiläufigen Bewegung aus der Hand schlug. „Denk nicht mal dran, deine Spielzeugknarre zu ziehen", knurrte ich ihm zu und packte ihn am Revers.

„Wir machen einen kleinen Ausflug, Vitto-Boy."

Es dauerte einen Augenblick, bis er mich ohne meinen Cut und in der Dunkelheit erkannte, ehe er laut loslachte.

„Nur über meine Leiche, du elender *Stronzo*", spie er aus und riss sich aus meinem Griff los.

„Das lässt sich einrichten, nimmt mir aber leider den ganzen Spaß." Ich holte aus und schlug ihm mit aller Kraft in sein linkes Auge, was ihn laut aufschreien ließ. Wieder packte ich ihn an seinem überteuerten, protzigen Anzug und zog ihn nah zu mir. „Heute ist Zahltag."

Mit diesen Worten hob ich mein Knie und rammte es ihm so fest in den Magen, dass er wie ein nasser Sack in sich zusammenfiel. Ich pfiff durch die Zähne und Red kam mit unserem Van und ausgeschalteten Scheinwerfern in die Gasse gerast. Die anderen rissen die Schiebetür auf und gemeinsam verfrachteten wir Vittos bewusstlosen Körper in den Innenraum. Kaum war die Tür zu, raste Red los. Vitto war leider nicht ganz so weggetreten, wie ich erhofft hatte und ehe ich ihm die Hände und Füße mit Kabelbindern fixieren konnte, trat der Mistkerl aus, schlug und kratzte wie ein Wilder.

„*Maldito*", rief Ryan und wich einem von Vittos Schlägen aus. „Was hatte der denn in seinem Tiramisu?"

„Ich mach dich fertig, Arschloch. Dich und deinen degenerierten Bruder. Ihr habt keine Ahnung, mit wem ihr euch da angelegt habt", brüllte Vitto und sprang auf mich zu.

Red raste wie ein Irrer durch die Straßen auf dem Weg ins Clubhaus, von wo aus wir ihn mit einem anderen, ebenfalls ungekennzeichneten Bus, nach Seattle bringen würden. Sofern wir alle diese Höllenfahrt unbeschadet überstehen würden.

„Wenn ich jedes Mal Geld bekommen würde für diese Standarddrohungen im Angesicht des Todes", entgegnete ich, wich seinem Angriff aus, packte ihn am Nacken und nutzte den Schwung der Kurve, die Red gerade fuhr, um Vittos Kopf gegen die Wand des Vans zu schlagen. Der dumpfe Aufprall, als sein Körper auf dem Boden aufschlug, war Musik in meinen Ohren. Wir setzten uns und atmeten alle tief durch.

„Das war …", begann Sledge und kratzte sich den Bart.

„Ja." Ryan sah zu seinem Vater und dann wieder zu mir. „Wir haben ihn." Er grinste.

Wir hatten ihn, ja. Ich ließ meinen Kopf an die Wand sinken und schloss die Augen. Wir hatten ihn.

Ich lehnte mich an die Lagerhallentür und legte den Kopf in den Nacken, um meine Atmung zu beruhigen. Einatmen, ausatmen. Doch es half nichts, das Adrenalin wütete in meinem Körper. Vitto aufzuspüren, war nicht leicht gewesen, doch jetzt war ich meinem Ziel ein kleines Stückchen näher. Doch bevor ich dieses Kapitel endgültig schließen konnte, stand eine Besprechung in der Chapel an. Ich riss die Tür auf und lief über den Hinterhof zurück ins Clubhaus. *Seasons In The Abyss* von Slayer dröhnte durch die Boxen. Der Club war bis zum Bersten voll. Es war Freitag und an den Wochenenden stiegen die Partys. Musik, Frauen und viel, viel Alkohol. Die meisten Türen meiner Brothers waren geschlossen, was hieß, dass die Party schon in vollem Gange war und sich der ein oder andere mit einer der Clubfrauen auf sein Zimmer verzogen hatte. Ich verließ den Flur Richtung Gemeinschaftsraum, wo sich die meisten Leute befanden. Ryan und Sledge waren wieder einmal in einem ausufernden Streit gefangen und je mehr spanische Schimpfworte fielen, desto mehr baute sich Red hinter ihnen auf, bereit einzugreifen. Diese zwei Hitzköpfe waren wie Benzin und Feuer. Ich nickte Red zu und steuerte die Bar an. Anna lächelte mich müde an.

„Babe", grunzte ich mehr, als das ich es aussprach. Sie schob mir ein Bier rüber.

„Langer Tag?"

Sie lehnte sich zu mir vor und ich drehte mich, um zu sehen, wohin sie sah. Sledge. Tja, die Ähnlichkeit zu meinem Dad war nicht zu leugnen. Anna, als Ex-Geliebte von Nite, hatte trotz aller Widrigkeiten einen festen Stand im Club. Ich bewunderte ihren Schutzpanzer, sie musste sich viel Mist anhören und ansehen. Als letztes Jahr die Scheiße mit Daneel passiert war, hatte sie sich lange Vorwürfe gemacht, dass sie Jealousy, den Maulwurf in den Reihen der Clubweiber, nicht durchschaut hatte.

Ink tauchte an meiner Seite auf. „Hast du ihn?" Er lehnte sich neben mir an der Bar an.

Ich nickte stumm und genoss die Musik, die von Metallica zu *Boneshaker* von Redlight King wechselte. Wie auf Kommando betrat Mercy den Club mit Reaper im Schlepptau. Als er mich sah, wies er zum Büro und Ink und ich machten uns auf den Weg.

Als die schwere Holztür hinter uns ins Schloss fiel, dämpfte sich die Musik auf ein erträgliches Minimum und ich ließ mich in den Sessel vor Mercys Schreibtisch fallen.

„Also?" Er warf seine langen Beine auf den Schreibtisch und fischte eine Packung Zigaretten aus seinem Cut.

„Ist in der Halle. Fuck, ich brauche eine Massage. Der

Wichser hat sich vielleicht gewehrt." Ich ließ meinen schmerzenden Nacken Kreise rollen und zuckte bei dem geräuschvollen Knacken meiner Wirbel zusammen.

„Gut. Und jetzt?" Er sah mich auffordernd an.

Ich schnalzte mit der Zunge und nahm eine Zigarette von ihm entgegen, inhalierte den Rauch, während ich nachdachte. Was jetzt? Gute Frage. Ich hatte Vitto DeLuca da, wo ich ihn haben wollte. Gefesselt, in unserer Lagerhalle. Hier würde ihn niemand mehr finden. Niemand, der dorthin gebracht wurde, kehrte atmend zurück. Mercy, der ungeduldige Wichser, der er eben war, schlug mit der flachen Hand auf die Tischplatte.

„Wie du willst, Bruder. Mach mit ihm, was du für richtig hältst, der Würfel ist gefallen."

„Okay, Cäsar?", sagte Reaper lachend und seine rauchige Stimme riss mich aus meiner Lethargie.

„Weißt du nicht, Mercy hat an Weihnachten lesen gelernt", witzelte ich. Das Thema war mir unangenehm. Vitto. Je länger ich darüber nachdachte, desto mehr kam ich ins Grübeln. Was sollte ich mit ihm anstellen? Umbringen. Aber wie und was dann? Brachte es Aly ihre Fruchtbarkeit wieder? Oder ihr Baby. Unser Baby. Ich sah zur Seite, damit Mercy meine Zweifel nicht lesen konnte. Wir, der Club, meine Brothers, waren immer so verfahren. Wer uns querkam, der bezahlte und das würde auch hier der Fall sein. Doch jetzt traf es mich persönlich, so persönlich ein Baby sein konnte. Es war ein Teil von mir, den er umgebracht hatte und damit war der Tod nicht hart genug als Strafe.

„Fick dich", rief Mercy und warf mit irgendwas nach Reaper.

„Naz ist untergetaucht. Dylan sagt, dass er in keinem seiner Restaurants zu sehen war seit eurem Treffen. Vittos Entführung hat vielleicht zu reibungslos funktioniert, glaubst du nicht?", fragte Ink und sah uns ernst an.

„Es ist 'ne Falle gewesen", sagte Reaper hinter mir.

Ich drehte mich zu ihm.

„Danke, Admiral Akbar, ich hab es kapiert. Aber Tatsache ist, dass er trotzdem gefesselt in der Halle versauert. Und ich ihn kaltmachen werde. Vielleicht lief es so einfach, weil Dylan und ich einfach gut sind? Schon mal das gefragt?"

„Nein", antwortete Mercy trocken. „Ich denke, Naz hat ihn dir überlassen, aber das ist egal. Er hat uns eiskalt belogen, er hatte nie vor, unsere Abmachungen einzuhalten. Ich glaube eher, dass er von Vittos Plan begeistert war, das Business mit den Iron Raiders zu erweitern. Was wir jetzt herausfinden müssen ist, inwieweit der andere Enkel von Naz mit drinhängt."

Leider ergab das Sinn. Ich dachte an unserem Coup zurück, wie wir Vitto eingesackt hatten. Wenn das ein Friedensangebot von Naz gewesen war, sollte es dann nicht vorbei sein? Aber die Kollaboration mit den Raiders stand weiter im Raum. Wie weit reichte dieses Abkommen? Wusste Naz davon, oder schlimmer – Vittos Cousin Daniele? Vielleicht hatte er vor, das weiterzuführen, was durch Vittos baldigen Tod ins Stocken geraten war.

„Hallo?" Ich schrak hoch und zwei grüne, sehr wütende Augen starrten mich an. „Ob du verstanden hast, was ich gesagt habe, hab ich gefragt. Zum zehnten Mal", donnerte Mercy und Reaper kicherte wie ein verficktes Schulmädchen hinter mir.

„Was ist so lustig auf den billigen Plätzen, Reaper?", fragte ich genervt. „Ich hab dich schon gehört, Mercy, ich war nur in Gedanken."

„Wirklich? Was muss ich tun, damit du uns Unwürdigen deine volle Aufmerksamkeit leihst?"

„Leck mich", erwiderte ich.

„Nein, danke. Also, noch mal für die Hirngeschädigten unter uns: Kilian fährt nach Portland. Ich habe mit ihm telefoniert und ihm die Stadt praktisch auf dem Silbertablett präsentiert."

Ich zog die Augenbrauen hoch. „Ach ja?“

„Ja. Sag mir nicht, dass du auch noch schlecht hörst.“ Mercy rieb sich die Schläfen.

„Was will Kilian denn tun?“, fragte Reaper und klickte mit seinem Zippofeuerzeug. „Er hat beide Hände voll zu tun mit Boston und New York.“

Ich war so ausgelaugt und gereizt, dass ich gleich ausrasten würde, wenn er nicht damit aufhörte. Ich stand auf und begann auf und ab zu laufen. Die Energie und das Adrenalin bauten sich langsam ab. Vitto zu töten war unvermeidbar, doch jetzt, wo er war, wo ich ihn haben wollte, war es nur noch eine lästige Aufgabe. Rache für alles, was er getan hatte, ja. Aber wo ließ mich das mit Aly zurück? Zwischen uns waren so viele Hindernisse. Wie konnte ich ihr begreiflich machen, was sie für mich bedeutete?

Sie in Sicherheit bringen? Check.

Den Feind zur Strecke bringen? Check. So gut wie jedenfalls.

Sie dazu bringen, mir zu vertrauen? Biep, der Anrufer ist zurzeit nicht erreichbar, bitte versuchen Sie es nie wieder noch mal.

„Kilian wird sich die Sache ansehen, schauen, wie weit die Verbindungen der DeLucas reichen. Er hat nicht vor, seinen Sitz von der Ostküste hierher zu verlegen, er wird stattdessen einige seiner Strohfirmen hier ansässig machen und den DeLucas Handelspartner wegnehmen. Sie schwächen. Er kann diesen Krieg führen, er hat die Ressourcen und die Manpower dafür.“ Mercy lehnte sich zufrieden zurück. „Außerdem liebt er Herausforderungen. Der irische Wichser ist gelangweilt.“ Mercy grinste breit und es erinnerte eher an einen Wolf als einen Menschen. Es war der sinnvollste Schachzug, den Kopf der irischen Mafia miteinzubeziehen, um die DeLucas zu beschäftigen.

„Die Raiders?“, fragte Reaper und klickte wieder mit

dem Feuerzeug.

Mit einem Schritt war ich bei ihm und riss ihm das Ding aus der Hand.

„Yo, Saint, cool bleiben.“ Er grinste.

Ich fuhr mir durch die Haare und auf einmal war mir alles zu viel. Zu politisch, zu erdrückend. Ich wollte es nur hinter mich bringen und mich dann dermaßen besaufen, dass ich für wenigstens einen verdammten Abend alles vergessen konnte und mich auf das Wichtigste konzentrieren: Alyson.

„Ich bin weg“, murmelte ich, doch Mercy stand schon bei mir.

„Hey, Mann.“

Ein Blick in mein Gesicht brachte ihn zum Schweigen. Er nickte verstehend, obwohl er nicht mal im Entferntesten von meinem inneren Kampf wusste. Aber er war mein Bruder, er würde mir den Freiraum lassen. Ich stürmte aus der Tür und Richtung Lagerhalle.

Vitto war genau da, wo ich ihn zurückgelassen hatte. Gefesselt, geknebelt und benommen von einer nicht geringen Menge Ketamin, die Dylan, oder vielleicht auch Josh, wer wusste das schon, ihm in den Hals geworfen hatte, um so einen Anfall wie im Van zu vermeiden. Die Zwillinge brauchten dringend Erkennungsmarken um den Hals.

Er verfolgte jede meiner Bewegungen mit seinen Augen, die dunkel und emotionslos waren. Ich tat der Welt einen Gefallen, wenn ich ihn erledigte, rief ich mir ins Gedächtnis. Oder ich fütterte nur meine Dämonen, es blieb dasselbe. Mein Ticket in die Hölle war genau mit solchen Ausreden bezahlt worden. Doch hier saß der Mann, der mein ungeborenes Kind aus dem Bauch seiner Mutter getreten hatte. Und allein deswegen würde ich mir Zeit lassen. Scheiße, wir hatten die ganze Nacht. Ich drehte *Fiend* von Coal Chamber in der kleinen Anlage auf und sah ihn grinsend an.

„Bereit für ein Tänzchen, Loverboy?“

Ich riss ihm den Knebel runter und ging wieder zu meinem Rolltisch. Ich machte den Scheiß immer allein. Mercy stand auf Zuschauer, brachte die Prospects mit. Einerseits als Initiation und zur Abschreckung. Mercy trug seinen Namen nicht ohne Grund. Und ich? Saint? Nun, ich mochte von allen Walker-Brüdern vielleicht der Harmloseste sein, doch das war kein Maßstab, den man sich zu genau ansehen sollte. Ich war trotz allem der fleischgewordene Albtraum von diesem Wichser hier.

„Oh bitte. Bring es hinter dich, bevor ich an einer Herpesinfektion in diesem Drecksloch krepiere, du Hinterwäldler“, spuckte Vitto aus und versuchte sich in eine aufrechtere Position zu bringen.

Ich lachte leise und legte meine Ringe ab, zog die Armbänder und meinen Cut aus. Ehrlich gesagt, kam mir sein Mundwerk gerade recht. Ich drehte mich um und breitete einladend die Arme aus.

„Hinterwäldler oder nicht, das ist deine Bühne für heute, Vittobaby. Oh, wo wir gerade davon reden. Einer der zweihundert Gründe, warum du heute draufgehst, ist genau dieser. Ein Baby. Klingelt da was? Ich helfe dir mal. Das Baby, das Aly wegen dir verloren hat? Meins. Und ich sehe die Dinge etwas altmodisch. Auge um Auge.“

Vitto lachte laut auf. Es war ein kaltes, hartes Lachen, bar jeder Emotionen.

„Ich wusste gleich, dass diese kleine Schlampe ihre Beine nicht zusammenhalten kann. Was hätte sie wohl gemacht? Mir diesen Bastard untergejubelt? Fuck, hoffentlich nicht. Schätze, das werden wir nie rausfinden. Und wie mir die Ärzte verraten haben, wohl nie mehr.“

Ich grinste ihn breit an. „Korrekt. Und allein für diesen Kommentar wirst du dir wünschen, deine Mutter hätte lieber geschluckt.“ Ich machte ihn los und zog meinen Schlagring über. Ich forderte ihn mit einer Handbewegung auf, zu mir zu kommen.

„Tanz mit mir."

Und wie er tanzte. Ich hasste es, gefesselten Menschen ihr jämmerliches Leben auszublasen. Ich wollte Körperkontakt, wollte fühlen, wie ihr Leben aus ihren Augen wich. Machte mich das zu einem kranken Arschloch? Sehr wahrscheinlich. War ich besser als Vitto? Nein. Fuck, nein. Aber an diesem Abend rächte ich Aly. Ich rächte mein Baby. Und zu Slipknots *Eyeless* schloss dieser kaltherzige Bastard die Augen. Ich sackte vor ihm auf den Boden, streifte den blutigen Schlagring ab und warf ihn zu dem Leichnam.

Ehe ich um den Kloß, der sich in meinem Hals gebildet hatte, schlucken konnte, wurde ich von schweren Schluchzern geschüttelt. Meine Tränen überraschten mich. Überwältigten mich. Ich sackte zusammen, vergrub das Gesicht in meinen blutigen Händen und weinte. Das erste Mal in den zehn verfickten Jahren seit Bullets Tod. Ich weinte um das ungeborene Kind, um die Zeit, in der ich unwissend um seinen Tod gelebt hatte. Ich weinte um Alyson, über ihren und jetzt auch meinen Schmerz und dass Dinge geschehen waren, die ich nicht imstande gewesen war zu verhindern.

Wie viel Zeit verging, wusste ich nicht. Nach einer Weile legte sich eine schwere Hand auf meine Schulter und Mercy zog mich in eine feste Umarmung.

Kapitel 27

Alyson

Zwei Tage hörte ich nichts von Gabe. Mercy hatte mir versichert, dass er am Abend angekommen war, doch ich hatte von ihm selbst nichts gehört. Ich schlief nach wie vor in Charlies Zimmer und sah jeden Abend wie die verdammte Rapunzel aus dem Fenster. War die Luft rein? Konnte ich jemals wieder in mein Haus? Einer Arbeit nachgehen? Ich wusste es nicht. Ich verschob das Treffen mit Tara jeden Tag und hatte immerhin Daneel so neugierig gemacht, dass sie heute Morgen vorschlug, Tara ins Haus einzuladen. Mercy war einverstanden, solange wir einen Wachhund dabeihatten. Im übertragenen Sinne, denn Tiny, der Werkstatthund, könnte einen Bösewicht vermutlich nur aufhalten, wenn dieser in einer der riesigen Sabberpfützen ausrutschte und sich das Genick brach.

„Du bist so still, Süße", sagte Daneel neben mir und berührte mich sanft am Arm.

Wir saßen am See und hielten unsere Füße in das türkis-blau schimmernde und eiskalte Wasser.

„Schockierend, ich weiß", frotzelte ich und sah wieder ins Wasser. Kleine Babyfische tummelten sich in Ufernähe und ich sah dem lustigen Treiben einen Moment lang zu. Daneel lehnte ihren Kopf an meiner Schulter an. „Wieso meldet er sich nicht?", flüsterte ich.

Sie setzte sich auf und studierte mein Gesicht.

„Das wird er."

Ich sah die Entschlossenheit in ihrem Blick. Sie war sich ihrer Sache sicher und schließlich war sie gut mit Gabe befreundet, oder? Sie kannte ihn besser. Aber stimmte das? Kannte man jemanden wirklich? Selbst Mercy hatte mit Daneel seine dunkelsten Geheimnisse geteilt, wieso konnte Gabe das mit mir nicht?

Weil er dir nicht vertraut, wieso auch sonst, du dumme Kuh.

Ich verfluchte meine innere Stimme, doch sie hatte recht. Ich hatte ihn auf Abstand gehalten. Was hatte ich gedacht, würde früher oder später passieren? Er würde nicht ewig warten. Ich zupfte an dem Bandanatuch, das ich heute um mein Handgelenk trug.

„Hey", Daneel zog mich in eine Umarmung. „Er wird sich melden und dann solltet ihr reden."

Alarmiert sah ich auf. „Weißt du etwas, wovon ich nichts weiß?" Panik machte sich breit und ich glaubte, mir würde schlecht.

„Nein, nein. Gott, Süße. Du bist meine beste Freundin. Ich würde dir sagen, wenn etwas passiert wäre." Ja, sie war aber auch eine Festung und eine loyale Freundin allen anderen gegenüber. Daneel hütete einige unserer dunkelsten Geheimnisse.

„Okay." Ich klang so besiegt, wie ich mich fühlte.

„Mädchen, da hilft nur Musik." Daneel und ihre Musik-Therapien. Doch ehe ich protestieren konnte, fummelte sie einen ihrer Air-Pods in mein Ohr und zog mich auf die Beine. *Oh My My* von Blue October beschallte mein Ohr und sie griff meine Hände, wirbelte uns albern über den Boden am Ufer und nach wenigen Sekunden fing ich an zu lachen.

„Oh, pass auf." Sie scrollte durch ihre Playlist, die ein musikalischer Mischmasch aus Heavy Metal, Rap, Pop und Klassik war.

Hot In The City von Billy Idol folgte und diese Irre fing an, wie verrückt zu singen. Und verflucht, sie war richtig gut. Wer hätte das gedacht, dass sie mir nach über sechzehn Jahren Freundschaft noch eine neue Seite zeigen konnte.

Wir tanzten über die Wiese, gackerten wie die Hühner und ich konnte nicht umhin, daran zu denken, dass Daneel durch die Hölle gegangen war und stärker denn je rausgekommen. Ich beschloss, das auch zu können.

Es stellte sich heraus, dass sie recht behielt. Am Abend desselben Tages kam Gabe und holte mich ab. Ihn endlich wieder in meiner Nähe zu wissen, beruhigte mich einerseits, doch die tausend Fragen über seinen Verbleib ließen mich unruhig auf dem Fahrersitz hin und her rutschen, während ich ihm auf seiner Harley nach Hause folgte. Ich fuhr ihm bis zu seiner Wohnung nach, dann nahmen wir stillschweigend den Fahrstuhl bis in sein Stockwerk und betraten die dunkle Wohnung, in der ich seit mehr als einer Woche nicht mehr gewesen war.

Er wirkte verändert. Er war höflich, nett. Hielt mir die Türen auf und fragte mich, wie es mir ging. Fragen nach Vitto beantwortete er mit diesem Mach-dir-keine-Sorgen-Bullshit und wich allem anderen aus. Er war reserviert. Auf Abstand und obwohl er neben mir auf der Couch saß, während wir unsere Tacos aßen, hätte er ebenso gut dreißig Meter von mir entfernt sitzen können. Emotional müde und gleichermaßen enttäuscht, entschuldigte ich mich ins Bett.

Daneels Vorschlag zu reden, war unser Ticket in die Normalität, doch was, wenn keiner von uns den Weg dorthin gehen konnte?

Spät in der Nacht weckten mich Schreie. Ich fiel beinah aus dem Bett, rannte mehr schlaftrunken als wach in den Flur und begriff, dass sie aus Gabes Schlafzimmer kamen. Ich zögerte für eine Millisekunde, trat dann aber ein. Er lag oberkörperfrei auf der Seite, zusammengekrümmt und wisperte und schrie im Wechsel unzusammenhängende Worte.

„Gabe!“ Ich berührte ihn an der Schulter. Keine Reaktion, er zitterte am ganzen Körper, war knietief in einem Albtraum gefangen. Ich versuchte es noch zwei weitere Male, doch es half nichts. Ich legte mich hinter ihn, schlang den Arm um seine Mitte und hielt ihn fest. Streichelte mit der anderen Hand über seinen Kopf und versuchte, ihn langsam aus seinem Traum zu ködern. Es schien zu funktionieren, er atmete zittrig ein und aus, doch langsam ebbte das Verbale ab und seine Atmung beruhigte sich. Ich wartete einige Zeit, bis ich sicher war, dass er wieder fest schlief, um zurück in mein Zimmer zu gehen. Als ich meinen Arm zurückziehen wollte, sagte er so klar, dass es mir einen Schrecken den Rücken runterjagte:

„Bleib. Bitte."

Ich antwortete nicht, sondern rückte noch ein Stück näher. Nach einer Weile zog er die Decke über uns und so blieben wir bis zum Morgen liegen.

Als ich erwachte, war das Bett neben mir leer. Ich ging in mein Zimmer duschen und fand ihn am Frühstückstisch mit dem Handy vor der Nase. So wie er aussah, war er schon trainieren gewesen.

„Was steht heute an?", fragte ich und schenkte mir Kaffee ein.

„Habt ihr nicht euer Treffen mit Tara?" Er sah zu mir auf. Wieso, wiesowiesowieso sah er so gut aus? Die braunen, viel zu langen und sexy Haare wellten sich bis auf seine Schultern und glänzten feucht von der Dusche. Er grinste und fuhr sich mit der Zunge über die Zähne. „A-ly?"

Aly. Nicht Baby. Ich schluckte meine Enttäuschung und zauberte ein Lächeln hervor, von dem ich hoffte, dass es entsprechend höflich war.

„Richtig." Ich hielt mich an der Tasse fest und wünschte mir, er würde diese Stille brechen.

„Ach, wenn du willst", er drehte sein Handy auf dem Tisch, „kannst du in dein Haus zurück. Jetzt, da Vitto fort ist."

Fort. Richtig. Die liebevolle Umschreibung für Fischfutter. Außerdem war mir der Rauswurf aus seiner Wohnung, der sich in seinem Vorschlag verbarg, nicht entgangen. Doch Daneel hatte recht. Reden und so.

„Gabe, ist alles in Ordnung? Mit uns, meine ich?"

Er hörte auf, das Handy zu drehen und sah mich an. Diese verdammten kristallblauen Augen saugten mich förmlich ein.

„Nein, Aly", er rieb sich über das stoppelige Kinn. „Aber es ist gut, wenn wir etwas Abstand haben. Du musst dir darüber klar werden, was du willst. Wir haben alles überprüft, das Haus ist gesichert. Es liegt bei dir."

Ich schluckte schwer. Das war immerhin deutlich.

„Ja, okay. Gute Idee, das mit dem Haus und auch sonst. Ja, machen wir so." Toll, wie ich meine Sicht der Dinge darlegte, Wahnsinn. Da hatte sich der Debattierclub damals wirklich rentiert.

Und das war's. Er lieferte mich und meine Sachen an meinem Haus ab, sagte „Wir sehen uns, Babe" und fuhr davon. Aber hatte ich nicht genau das geahnt? Ich hatte zu lange gewartet. Doch ich konnte nicht aus meiner Haut. Vertrauen wuchs nicht auf Bäumen. Ich konnte nicht von heute auf morgen alles, woran ich geglaubt hatte und die ganze Paranoia der letzten Jahre über den Haufen werfen und mich Gabriel Walker, der noch vor wenigen Wochen bis zur Hüfte in einer anderen Frau gesteckt hatte, an den Hals werfen. Einer Frau, die mit weitaus weniger Gepäck daherkam als ich. Trisha war, so viel konnte ich zugeben, ein guter Fang. Sie war klüger, als es den Anschein machte und gewitzt. Gut gebaut, Kurven an den richtigen Stellen und jedermanns Liebling. Ja, ich hatte recherchiert. Reaper war ein bereitwilliger Informant gewesen. Dass ich diese Informationen wegen Gabe wollte, schien ihn nicht zu interessieren. Vermutlich weil er selbst in seinem Kopf feststeckte.

Ich checkte mit Daneel die Zeit für unser Treffen mit Tara, das dank gewisser Tiere in meinem Kühlschrank definitiv nicht in meinem Haus stattfinden würde. Überhaupt dachte ich, als ich mich umsah, wäre eine Renovierung angebracht.

Nachmittags fuhr ich bei Daneel vor und wir machten es uns auf der Terrasse gemütlich. Dank unzähliger Koch- und Backsendungen war Daneel völlig Amok gelaufen und kredenzte verschiedenste Variationen an Cupcakes, in jeder erdenklichen Geschmackskombination.

„Welchen Aufpasser schickt Mercy eigentlich zu uns?“, fragte ich und half ihr, den Tisch zu decken. Fin war mit Mercy unterwegs, soviel ich wusste.

„Oh, sind die für mich?“

Oh nein. Nein, nein, nein. Ich sah in die Küche, wo sich die breitschultrige Gestalt mit Man-Bun über die Kuchenplatte beugte. Daneel eilte zu ihm und schlug ihm auf die Finger.

„Pfoten weg, Sammy. Die sind für nachher.“

„Komm schon, Babe.“

„Nenn mich nicht Babe.“ Sie stemmte die Hände in die Hüften und Reaper grinste, griff nach einem Cupcake und schob ihn sich so weit er konnte in den Mund. Komplett.

„Fuck, ich fasse es nicht! Wie passt das da ganz rein?“, rief Daneel fassungslos.

„Das sagte sie gestern auch.“ Er lachte laut auf, als sie seine Schulter vermöbelte.

„Das ist ja wie im Zirkus mit euch. Los, tischen wir auf. Tara ist gleich da und Reaper“, ich deutete mit dem Finger auf ihn. „Benimm dich.“

„Ich bin ein Heiliger“, log er und hob abwehrend die Hände. Daneel grunzte vor Lachen und ich schüttelte den Kopf.

„Sie soll über unsere Firma einen positiven Artikel schreiben und sich nicht genötigt fühlen, in die Feminismus-Rubrik zu wechseln, weil du so ein Neandertaler bist.“

„Excusez-moi, aber ich war nur ehrlich.“

Ich sah ihn mit dem Verarsch-mich-nicht-Blick an. „Sammy, deine Ehrlichkeit geht meist mit Beleidigungen einher“, sagte Daneel. „Komm, ich bring dir was an die Couch. Sieh dir, keine Ahnung, was super Männliches an und sei einfach ruhig.“

Sie schob den halb protestierenden Reaper auf die Couch, wo er sich wie ein Sack fallen ließ.

„Ich lebe, um zu dienen.“ Er grinste breit.

„Endlich hat er es verstanden“, murmelte Daneel.

Ich wusste, er lebte für diese Kabbeleien mit Daneel. Ich hatte fast Mitleid mit ihm. Fast.

Zehn Minuten später war Reaper war mit Football Reruns ruhiggestellt, solange Daneel den Cupcake-Nachschub nicht abreißen ließ. Wie die Männer so abartig trainierte Körper behalten konnten, bei den Unmengen an ungesundem Mist, den sie aßen, war mir ein Rätsel.

Tara quietschte vor Aufregung, als Daneel die Tür öffnete und wie von mir prophezeit, begrüßten die beiden sich, als wären sie schon zusammen die Treppe heruntergefallen. Daneel gab Tara eine kleine Roomtour und führte sie dann in die Küche.

„Wir können auf der Terrasse Kaffee trinken“, fuhr Daneel fort, als Taras Blick sich an Reaper festsaugte, der zu Bier übergegangen war.

Sie sah uns fragend an und als Reaper sie bemerkte, sagte er trocken: „Was geht?“

Ich rieb mir die Schläfen. „Reaper kennst du vielleicht noch“, was vermutlich eine Untertreibung war. „Er …“

„Ich bin der Wachhund“, sagte er und sah gespielt schockiert zu Daneel. „Oh, bitte um Erlaubnis, sprechen zu dürfen.“

Daneel seufzte und schob Tara zur Terrassentür. „Geht schon mal raus, ich hole die Limonade.“

Ich begleitete Tara nach draußen, die sofort von dem riesigen See eingenommen war, und hörte, wie Daneel scharfe Worte mit Reaper wechselte, ehe sie sich wieder zu uns setzte.

„Also, ihr beiden. Erzählt mal ein wenig von euch. Wie lange kennt ihr euch, seid ihr aus Seattle? Wie kamt ihr auf die Idee und was sind eure Ziele?"

„Wow, langsam", sagte Daneel lächelnd und tupfte sich den Mund mit einer Serviette ab.

Sie schenkte uns allen ihre selbst gemachte Limonade nach und sah mich an.

„Daneel und ich sind seit der Highschool Freundinnen und die Idee hat sich mit der Zeit gefestigt, als Daneel aus Atlanta zurückkam", antwortete ich.

„Oh, du hast in Georgia gelebt? Wie aufregend. Du frierst dir doch hier sicher den Hintern ab", kicherte Tara.

„Ich bin ursprünglich aus San Diego, von daher ist es für mich praktisch überall kalt", erklärte Daneel und berichtete, wie sie nach Atlanta gekommen war, abzüglich des Serienkillers und des Herzschmerzes.

Wir erzählten Tara, dass wir Kurse am College besuchten, hauptsächlich um die betriebswirtschaftliche Seite aufzufrischen. Unser Ziel war es, ein Zentrum aufzubauen, in dem allen, die Hilfe brauchten, diese angeboten werden konnte. Seien es Frauen, die untergebracht werden mussten, Kinder, die Probleme hatten, egal. Es sollte ausbaufähig sein. Eine Anlaufstelle und ein sicherer Hafen für alle, die uns brauchten. Wir wollten uns hauptsächlich über Spenden finanzieren, doch wir hatten auch einiges über die Jahre gespart. Der Club würde uns zwar immer mit Geld versorgen, doch darum ging es nicht. Wir wollten helfen.

„Das ist so eine tolle Idee, ich denke, das wird einschlagen wie eine Bombe. Habt ihr schon einen Namen?"

Wir schüttelten den Kopf. Mir fiel auf, dass sie sich keinerlei Notizen machte. Aber was wusste ich schon, vielleicht war sie ein Genie, das ein fotografisches Gedächtnis hatte oder so.

So verlief der Rest des Nachmittags.

Die Terrassentür hinter uns öffnete sich und Reaper trat ins Freie.

„Yo, die Meisterjournalistin“, sagte er zwinkernd zu Tara und zündete sich eine Zigarette an. Zu Daneel gewandt sagte er: „Mercy hat mich angerufen, er ist gleich mit Fin wieder da. Wann musst du morgen zum Doc?“

„Halb neun.“

„Gott, Weib. Wieso?“

„Ich hasse es, nachmittags zu gehen.“

Sie zuckte unschuldig mit den Schultern. Er knurrte etwas Unverständliches und verwuschelte ihr im Vorbeigehen die Haare, ehe er langsam zum See schlenderte.

„Was ist sein Problem?“, fragte Tara. Es klang nicht gehässig, sondern neugierig.

„Er ist einfach so“, war Daneels Antwort und sie schenkte Tara ein höfliches Lächeln.

Aha. Beschützer-Daneel.

Wir verabschiedeten Tara und ehe ich ebenfalls gehen konnte, hielt mich Daneel am Arm fest.

„Hey, nächste Woche Barbecue? Gabe, Sammy und King kommen auch.“

„Okay. Wir sehen uns, Schwester.“ Ich küsste ihre Wange und fuhr nach Hause. Auf der Fahrt schraubte ich das Lächeln ab, das sich den Nachmittag in meine Mimik gebrannt hatte.

Ich sollte mir klar werden, was ich wollte. Gott, ja. Wenn das so einfach wäre. Eine Zeitmaschine wäre nett.

Zu Hause angekommen, zündete ich mir meine Duftkerzen an, Sandelholz und Moschus, genau wie Gabes Aftershave, zog mir etwas Bequemes an und setzte mich auf die Couch. *Wish You Were Red* von den Trailer Trash Tracys lief auf meiner Playlist und ich goss mir ein Glas Wein ein.

Okay, positive Gedanken formulieren. Was fühle ich?

Wut. Nicht positiv. Okay, noch mal.

Sehnsucht. Besser.

Gabe. Ich vermisste ihn, verflucht. Ja. Ich vermisste unsere Umarmungen, die Neckereien. Die Unbeschwertheit, die wir uns einst bewahrt hatten. Das Necken, das zu Küssen wurde und die Küsse, die ein Feuer entfachten, von dem wir uns nur zu gern verzehren ließen. Doch da war diese Blockade in mir, diese Mauer, die es mir nicht möglich machte, den Weg zurück ins Licht zu finden. In die Zeit, in der ich so optimistisch war. Ich hatte mich zur Ablenkung in Männern ertränkt, was an sich schon eine erbärmliche Erkenntnis war. Ich hatte es ihm gleichgetan, wollte ihn vergessen. Nie war die Zeit für uns reif, immer warf sich etwas in unsere Bahn und ich war es so leid. Ich hatte genug bezahlt. Ich wollte meinen Fokus einzig und allein auf Gabe und meine Zukunft richten. Auf die Zukunft, die wir hoffentlich haben würden, wenn wir endlich unser Gespräch geführt hatten. Keine Kinder mit ihm haben zu können, lag mir schwer im Magen. Auch kochten die Erinnerungen an die Zeit nach der Fehlgeburt hoch. Wie oft hatte ich ihm davon erzählen wollen, wenn ich ihn danach gesehen hatte. Hin und wieder, wenn ich ihn zufällig auf einer Party des Clubs getroffen hatte. Doch immer, wenn ich ihm gegenübergestanden hatte, verließ mich der Mut und mit der Zeit schloss ich diese Truhe fest zu und versteckte sie tief in meiner Seele. Mit meiner Trauer, mit meiner Verzweiflung und meiner Sehnsucht nach dem Mann, dessen Kind ich so gern gehabt hätte.

Jetzt, da wir uns wieder näherkamen, war diese Hoffnung ein glimmender Funke, der entweder uns beide in Brand stecken konnte oder alles um sich herum zerstören und verzehren würde. Ich hoffte darauf, dass er seine Worte ernst gemeint hatte, dass ich ihm alles bedeutete.

Kapitel 28

Saint

Einige Wochen später

„Hast du die Street Bob?“, brüllte Ryan bis zu meiner Arbeitsbucht hinter.

Ich reckte den Kopf und legte den Schraubschlüssel beiseite, mit dem ich die Kühlerverkleidung befestigt hatte.

„Meinst du mich?“

Ryan funkelte mich aufgebracht an.

„*Sí*, oder siehst du noch jemanden hier?“

Es war wenig los in der Werkstatt. Draußen war es heiß und die meisten Jungs nahmen sich die Nachmittage frei. Mir machte die Hitze nichts aus und Ryan war in Mexiko aufgewachsen. Es war nicht so, als hätte ich einen Ort, wo ich sein sollte. Tiny, der Werkstatthund, lag neben mir auf seiner Platzdecke und grunzte im Schlaf, schmatzte und schlief weiter.

„Nein, Alter. Ich bin an der Fat Boy. Hawk hat die Street Bob doch heute Morgen fertig gemacht.“

„Und wo ist sie? Im Hof stehen ungefähr hundert“, rief er zurück.

Ich seufzte und stand auf, nahm mir ein Handtuch und wischte mir die öligen Finger ab. Eine Viertelstunde später schoben wir die Street Bob über den Hof zu Ryans wartendem Kunden. Ich schirmte die Sonne mit meinen Händen ab und sah zum Clubhaus. In einer Stunde war eine Besprechung in der Chapel angesetzt und ich hoffte, dass Mercy Neuigkeiten bezüglich Naz und der ganzen Mafia-Scheiße hatte. Ich war es so leid, auf glühenden Kohlen zu sitzen. Und dann war da noch die Sache mit ihm und Reaper. Ihr Ausflug nach Kalifornien hatte Früchte getragen, doch die beiden hielten sich noch bedeckt.

„Ich geh duschen. Machst du auch Schluss, Saint?"

Ryan stieß mich an der Schulter an und blickte nach einem Moment in die Richtung, in die ich sah. Aly saß auf einem der Picknicktische und sprach mit Daneel. Sie hatten uns nicht bemerkt. Eine warme Windbö wehte Alys blonde Locken auf. Der Drang, direkt zu ihr zu laufen und sie in meine Arme zu schließen, war beinahe übermächtig. Etwas legte sich um mein Herz wie ein Schraubstock. Sie war so nah und doch hätte sie nicht weiter weg sein können. Seit unserem letzten Gespräch hatte sie sich nicht mehr bei mir gemeldet. Sie war viel daheim oder bei Daneel, traf sich mit Tara. Ja, verfickt, ich behielt sie im Auge. Ich oder einer der Prospects. Solange die DeLucas hier rumirrten, war es besser so. Ich wusste nicht, was ich noch tun sollte. Sie mauerte. Sie verbarg ihre Unsicherheiten und Ängste hinter ihrer Unfruchtbarkeit. Als ob mich das interessieren würde. Als ob ich meine Partnerin nach diesem Kriterium aussuchen würde. Über die Jahre war ich immer wieder bei ihr gelandet, egal wie weit ich meine Kreise zog, ohne wie das männliche Äquivalent einer Hafenhure zu klingen, aber ich kam immer wieder zu ihr. Ich hatte ihr geradeheraus gesagt, dass ich sie wollte. Dass es mir egal war, ob wir jemals Kinder haben würden. Und sie saß dort, lachte und lebte ihr Leben.

Und ich? Ich hing fest. Ich kam nicht vorwärts. Ich hatte den Wichser, der ihr, der uns das angetan hatte, kaltgemacht, hätte ihr seinen hässlichen Kopf mit roter Schleife auf einen Teller gelegt. Und wozu das alles? Es hatte nicht den ersehnten Abschluss gebracht. Vitto war tot, unser Baby ebenfalls und der Graben zwischen mir und Aly wurde mit jedem Tag, den wir nicht aufeinander zugingen, größer. Ich fand keinen rechten Zugang zu ihr. Saß sie in der Erwartung da, dass ich den ersten Schritt tat? Liebte sie mich so wie ich sie? Gesagt hatte sie es nicht, was mich wiederum verunsicherte. Ich hasste es, mich unsicher zu fühlen. Es war mir unbekanntes Terrain, doch das betraf alles, wenn es um Aly ging. Sie war die Ausnahme der Regel. Sonst war ich selbstsicher, wusste, welche Knöpfe ich drücken musste, damit die Höschen links und rechts fielen. Doch Alyson war eine Festung und mir fehlte es an der passenden Armee, diese einzunehmen.

„*Dios mio*, dich hat es ja übel erwischt“, murmelte Ryan neben mir.

„Ja, was auch immer“, erwiderte ich knapp und ging in die Werkstatt zurück. Erst eine Stunde später verließ ich sie für die Besprechung wieder und betrat das Clubhaus durch den Hintereingang.

Mercy saß mit dem Bein wippend am Kopf des Tisches, als wir langsam alle unsere Plätze einnahmen.

„Wenn ich es dir doch sage, sie stand auf mich. Nicht auf deinen haarigen Arsch“, rief Hawk, als er und Red ins Zimmer kamen.

„Fuck, glaubst du, ich gebe was drauf, welche Weiber dich ficken wollen? Außerdem hatte die *Stalker* auf der Stirn stehen. Würde mich nicht wundern, wenn sie dir schon brennende Papiertütchen mit Hundescheiße vor deine Bude gestellt hat, weil du gestern an Trish rumgeleckt hast.“

Hoppla. Ich sah zu Hawk. Der zuckte nur mit den Schultern.

„Sie ist heiß, außerdem sagte sie was von Liebeskummer. Unser Heiliger“, er grinste in meine Richtung, „hat ihr wohl das Herz gebrochen.“

Er lachte laut und rau, was in einen Raucherhustenanfall überging. In diesem Moment betrat Bull den Raum und klopfte ihm im Vorbeigehen auf die Schulter.

„Du musst mehr Grünzeug essen und die Raucherei lassen. Vertrau mir, mein Sohn.“

„Sohn! Ich brech ab. Du bist so alt, du könntest eher

mein Ur-ur-ur-ur-…“

„Okay, ihr Idioten“, begann Mercy und schlug mit dem Hammer auf den Tisch.

„…ur-ur-ur-ur-…“

„Das Wichtigste gleich vorweg: Es gibt nichts Neues von den DeLucas. Kilian ist gestern in Portland angekommen und hat sich ein Bild gemacht. Früher schaffte er es nicht, er hatte Ärger mit seinem Waffenlieferanten in New York. Er wird mir im Laufe der Woche Bescheid sagen.“

„…ur-ur-ur-Großvater sein.“ Hawk lehnte sich breit grinsend zurück und Red vergrub das Gesicht in den Händen.

Bull ignorierte ihn.

„Kommt er hier vorbei?“, fragte Reaper und rückte auf seinem Stuhl zurecht.

Mercy schüttelte den Kopf. „Diesmal nicht, er muss zurück nach New York. Aber nach und nach schickt er Männer hierher und wir werden abwarten. Naz soll sehen, dass wir es ernst meinen. Er glaubt immer noch, dass uns Vitto auszuliefern alles beruhigt hat und wir lassen ihn in dem Glauben. Daniele hat Vorrang, wenn er der Nachfolger von Naz werden sollte. Ich muss seine nächsten Schritte wissen. Naz ist zu alt, der Kerl hängt schon viermal die Woche an der Dialyse. Er hat zudem Krebs, wie Mags über ihre Krankenhaus-Kontakte nach Portland rausgefunden hat.“

„Er herrscht schon ewig über die Stadt. Sein Dad hat ihm alles beigebracht und der ist damals vor Mussolini geflohen.“ Bull kratzte sich den Bart und fuhr den langen Zopf, zu dem er geflochten war, nach.

„Du musst es ja wissen, Grandpa. Wie alt warst du da? Sechzig?“, fragte Hawk und blinzelte ihn an.

„Bei allem, was mir heilig ist: Was zum Fick ist denn euer Problem heute?“, donnerte Mercy und schlug mit der Faust auf den Tisch.

Bull grinste und Red übernahm die Erklärung, bevor Hawk noch mehr Bullshit reden konnte.

„Bull hat Hawks Penny verschlampt."

Ein Raunen ging durch die Runde. Hawks Penny war sein Glücksbringer und der Mann aus Georgia war furchtbar abergläubisch.

„Verfickt richtig. Ich zeige ihm meinen größten Schatz", wetterte Hawk los, doch Reaper warf ein:

„Ich dachte, das wäre dein Schwanz."

„Auch richtig, guter Punkt, Brother. Aber dieser Penny stammt von meinem Großvater, der ihn in 'Nam dabeihatte und ich kann die Tour morgen nicht antreten, wenn er nicht da ist." Er lehnte sich zurück und verschränkte die Arme vor der Brust.

Mercy sah zu Bull, wir anderen folgten seinem Blick.

Bull seufzte. „Ich sagte bereits, dass sein Betthäschen von letzter Nacht sich an seiner Jeans zu schaffen gemacht hat, als ich heute Morgen in den Club kam, daher …" Mercy rieb sich die Nasenwurzel.

„Was in Fucks Namen habe ich in meinem früheren Leben getan. Hawk!" Er sah mit feurigem Blick zu seinem Sergeant at Arms. „Hör auf, Bull so einen Mist anzudichten. Klär das! Aber nicht hier."

Ryan und ich beobachteten die Pfeile, die aus Mercys Augen schossen.

„Denkst du, die Clubtussi hat ihn?", fragte ich Mercy leise. Er überraschte mich mit seiner lautstarken Antwort.

„Nein, ich denke, dass Hawk ein verfickter Chaot ist und das Scheißteil irgendwo in seinem zugemüllten Zimmer liegt. Wenn wir uns jetzt also wichtigeren Dingen widmen könnten."

Die Stunde verging, wir planten neue Routen für unsere Touren, auf denen wir in unseren Chaptern nach dem Rechten sahen, Waffendeals abhandelten oder Warenübergaben stattfanden. Das Thema Kalifornien umschiffte Mercy gekonnt, sagte, ihm fehlten letzte Informationen. Erst jetzt bemerkte ich, dass mein Onkel Sledge fehlte. Seit Tagen.

„Hey, Mann“, sagte Mercy und hielt mich am Arm fest, als alle aufstanden und gingen. „Morgen Treffen bei mir, ja? Aly kommt auch.“ Ich nickte knapp und wollte gehen, doch er ließ mir keine Chance dazu. „Gabe, alles okay?“

Ich sank in den Stuhl zurück und fuhr mir übers Gesicht. „Ja, perfekt. Einfach perfekt, Mercy.“

„Sarkasmus steht dir nicht, kleiner Bruder.“

Er sah mich sanft an und ich erinnerte mich an den Mercy aus meiner Kindheit. Wenn Dad unsere Mom wieder verprügelt hatte, weil er schon wieder nur gesoffen hatte. Eine Nacht, die mir noch so klar im Gedächtnis war, als wäre sie gestern geschehen. Ich kauerte als Zehnjähriger hinter der Couch, versteckte mich vor meinem jähzornigen Vater, als Mercy durch die Haustür gestürmt kam und ihn zu Boden stürzte. In dieser Nacht hatte er sich in vielerlei Hinsicht Respekt verschafft und Dad in die Schranken gewiesen. Mir hatte es gezeigt, dass eine Menge Stärke und Fürsorge einem Mensch innewohnte, sollte er auch noch so unnahbar und rau nach außen hin erscheinen. Mercy hatte mir damals gezeigt, dass Familie zusammenhält und der Vorfall hatte uns noch einige gute Jahre mit unserem Dad beschert, der danach in den Entzug gegangen war. Ich war unglaublich gewachsen in dieser Zeit. Wir Brüder hatten uns einst nichts als die Wahrheit versprochen. Und so erzählte ich ihm alles. Meine Unsicherheiten gegenüber Alyson, ihre Unfruchtbarkeit, was Vitto getan hatte, einfach alles. Und als ich so vor ihm saß unter dem Blick aus grünen Augen, die denen unseres Vaters so ähnelten, aber nichts als Liebe und Zuneigung ausstrahlten, fühlte ich mich zwar wieder so verletzlich wie der Junge aus jener Nacht, doch niemals so einsam. Mercy griff nach meiner Hand, drückte sie fest und ich betrachtete die identischen Tattoos auf unseren

Handrücken. Ein keltischer Knoten mit den Initialen von Bullet, mir und Mercy.

„Gib ihr Zeit, Bruder. Und dir auch. Heilt, findet euch wieder. Ihr seid beide mindestens genauso nervig wie der andere. Ihr seid perfekt füreinander“, sagte er mit einem Zwinkern. „Ich weiß, du bist der Lustigste und Unbeschwerteste von uns gewesen, schon immer. Das ist deine Prüfung. Sei froh, meine dauerte zehn verfickte Jahre, aber sie war es wert. Ich würde diesen Weg durch die Hölle jederzeit wieder gehen, wenn ich am Ende mit Daneel zusammen sein würde. Alyson muss ihren Weg finden und begreifen, wie ernst es dir ist. Gib sie nicht auf. Zeig ihr, dass du ihr Mann bist, dass du *der* Mann für sie bist. Die Weiber sind stur, aber das macht ja den Reiz aus, oder?“ Er lächelte verschmitzt und ich lächelte ihn ebenfalls an.

„Ja, du hast recht.“

„Oh Gott, lass mich das kurz in meinen Oh-Shit-o-Meter-Kalender eintragen. Er hat es begriffen.“

„Du bist unfassbar.“

„Gut aussehend? Klug? Witzig?“, konterte Mercy.

Ich stand auf und verließ das Zimmer mit meinem nervtötenden Bruder an den Fersen.

„Groß? Muskulös? Intelligent?“, fuhr er fort.

Mit einem Stoßgebet, dass er bitte aufhören sollte, ging ich durch den Flur und steuerte mein altes Zimmer für eine Dusche an, während Mercy immer noch Attribute aufzählte. Ich warf meine Klamotten auf einen Haufen, stieg in die Dusche und stellte das Wasser an.

„Oh, ich hab’s: unfassbar gut im Bett.“ Mercys Kopf tauchte direkt hinter der Duschkabinentür auf und er presste seine Nase an der Tür platt.

„Hau ab, du Arsch“, rief ich lachend.

Er grinste und klopfte kurz an die Tür. „Hol Aly morgen ab, ja?“

Kapitel 29

Alyson

Das Wochenende kam und ich stand vor meinem Spiegel. Gabe hatte mir eine kurze Nachricht geschrieben, dass er mich abholen würde. Es war der erste Kontakt zwischen uns seit dem längeren Gespräch in der Hütte, wenn man von den heimlichen Blicken, die er mir so oft es ging zuwarf, mal absah. Daneel und ich hatten in den letzten Wochen immer mehr unseren Businessplan erarbeitet. Wir hatten unseren Kurs am College abgeschlossen und uns bis nach der Geburt nichts vorgenommen. Richtig einsteigen könnten wir ohnehin erst, wenn Daneels Kind da war.

Nicht, dass ich mich großartig konzentrieren könnte. Wenn wir im Clubhaus waren, versuchte ich immer, Blicke auf Gabe zu erhaschen. Daneel fand, ich sollte mich nicht so quälen, daher verlegten wir die meisten Treffen zu ihr nach Hause oder zu mir.

Ich überprüfte mein Outfit ein letztes Mal, simple Skinny Jeans, ein schwarzes Tanktop mit aufgesetzter Häkelspitze und meine schwarzen Chucks. Egal, wie oft ich es mir vornahm, ich konnte dieses verdammte Bandana nicht daheim lassen. Ich band es in eine meiner Gürtelschlaufen und musste schmunzeln. Sehr Kurt Cobain, grunge-like minus Heroin und verklebte Haare. Oder eher Dave Grohl. Eddie Vedder? Okay, Schluss mit den Rockstar-Referenzen.

Eine Nachricht plingte auf meinem Handy.

Gabe: *Bin da, Babe.*

Mein Herz machte einen Sprung, fast wie damals auf der Highschool, wenn er mich abholte. Ich unterdrückte meine Vorfreude, griff nach meinem Helm und ging nach draußen. Ich liebte diesen Anblick, der sich mir bot. Gabe stand in meiner Einfahrt, die Beine lässig an den Seiten seines Bikes heruntergelassen. Schwarze Jeans, weißes T-Shirt und seinen Cut. Die Haare vom Wind zerzaust und seine schwarze Sonnenbrille, die seine schönen Augen verdeckte.

Ich wusste, dass ich in diesem Moment knallrot wurde. Alle unsere Probleme, alles, was in der Vergangenheit lag, wurde durch seine Anwesenheit wie von einem Windstoß weggefegt und ich fühlte mich schwerelos. Wie auf Watte lief ich auf ihn zu, unsicher, wie ich ihn begrüßen sollte, doch wie immer nahm Gabe mir die Entscheidung ab. Er zog mich zu sich und drückte mir einen sanften Kuss auf die Lippen. Ohne Zunge, nicht angetrieben von Lust, nein, ein intimer, allzu vertrauter Kuss, der mich daran erinnerte, wer genau vor mir stand. Mein Erster.

Keine Worte wollten über meine Lippen kommen und so lächelte ich ihn nur an, stieg hinter ihm auf und schloss meine Arme um seine Mitte. Ich wollte in diesem Augenblick nur bei ihm sein. Wünschte uns Flügel, damit wir wegfliegen konnten und hoffte, die Mauer, die uns trennte, würde unter uns zusammenschrumpfen.

Das Treffen bei Mercy und Daneel, was natürlich in einem Barbecue endete, verlief absolut so, wie ich es mir vorgestellt hatte. Mercy bearbeitete unsere Steaks an einem Monster von Grill, wehrte links und rechts bissige klugscheißerische Kommentare von Reaper und Gabe ab, während er versuchte, Small Talk mit einem äußerst wortkargen Fin zu führen. Was unter Umständen an der Gegenwart von King lag, der Fin jedes Mal aus der Fassung zu bringen schien. Der Nachmittag verlief wundervoll, ich fühlte mich geborgen und wünschte, ich könnte dieses Gefühl von Zugehörigkeit und Familie in eine Flasche packen und mir jederzeit eine Dosis davon nehmen, wenn ich wieder das Gefühl hatte, am helllichten Tage an

Land zu ertrinken.

Fin verabschiedete sich relativ früh, doch wir blieben noch eine Weile. Wir tranken, lachten und ich war froh, der Einladung nachgekommen zu sein. Gabe verhielt sich locker in meiner Gegenwart, nicht so, als wäre alles okay und wir spielten ein Spiel. Eher so, als ob er einen Pauseknopf gedrückt hätte.

King ging als Nächster. Mercy begleitete ihn an die Tür und die beiden redeten eine Weile, während Reaper dicht bei Daneel saß. Er tat mir leid. Ich wusste nicht, welche Dämonen ihn plagten, doch es schien schlimmer zu werden. Wie Daneel es immer noch schaffte, einen Weg in seinen Geist zu finden, war mir ein Rätsel.

„Sammy, nein. Hör auf. Sieh mich an."

Sie beugte sich vor und flüsterte etwas in sein Ohr, das ihn die Augen schließen ließ. Mercy trat um die Ecke, zog ihn hoch, nahm ihn in die Arme und die beiden gingen zum See.

„Was ist denn los?", fragte ich, doch Daneel sah den beiden nur traurig hinterher.

„Das muss Reaper dir irgendwann selbst erzählen. Cole und ich können ihm nur bis zu einem gewissen Grad helfen. Auch wenn mein Mann am liebsten die ganze Welt retten will."

Mein Blick wanderte zu Gabe, der an einem der Picknicktische saß und gedankenversunken seine Bierflasche in den Händen drehte.

„Ich bin gleich wieder da", murmelte ich und stand auf.

Daneel legte eine Hand auf meinen Arm und lächelte. „Ich hab euch das andere Gästezimmer fertig gemacht."

„Oh, äh … das ist nett. Aber wir schlafen nicht, ich meine mit … äh."

„Okay, das ist neu. Was soll das Gestammel? Ihr schlaft nicht zusammen? Falsch. Ihr schlaft nicht miteinander? Temporär. Klamüsert das selbst aus, das Zimmer hat auch einen Sessel." Sie zwinkerte und schlenderte zu

Mercy, der mittlerweile allein dastand.

Reaper war nirgends mehr zu sehen. Ich ging zu Gabe und setzte mich neben ihn.

„Origami?“, fragte ich und sah auf das Bierflaschenetikett, das er kunstvoll gefaltet hatte.

Er lachte leise und legte die Figur ab. „Meine Mom hat Origamifigürchen gebastelt und sie in meinem Zimmer aufgehängt. Den Kranich hat sie mir beigebracht.“

Ich schwöre es, Männer sind wie Zwiebeln. Immer wenn man denkt, man hat diese eine Schicht entdeckt, die einen zum Weinen bringt, schälen sie sich erneut und man sitzt da wie ein Häufchen Elend. Ich schluckte meine aufwallenden Gefühle runter und sah einen Moment zur Seite.

„Daneel hat uns das Gästezimmer vorbereitet.“

„Cool. Aber ich kann auf der Couch schlafen, kein Ding. Oder neben Fin, der Wichser belegt ein Queensize-Bett, ich hab’s genau gesehen“, sagte er mit einem Zwinkern.

„Machst du Witze? Ihr zwei würdet wie die Sardinen da drin liegen. Du bist viel zu groß.“

„Worte, die jeder Mann gern hört.“

„Oh mein Gott.“ Ich legte den Kopf auf den Tisch. „Ich meinte, dass ihr Walker-Männer aus Regenrinnen saufen könntet.“

„Nein, danke, Bier ist mir lieber.“

Ich sah ihn an. Der Arsch grinste so breit, ich dachte, gleich würden kleine Vögel und Elfen kommen und Nester auf seine Schulter bauen, so glücklich sah er aus.

„Was?“, fragte ich skeptisch.

„Du bist so schön.“

Zwiebel!

Ich lachte und weinte gleichzeitig los. Dieser Mann würde mein Tod sein. Ich wusste es einfach. Doch ich musste es mit Bedacht angehen. Ich wollte das hier nicht versauen. Ich wollte ihn in meinem Leben, als meinen

Partner, meinen Liebhaber, meinen besten Freund, aber ich fühlte mich nicht so weit. Und ich musste es ihm sagen. Er bemerkte meine Lachtränen und wechselte in seichtere Gewässer. Ich lauschte seinen Witzen, seinen blödsinnigen Filmreferenzen, aber bei einer Sache war ich mir sicher. Wenn er glaubte, er würde auf der Couch schlafen, war er schief gewickelt. Nein. Zur Hölle, nein.

Kapitel 30

Saint

Ich stürzte mit Aly durch die Eingangstür des Krankenhauses und in den Wartebereich. Der Schrei von Mercy, aus dem oberen Stockwerk, war im denkbar ungünstigsten Moment gekommen, als Aly und ich uns ganz unserer Leidenschaft hingeben wollten. Bevor ich ihn jedoch anbrüllen konnte, weshalb er mich um meinen Morgensex unter der Dusche brachte, kamen unter seinem aufgeregten Gestammel nur die Worte ‚Baby' und ‚Krankenhaus' und das hatte gereicht, uns alle in Bewegung zu setzen. Außer Daneels Tante Mags war von uns noch niemand da.

„Wie ist die Lage?", rief Aly aufgeregt und Mags und sie fielen sich in die Arme.

Die Vorfreude auf das neue Familienmitglied mischte sich zusehends mit Sorge, da wir keinerlei Info bekamen. Aly sah sich immer wieder nervös um und ich mochte mir kaum vorstellen, was alles durch ihren Kopf ging. Sorge um ihre beste Freundin und ihr Baby? Erinnerungen an ihre Fehlgeburt und den damit verbundenen Krankenhausaufenthalt? Ich zog sie zu mir in die Arme und sie lehnte ihren Kopf an mich.

„Sie sind vor einer Viertelstunde in den Kreißsaal, aber es kann noch dauern. Man weiß nie", erklärte Mags, die bereits ihre Schwesternkluft trug, ihre Schicht musste vor Kurzem begonnen haben.

Sie zuckte mit den Schultern, doch die Aufregung stand ihr ins Gesicht geschrieben. Die Tür hinter uns öffnete sich und Reaper kam zu uns.

„Noch nichts Neues", beantwortete ich seine unausgesprochene Frage. Er nickte und wir setzten uns. Aly wippte unaufhörlich mit ihrem Bein und ich legte meine Hand auf ihr Knie.

„Himmel, du fällst gleich in den Keller. Willst du eine Xanax?"

Sie funkelte mich böse an.

„Was zum Geier, Gabe? Sie bekommt ein Baby. Meine beste Freundin presst da etwas von der Größe einer Melone durch die Öffnung einer Zitrone. Ich wippe so viel ich will mit meinem Bein."

„Wer hat dir denn in den Kaffee gepisst?", fragte Reaper und wich einem ihrer Schläge aus.

Wow. Ich schätzte, jeder reagierte anders auf emotionalen Stress.

Sechs Stunden, acht Kaffee, oder was auch immer das aus den Automaten darstellen sollte, und circa dreißig Nervenzusammenbrüche von Aly später. Nichts. Mein Neffe oder meine Nichte brauchte scheinbar den großen Auftritt. Zehn Wolves warteten mit uns, die anderen erwarteten alle halbe Stunde Updates. Anna war vor einer Stunde gekommen und hatte alle Luftballons westlich des Mississippis in jeder gottbekannten Farbe aufgekauft.

Doch dann, endlich, sah ich ihn. Mercy trat durch die Schwingtür, die die Entbindungsstation vom Wartebereich trennte, und trug ein winziges Bündel im Arm. Niemals in meinem Leben hatte ich meinen Bruder glücklicher gesehen als in diesem Moment. Seine welligen schwarzen Haare zeigten in alle Richtungen und die Anstrengung der letzten Stunden stand ihm ins Gesicht geschrieben. Doch alles wurde von schierer Glückseligkeit überschattet. Ich stürmte mit Aly nach vorn und sofort war Mercy von mir, Aly, Reaper, Mags und Anna umringt. Die anderen hielten noch Abstand.

„Darf ich vorstellen: Deke Mason Walker, mein Sohn."

Ich blinzelte heftig, als ich in das hübscheste Babygesicht der Welt sah. Schwarze, dichte Haare wie sein Vater, selig schlafend, die rosa Fingerchen zu kleinen Fäustchen geballt.

„Er ist perfekt", flüsterte Alyson und Mags weinte.

„Darf ich?", fragte ich und Mercy übergab ihn mir. „Wie geht es Daneel?", wollte ich wissen, während ich Deke so vorsichtig wie möglich in meine Armbeuge bettete.

„Sie hat Schmerzmittel bekommen und wird versorgt. Sie hat …", er schluckte schwer, „das klasse durchgestanden, ist aber völlig erledigt."

Er hielt inne und ich ahnte, dass ihm die Stimme brach. Reaper zog ihn in eine feste Umarmung und flüsterte ihm etwas ins Ohr, woraufhin Mercy heftig nickte und ihn ebenfalls fest drückte.

„Können wir zu ihr?", fragte Alyson unter Tränen, während sie mit einem Finger hauchzart über Dekes Fingerchen streichelte.

„Ja, in ein paar Minuten. Sie war so atemberaubend."

Von hinten drängelten sich die anderen langsam nach vorn. Bulls tiefe Stimme grollte über uns hinweg.

„Jetzt zeigt ihn uns doch endlich."

Und so übergab ich Deke an Mercy, der seine stolze Runde lief und eine Ah- und Oh-Welle entgegennahm.

Daneel lag matt lächelnd in ihrem Bett, kaum wiederzuerkennen ohne den großen Bauch, der uns allen ans Herz gewachsen war.

„Hey Babe", begrüßte ich sie mit einem Kuss auf die Stirn und sie griff nach meiner Hand.

Ich zuckte zurück, als ich den Zugang an ihrem Handgelenk bemerkte. Das letzte Mal, als Daneel in einem Krankenhaus gewesen war, war unter weniger schönen Voraussetzungen gewesen. Aly fiel ihr so gut es ging um den Hals und die beiden weinten um die Wette. Mercy trat ein, legte Deke in Daneels Arme und überwachte den Besuch.

Zwei Stunden später brachen wir alle zur Heimreise auf. Aly musste ich beinah operativ von Daneel und Deke entfernen, doch sie sah ein, dass die junge Familie jetzt ihre Ruhe brauchte. Mercy würde im Krankenhaus bleiben. Er hatte extra ein Familienzimmer geordert. Ich glaubte ohnehin nicht, dass sich irgendjemand trauen würde, ihn rauszuwerfen.

Ich drückte Mercy zum Abschied und klopfte ihm auf die Schulter.

„Gut gemacht, großer Bruder. Bullet wäre so stolz."

Wir schwiegen in melancholischer Erinnerung daran, dass der Älteste von uns dieses Glück nicht mitansehen konnte. Etwas huschte über Mercys Gesichtsausdruck und er zog mich ein Stück heran.

„Sobald wir daheim sind, müssen wir reden. Du und ich."

Ich nickte und ging mit Aly aus dem Zimmer.

Aly stieg neben mir in den Truck und lehnte den Kopf an. Ihre Augen waren rot geweint und ihre blonden Locken völlig zerzaust. Sie sah zauberhaft aus. Ich griff nach ihrem Arm.

„Geht es dir gut?", fragte ich.

Ihre Unterlippe zitterte und eine neue Flut Tränen bahnte sich ihren Weg.

„Ja. Gott. Ich bin so glücklich, dass es allen gut geht. Sie sah so blass aus. Verdammt." Sie schnäuzte sich in ein Taschentuch und drehte den Kopf zum Fenster.

„Ich weiß nicht, wie es dir geht, aber ich könnte einen Drink vertragen." Ich sah sie aufmunternd an. Es war nicht gelogen, ich hatte nach einem Tag auf diesem Witz von einem Stuhl im Wartebereich einen tauben Hintern und das Bedürfnis, die Ankunft dieses neuen Erdenbürgers gehörig zu begießen.

„Club?", fragte sie und ich nickte.

Die Party dort lief bereits auf Hochtouren, alle feierten ausgelassen. Bull war schon dort und zeigte Bilder von Deke herum, von denen sie schätzungsweise tausend aufgenommen hatte. Red öffnete eine Flasche Champagner und taufte die erste Reihe der Zuschauer.

Hail To The King von Avenged Sevenfold dröhnte aus den Boxen und die Wolves grölten, stießen miteinander an und wir hießen Deke auf unsere Art willkommen. Ich saß mit einem Scotch neben Reaper an der Bar, der sein seltenes Lächeln zur Schau trug.

„Stand dir gut“, sagte ich und stieß ihn mit der Schulter an. Daneel hatte Reaper Deke sofort in den Arm gelegt, nachdem er ins Zimmer gekommen war. Wahnsinn, was ein Neugeborenes mit einem erwachsenen Mann anstellen konnte. Der melancholische, düstere Samuel hatte so breit gelächelt, dass man ihn eher auf dem Cover des GQ Magazins vermutet hätte. Jetzt zuckte er grinsend mit den Schultern und trank einen Schluck Bier.

Kurze Zeit später trat ich aus den Toiletten, als sich eine zierliche Hand auf meine Brust legte und mich gegen die Wand drückte. Alys zarte Lippen pressten sich gegen meine und ich schob sie sanft ein Stück von mir.

Ich sah sie an, doch sie zog mich wieder zu sich herunter, drängte ihren schmalen Körper an meinen und ich konnte das Stöhnen nicht unterdrücken, das sich in mir anbahnte. Mein Körper reagierte auf sie, ich war machtlos. So wenig mich Publikum auch interessierte, schob ich sie dennoch zu meinem Zimmer, stieß die Tür auf und bugsierte sie ans Bett. Sie krabbelte rückwärts darauf, zog sich Shirt und Hose aus, doch ich hielt inne. Sie war sternhagelvoll. Das war ein Fehler. Das würde uns nur wieder in diesen ewigen Kreislauf zurückwerfen. Das wollte ich nicht. Ich wollte mehr.

„Komm schon, Gabe …“, sagte sie. Ich ließ meine Hände an den Seiten sinken. „Ich weiß, dass du mich willst.“

Sie ließ ihre Beine auseinanderfallen und lachte, als sie dabei fast vom Bett fiel. Ich seufzte tief und schüttelte den Kopf.

Egal, wie verlockend ihr Angebot war. Ich wusste, woher der Wind wehte. Wenn sie sich erst Mut ansaufen musste, um einen Schritt auf mich zuzugehen, wollte ich es nicht. So sehr mein Schwanz sie auch wollte, den ich mir unauffällig zurechtrückte.

„Was soll das? Für Trish oder wie deine Schlampen sonst heißen, kannst du es doch auch. Soll ich mich umdrehen? Hilft das?“ Sie stand wütend auf, stiefelte auf mich zu und schlug mir gegen die Schulter. „Sieh mich gefälligst an, du Mistkerl.“

Ich drehte mich weg und ballte eine Faust. Gott verdammt, diese Frau reizte mich bis aufs Blut. Genau wie in der Nacht nach der Schießerei. Genau derselbe Scheiß. Jedes verfickte Mal, wenn wir uns Gefühlen näherten, eskalierte sie und ich war es so leid.

„Ist das alles, was dich interessiert, ja?“, donnerte ich und sie zuckte zusammen.

„Jetzt gerade? Ja, Gabriel. Glaubst du, ich will gleich eine Hochzeit oder was? Entspann dich!“ Sie lachte auf und schwankte ein Stück zurück.

„Wenn es nur ums Ficken geht, Alyson, wirst du draußen sicher irgendjemanden finden. Ich bin es nicht.“

„Es weiß jeder, dass du Ansprüche erhebst. Niemand hier sieht mir auch nur nach, geschweige denn flirtet mit mir.“

Ich reagierte nur. Ich schlug so fest gegen die Wand, dass ein Stück Putz rausbröckelte und meine Haut an den Fingerknöcheln aufplatzte.

„Ist das dein Ernst, Weib? Hast du mir gerade gesagt, dass du es schon versucht hast?“ Ich lief auf sie zu, kesselte sie zwischen der Wand und mir ein.

„Und wenn es so wäre? Seit Wochen ignorierst du mich! Und wenn nicht, hältst du trotzdem Abstand. Was soll ich denn noch machen?“

„Meine Brothers anbaggern für einen schnellen Fick ist deine Lösung für unser Problem?“ Ich stieß mich von der Wand ab, lief durchs Zimmer und raufte mir dabei die Haare. Das konnte doch nicht wahr sein. Fuck.

Sie warf die Arme hoch und den Kopf in den Nacken. „Gabe, was willst du von mir? Ich bin es leid …"

Ich ließ sie nicht weitersprechen, sondern packte sie fest an der Schulter. „Du bist es leid?", brüllte ich. „Ich bin seit Jahren, seit Jahren auf Abruf, wenn es dich in den Fingern juckt. Sehe dich halb Seattle ficken, aber Gabriel darf brav antanzen, wenn du doch wieder Bock auf einen richtigen Kerl hat, ja? Wenn es ein Fick ist, den du willst, den kannst du haben." Ich drehte sie grob um und hielt sie fest in meinen Armen. Sie keuchte auf, doch Angst las ich nicht in ihrem Blick. Die Verrückte genoss das noch. „Letzte Chance, ja oder nein."

Sie schluckte schwer und Tränen standen in ihren Augen, als ich sie halb vornübergebeugt vor mir stehen hatte, meine Hände fest in ihren Haaren.

„Entweder lutschst du mir in den nächsten zehn Sekunden den Schwanz oder du verschwindest aus diesem Zimmer." Meine Stimme war so kalt, dass es mich selbst erschrak. Meine Gefühle für diese Frau waren so tief, dass sie mich zerrissen, aber ich konnte nicht mehr. Ich hatte für sie getötet. Ich hätte ihr die Welt zu Füßen gelegt, doch was auch immer sie für Probleme hatte, es schien nicht in meiner Macht zu liegen, ihr die Augen zu öffnen, wie viel sie mir bedeutete. Zögernd trat sie einen Schritt zurück und sah mich verloren an. Doch ich war ausgebrannt. Ich war dieser Frau hinterhergerannt, hatte alles getan, um sie und ihre Familie zu beschützen. Hatte ihr verziehen, dass sie mir erst fünf Jahre später von meinem Kind erzählt hatte. Doch wenn ich nur ein weiterer Schwanz für sie war, wollte ich sie nicht.

„Gabe."

„Raus." Ich wollte ihre verdammten, schwammigen Erklärungen nicht mehr hören. Was brauchte es noch, dass sie mir endlich vertraute?

Sie griff zögernd nach ihren Sachen und zog sich an. Ich hatte sie noch nie angebrüllt. Nie. Und bevor ich etwas noch Dümmeres tat als das hier, ging ich an ihr vorbei.

„Gabe, bitte warte.“

„Wir sind fertig, Alyson.“

Ich schob mich aus der Tür, kämpfte mich zu *Popular Monster* von Falling In Reverse durch die Menge und nach vorn, hinaus durch den Haupteingang. Ohne anzuhalten, lief ich zu meinem Truck. Ich ballte die Hände zu Fäusten, spürte die schmerzhaften, wunden Fingerknöchel und kämpfte mit aller Gewalt jeden Drang nieder, umzukehren und zu Alyson zurückzugehen. Ich musste nachdenken, lange und gründlich, wie ich diese Sache zwischen uns ein für alle Mal klären konnte. Entweder wollte sie mich, so wie ich war, mit allen Ecken und Kanten, oder sie sollte es bleiben lassen. Sie musste nicht alles alleine bestreiten, ich nahm ihr gern jede Last von den Schultern, die es mir möglich war, ihr zu nehmen. Sie musste mich nur endlich lassen.

Es dauerte einige Stunden, bis ich zu meiner Wohnung fuhr. Ich schrieb Mercy eine Nachricht, dass ich nicht erreichbar wäre und schaltete das Handy aus.

Kapitel 31

Alyson

Zwei Monate hatte ich alles in meiner Macht Stehende getan, um mich bei Gabe zu entschuldigen. Der Morgen nach meinem spektakulären Absturz im Clubhaus war der peinlichste meines gesamten Lebens gewesen. Viel zu schnell hatte die Wirkung des Alkohols nachgelassen und mich mit der mehr als demütigenden Erinnerung an die Nacht davor konfrontiert. Ich war mit dem Uber nach Hause gefahren, zu beschämt, jemanden zu fragen, ob er mich heimfahren konnte.

Gabe reagierte auf keine einzige meiner Nachrichten oder Anrufe. Ich sah ihn nur äußerst selten bei Daneel, wenn ich sie und Deke besuchte und ich wusste, dass er mich mied. Ich wiederum mied das Clubhaus. Denn ich fürchtete mich vor einer öffentlichen Szene.

Da wir unsere Firma erst richtig starten konnten, wenn Deke drei Monate alt war und Daneel sich richtig erholt hatte, vertrieb ich mir die Zeit mit Meditation und exzessivem Sport. Ich renovierte mein Haus und traf mich oft mit Tara. Sie hatte mehrmals ihren Rat angeboten, da ich meine Traurigkeit nicht immer kaschieren konnte, doch es half nichts. Ich selbst war das Problem. Meine emotionale Mauer und das, was mir mit Vitto passiert war, hatte mich geschädigter zurückgelassen, als ich es geahnt hatte. Sogar Charlie hatte mitbekommen, was vorgefallen war. Sie verhielt sich mir gegenüber neutral, doch Gabriel war ihr Bruder. Ich verstand, dass sie parteiisch war.

Egal, wie oft ich mich an Dekes Babylächeln, Daneels witzigen Geschichten von ihm oder Taras Gesellschaft erfreute, so kehrte ich doch immer in ein leeres Haus zurück.

„Was soll das heißen, was ist das Rezept unserer Ehe?“, fragte mich eines Tages mein Dad, als ich ihnen in der

Gärtnerei aushalf.

„Na ja, wie haben du und Mom es so lange geschafft miteinander. Ich meine, es gab doch auch sicher mal Schwierigkeiten, oder?"

Mein Vater, ein großgewachsener Mann mit Wurzeln in Texas, sah mich prüfend an und zog seinen Strohhut ab, fuhr sich durch die blonden Haare mit den deutlich vermehrten grauen Strähnen und setzte seinen Hut wieder auf.

„Junge Dame, ich habe dich nicht dazu erzogen, um den heißen Brei zu reden. Hast du Männerprobleme? Mit diesem Walker-Jungen?"

„Mann, Dad. Gabriel ist zweiunddreißig."

„Ich stehe mit einem Fuß im Grab, für mich ist er ein Junge. Also?"

„Also was?"

„Hast du Probleme mit ihm? Mit deinem Gehör anscheinend schon." Er nahm die Schere und schnitt weiter an seinem Bonsai.

„Wir hatten Probleme, ja. Nur jetzt fürchte ich, hab ich es mir versaut mit ihm, Dad."

Er sah mich von der Seite fragend an. „Bist du fremdgegangen? Ist er fremdgegangen?" Bei der letzten Frage erhöhte sich seine Tonlage.

„Nein und nein, nichts davon, Dad. Ich habe einfach zu lange gebraucht, um ihm zu sagen, was ich fühle. Vielleicht weil ich es nicht wahrhaben wollte oder konnte. Was auch immer. Letztendlich habe ich es übertrieben und ihn sehr verletzt."

„Du lieber Himmel. Ihr jungen Leute von heute braucht immer die hundertprozentige Absicherung, was? Ich verrate dir mal was." Er winkte mich zu sich und als seine Lippen ganz nah an meinem Ohr waren, flüsterte-brüllte er: „Die gibt es nicht!"

„Dad!" Ich rieb mir meine Ohren und zupfte an dem Bonsai herum, bis er mir auf die Finger klopfte.

„Hast du Gefühle für ihn?“

„Ja.“

„Dann sehe ich das Problem nicht.“ Er schickte sich an, weiterzuschneiden und den Bonsaidraht einzuflechten.

„So einfach ist es nicht. Es sind Dinge passiert.“

„Alyson, Baby. Sieh mich an.“ Er umfasste mein Gesicht und ich sah in seine stechend blauen Augen. „Das Leben ist nie einfach, das hat niemand je behauptet. Aber wenn ihr euch gernhabt und einander vertraut, dann gibt es keinen Grund, es nicht wenigstens zu versuchen. Der alte Walker war ein Riesenarschloch, aber seine Kinder sind gut geraten. Es sind gute, ehrliche Menschen. Mir ist es egal, dass sie nicht mustergültige Gesetzestreue sind, im Herzen sind sie ehrenhaft.“

„Er redet nicht mit mir, Dad“, klagte ich und Tränen stiegen mir erneut in die Augen. Er wischte sie mit seinen Daumen weg und lächelte sein Killergrinsen, das ich so gut von ihm und meinen Brüdern kannte.

„Als ob dich das jemals abgehalten hätte. Du wirst einen Weg finden. Wir Mitchells sind willensstark. Und jetzt fang lieber an, die Gehölze zu gießen, sonst flippt deine Mutter aus und ich krieg eine Woche keinen …“

„Schon dabei!“, unterbrach ich ihn, bevor er das weiter ausschmücken konnte, und zerrte den Schlauch hinter mir her.

The One and Only von Chesney Hawkes lief leise in der Küche und Daneel schwang ihre Hüften, während sie mitsang. Deke hing in einem Tragetuch vor ihrer Brust und schlief. Ich musste lächeln, als ich mich den beiden näherte. Mein Herz ging jedes Mal auf, wenn ich meinen Neffen sah und mit jedem Tag wurde er schöner, wickelte uns alle um seine kleinen Speckfingerchen. Bei ihm war die Welt in Ordnung und ich sonnte mich allzu gern in dieser Unbeschwertheit, die Babys und Kleinkindern innewohnte.

„Hey, Babe", begrüßte ich Daneel mit einem Kuss auf die Wange und küsste Deke auf den flauschigen kleinen Kopf. „Wie geht's meinem Lieblingsneffen?"

„Wir sind bei den nächtlichen Koliken angekommen, aber da dein Bruder generell nichts von Schlaf hält, kommen wir ganz gut durch."

„Wo ist der Mann der Stunde?" Ich sah mich suchend um.

„Auf dem Laufband."

Ich nickte und lehnte mich an die Kücheninsel. „Hey, wie geht es Alyson?" Nichts wollte ich mehr wissen, als dass es ihr gut ging. Ich wusste, dass der Ball in meiner Ecke lag.

Daneel sah mich liebevoll an. „Was denkst du denn, Gabe? Sie ist am Boden zerstört. Ich weiß nicht, was zwischen euch passiert ist, aber …"

„Moment", sagte ich mit vorgehaltener Hand. „Sie hat es dir nicht erzählt?"

Daneel schüttelte den Kopf. „Nein. Sie schweigt sich aus. Ich hab sogar ihren Bruder angerufen, stell dir das mal vor. Aber er wusste auch nichts, obwohl ich meine ganzen Verhörtechniken angewandt habe."

Ich grinste, obwohl mir gar nicht danach zumute war. Daneel war immerhin noch ein Garant, mich zum Lachen zu bringen.

„Gabe.“ Ich sah sie an und begegnete ihrem besorgten Blick. „Ich kenne Aly gut, möchte ich behaupten und dich mindestens ebenso. Ihr scheint mir Probleme zu haben, einen gemeinsamen Nenner zu finden. Was ich nicht verstehe, denn ihr harmoniert so wunderbar. Wo liegt das Problem? Sei ehrlich.“

„Sie will nichts Ernstes.“

Ich hatte lange und gründlich darüber nachgedacht und kam immer wieder zum selben Schluss. Was auch immer das über die Jahre mit uns gewesen war, es endete mit ihrer Fehlgeburt. Eine Tatsache, die ich erst vor Kurzem erfahren hatte und die die Gedanken meines Tages bestimmte. Weder hatte ich ihr zur Seite stehen können in dieser Zeit, wie es eigentlich richtig gewesen wäre, noch hatte ich überhaupt davon gewusst. Trauer und Enttäuschung darüber gaben sich mit Wut und Unverständnis die Klinke in die Hand. Die wenigen Male danach, als wir Sex hatten, hatte sich der Wunsch in mir geregt, dass sie die Eine war, bei der ich sesshaft werden könnte. Scheiße, sie war die Einzige, bei der ich es überhaupt jemals in Erwägung gezogen hatte.

Daneel schwieg noch immer, gab mir die Zeit, meine Gedanken zu ordnen.

„Dass sie das Baby verloren hat und aller Wahrscheinlichkeit nach keine eigenen Kinder mehr bekommen kann, all das hat sie dichtmachen lassen. Ich habe es versucht, Daneel, wirklich. Ich habe ihr versucht klarzumachen, dass ich meine Gefühle zu ihr nicht von ihrer Fruchtbarkeit abhängig mache. Aber jetzt bin ich am Ende mit meiner Weisheit.“

„Die dürfte ja nicht sonderlich groß sein, es sei denn, man nimmt das olympiaverdächtige Akkordbumsen aller Barfrauen diesseits des Äquators als Maßstab“, sagte Mercy, der mit nichts als einer Basketballshorts gekleidet ins Wohnzimmer kam und sich die Haare abtrocknete.

Ich zeigte ihm den Finger und er warf mir eine Kusshand zu.

„Benimm dich, Baby", rief Daneel ihm tadelnd zu.

Er schnaubte lachend und eine seiner riesigen Hände landete klatschend auf Daneels Hintern.

„Ich bin wirklich kein Experte", begann Mercy erneut, „aber wäre ich jahrelang von einem Ex-Freund-Stalker belästigt worden, der mir nette Tiergeschenke macht und meine Familie und Freunde mit dem Tod bedroht, dann, denke ich, hätte ich auch Vertrauensprobleme. Was uns wieder zu den jüngsten Ereignissen bringt. Mein Spinnensinn ist angeschlagen, als ihr nach Dekes Geburt kaum noch ein Wort miteinander gewechselt habt. Also sag schon, Gabriel."

Mercy sah mich erwartungsvoll an. Ich überlegte einen Augenblick, erzählte ihnen dann aber von der Party nach Dekes Geburt im Club und wie sie versucht hatte, sich mir betrunken aufzudrängen. Dass ich Aly so von mir gestoßen hatte, belastete mich mehr, als ich es nach außen hin zeigte. Allerdings hatte sie mich tief verletzt. Ja, ich war immer für einen guten Fick zu haben gewesen, doch sie musste doch einfach sehen, dass sie mehr für mich war. Ich meine, sie trug nach all den Jahren immer noch dieses gottverdammte Bandanatuch von mir. Das musste doch etwas bedeuten, oder?

Mercy und Daneel tauschten einen dieser Pärchenblicke aus, diese nonverbale Kommunikation, die ich so beneidete und mit Aly herbeisehnte. Ich spürte einen weiteren Stich in meinem Herzen. Daneel nickte mir zu, küsste mich auf die Wange und ging mit Deke nach oben. Mercy bedachte mich mit einem nachdenklichen Blick.

„Als Aly damals in den Club kam, um sich Hilfe wegen der Kameras in ihrem Haus zu holen, fragte sie als Erstes nach dir. Du warst auf einer Tour in Kalifornien und sie wollte erst warten. Ich drängte sie, mir mehr zu erzählen, und als ich hörte, was los war, entschied ich, dass es sofort geschehen müsste. Im Laufe der Installation und unserer Gespräche kam sie von dem Gedanken ab, es dir zu sagen und ich entsprach ihrem Wunsch. Gabe, ich bin nicht blind. Ich sehe, wie ihr seit Jahren schon diese Blicke ausgetauscht habt. Ich weiß, dass du ihr Erster warst, dass sie dir monatelang Herzchenaugen hinterhergeworfen hat. Die Scheiße, die ihr passiert ist, hat sie glauben lassen, dass sie ihren Bullshit allein regeln muss. Mach ihr begreiflich, dass das nicht der Fall ist."

Mercy stand mit einem Ruck auf und nickte über seine Schulter.

„Schnapp dir dein Weib und bring sie zum Reden und jetzt verzieh dich."

„Warum kann ich keine normale Familie haben wie alle anderen auch?", jammerte Charlie, die in diesem Moment die Haustür hinter sich schloss. „Wo ist mein bezaubernder Neffe, damit ich ihm die Öhrchen mit Seife auswaschen kann?"

Mercys lautes Lachen begleitete mich, als ich das Haus verließ, um seinen Rat zu befolgen.

Ich hatte es aufgegeben, einen Plan zu schmieden. Ich fuhr mit meiner Harley durch die Stadt und beschloss, Aly einfach zur Rede zu stellen. Egal wie, ich würde erst wieder gehen, wenn die Sache zwischen uns geklärt war. Auf die eine oder andere Art. Dieses Wegrennen hörte jetzt auf.

Ich hielt vor ihrem Haus, doch sah schnell, dass sie nicht da war. Unwillig, noch weiter ziellos durch die Gegend zu fahren, schrieb ich ihr eine Nachricht.

Ich: *Babe, wo bist du?*

Aly: *Moe's Diner mit Tara. Wieso?*

Ich: *Wir müssen reden. Bin in zehn Minuten da. Bleib wo du bist!*

Ich wartete ihre Antwort nicht ab, sondern schwang mich auf meine Maschine und fädelte mich in den Verkehr ein. Als ich vor dem Diner hielt, stand Aly schon draußen, mit wenig erfreutem Gesichtsausdruck. Ich schluckte meine Enttäuschung darüber herunter und ging mit selbstsicheren Schritten auf sie zu.

„Gabe, ich will das nicht hier machen, ich …"

Ich legte ihr den Finger auf die Lippen und zog sie fest an mich. Erschrocken keuchte sie auf, doch das Feuer in ihren Augen verriet sie. Und das machte es leichter, die richtigen Worte zu finden.

„Hör auf! Ist mir egal, wo wir gerade stehen, ob vor einem Diner, auf der Toilette im Club oder auf einem gottverdammten Spielplatz. Ich kann nicht funktionieren, ich kann nicht denken, solange diese Sache hier nicht geklärt ist. Du wirst mir jetzt zuhören." Ich hob mahnend den Finger, als sie wieder aufbegehren wollte. „Und lässt mich ausreden, verstanden?"

Sie atmete schwerer, nickte jedoch.

„Gut. Du bist eine unmögliche Frau." Sie zog entsetzt die Brauen hoch, aber ich sprach weiter. „Du machst mich wahnsinnig, lässt mir keinen Scheiß durchgehen und bringst mich mit deiner lauten, überehrlichen Art auf die Palme. Dein Musikgeschmack ist zum Kotzen und doch höre ich seit Tagen nichts anderes als diesen Amber Run und Woodlock Scheiß, nur um dir nahe zu sein. Ich rieche dein Parfüm überall in meiner Wohnung und schlafe in dem Gästebett, weil es nach dir riecht. Ich träume von dir, Tag und Nacht. Ich könnte dir den Hals umdrehen für deinen Starrsinn, deine Blindheit. Alles, was ich dir gesagt habe, ist die Wahrheit. Es interessiert mich nicht, ob du Kinder bekommen kannst oder nicht. Du interessierst mich, du bist es, die ich nicht aus dem Kopf bekomme und glaube mir, ich habe es versucht." Ich tippte mir mit dem Finger an die Schläfe. „Aber du bist hier, jede verfickte Sekunde. Ich würde dir immer wieder in jede Stadt der Welt folgen, ich würde immer wieder Vitto oder jeden anderen, der dir wehgetan hat, kaltmachen, aber ich muss wissen, Aly, mache ich das umsonst? Ist es einseitig? Weil, ich kann so nicht weitermachen."

Tränen liefen über ihre blassen Wangen und sie biss sich auf die Unterlippe, allerdings versuchte sie damit, ein Lächeln zu unterdrücken. „Du liebst mich", sagte sie und das schönste Lächeln malte sich über ihr Gesicht, befeuerte ihre glänzenden Augen.

„Verdammt noch mal, ja. Was zur Hölle, Weib?", rief ich ekstatisch, als sie sich um meinen Hals warf und mich küsste. Erste kleine, aufgeregte, stürmische Küsse, die schnell Fahrt aufnahmen.

„Ich liebe dich auch", flüsterte sie an meine Lippen und ich zog sie fest an mich, inhalierte ihren süßen Duft, ließ ihre blonden Locken mein Gesicht kitzeln und atmete erleichtert auf.

Mein Herz machte einen Satz, als ich die drei Worte hörte, auf die ich so lange gewartet hatte. Eine Last fiel von meinen Schultern, öffnete die Tore der Hoffnung weit und ich konnte praktisch fühlen, wie sich jedes fehlende Puzzleteil zusammenfügte. All meine Bedenken waren wie weggefegt. Ich hatte mich nicht in ihr getäuscht, nicht alles war umsonst gewesen. War der Weg bis hierhin steinig und in meinen Augen viel zu lang gewesen, so waren es diese Worte absolut wert gewesen. Ich brannte darauf, jeden folgenden Tag mit ihr zu verbringen. Ihr jeden Tag aufs Neue zu beweisen, wie sehr ich sie wollte. Wie sehr ich sie brauchte.

„Steig auf. Und wenn wir zu Hause sind, erklärst du mir, wieso es so lange gedauert hat, bis du das zugeben konntest", knurrte ich und rückte meine Erektion in meiner auf einmal viel zu engen Jeans zurecht.

Kapitel 32

Alyson

Es war so verdammt lange her, dass ich mich auf einem Bike so wohlgefühlt hatte. Als ich Gabes Nachricht gelesen hatte, hatte ich Tara weggeschickt. Wissend, dass was auch immer passieren würde, hässlich werden könnte.

Wie falsch ich doch gelegen hatte. Wieso hatte ich so eine Angst gehabt? Ich wusste die Antwort natürlich. Weil ich es vorausgesetzt hatte. So lange, bis ich es selbst geglaubt hatte. Doch ich hatte Gabe unterschätzt. Ich hatte das, was er für mich getan hatte, nie als das sehen können, was es eigentlich war. Liebe. Die Fahrt in sein Apartment verging wie im Flug, da ich in meiner Gedankenwelt festhing.

Wir fuhren in sein Stockwerk und ich trat unruhig von einem Bein aufs andere. Konnte dieser verdammte Aufzug nicht schneller fahren? Ich wollte so schnell es ging mit Gabe alleine sein.

In seiner Wohnung setzte ich mich auf die Couch und sah Gabe zu, wie er Getränke aus seiner Küche holte. Die Euphorie über seine Liebeserklärung hing noch in der Luft, doch meine Zweifel fraßen sich wieder durch mein Bewusstsein.

Gabe setzte sich zu mir und reichte mir eine Wasserflasche. Sie diente mir als Anker und ich klammerte mich daran fest.

„Aly“, sagte er sanft und berührte meine Hand. Ich sah ihn vorsichtig an und sah die Sorge in seinem Blick. „Wovor hast du Angst?“

„Verlassen zu werden“, formulierte ich das Erste, was mir in den Sinn kam. „Ich denke, ich habe immer nur erlebt, wie alle Menschen, die mir wichtig waren, gegangen sind. Mike, Carter, dann Daneel. Ich fühlte mich so allein und dachte, ich müsste es allen gleichtun. Oh, und nicht zu vergessen, diese Verbindungsparty, bei der mich meine offenbar nicht vorhandene Menschenkenntnis komplett in den Urlaub geschickt hat.“

Er versuchte erfolglos, sich ein Grinsen zu verkneifen, stellte seine Flasche ab und zog mich mit einer beherzten Bewegung auf seinen Schoß. Behutsam streichelte er über meinen Rücken, die Oberschenkel entlang, wo er seine Hände auf meinen Hüften ruhen ließ.

„Ich weiß, nach Bullets Tod war alles schwierig.“ Er suchte einen Moment nach Worten und ließ sich an die Couchlehne sinken.

Mir wurde klar, dass auch er seine ganz eigenen Dämonen zu bekämpfen hatte. Auch er hatte viel verloren, hatte den Verlust eines Bruders zu betrauern und war, ähnlich wie Mercy, in einer verantwortungsvollen Position im Club gelandet. Die anderen verließen sich ebenso auf ihn und obwohl er nach außen hin immer der witzige, selbstbewusste und scharfzüngige Gabriel war, sahen die wenigsten, wie es wirklich um ihn bestellt war. Er fuhr fort:

„Daneels Verschwinden hat Mercy abgefuckt, dann ging es Dad immer schlechter. Ich hasste es, dass du nach Portland gegangen bist, aber ich konnte nicht so oft weg, wie ich wollte. Mercy machte mich in der Nacht zum VP, als er herausfand, dass Reaper Daneel weggeschafft hatte.“

Ich erinnerte mich an das ganze Chaos. Mags und ich hatten telefoniert und der ganze Club war in Aufruhr gewesen. Mercy und Gabe hatten innerhalb kürzester Zeit den Tod von Bullet, ihrem Vater und ihrer Mutter zu beklagen. Charlie rutschte in die Drogensucht und belastete alles zusätzlich.

„Die Zeit war gegen uns, Baby“, sagte er sanft. „Aber ich will verdammt sein, wenn wir uns nicht jetzt die Zeit nehmen, uns neu kennenzulernen. Älter, weiser.“

Ich schnaubte und lachte leise. „Du? Weiser?“

Er legte einen unschuldigen Gesichtsausdruck auf.

„Findest du nicht?“ Er räusperte sich theatralisch. „Wir müssen entscheiden, was wir mit der Zeit anfangen wollen, die uns gegeben ist.“ Er wackelte albern mit den Augenbrauen.

„Mensch, das war Gandalf aus *Herr der Ringe*.“

„Macht es nicht weniger wahr.“

„Man ist nur weise, wenn man es selbst sagt.“

„Hab ich doch.“

Ich stöhnte und vergrub mein Gesicht in seinem Nacken. „Wenn wir dieses Beziehungsding machen, brauche ich Valium oder sowas.“

„Dann nimm lieber die doppelte Menge. Vor allem, wenn du etwas trinkst. Wie du der einen damals fast das Gesicht zerkratzt hast, weil sie mir Nachhilfe gegeben hat“, sagte er lachend.

„Entschuldigung, sie hat dir Ewigkeiten hinterhergesabbert. Außerdem hab ich dich nur gerettet, wenn sich dein Schwanz in ihrer Zahnspange verfangen hätte, wäre das echt tragisch gewesen.“

„Oh fuck“, sagte er und lachte laut auf. „Das hatte ich ganz vergessen.“

Ich stimmte mit in sein Lachen ein und ehe ich mich versah, lagen seine Lippen auf meinen. Volle Kraft voraus, fordernd und dominant eroberte er meinen Mund, ließ keinen Zweifel an seinen Worten von vorhin. Ich ergab mich diesem Gefühl, gegen das ich mich so lange gesträubt hatte, und gab meine Barrieren und meine Kontrolle auf. Ich wurde zu Wachs unter seinen Berührungen, was ihm nicht entging.

„Genau so, Baby“, flüsterte er in mein Ohr und biss in meinen Hals.

Ich schlang meine Beine um seine Hüften, wollte ihm so nah sein wie möglich. Er stand auf und ging mit mir ins Schlafzimmer. Dort machte er kurzen Prozess mit meinen Klamotten, nachdem er mich aufs Bett geworfen hatte und ehe ich mich versah, stand er nackt vor mir. Er fuhr seine Erektion mit der Hand der Länge nach auf und ab und mir lief das Wasser im Mund zusammen, als ich die ersten Tropfen seiner Erregung an der Spitze sah. Er lächelte, trat näher an das Bett und ich rutschte an den Rand der Matratze.

„Aufmachen."

Ich stöhnte auf, als er sich in meinen Mund schob, vibrierte um seinen Schwanz herum und er atmete scharf ein, ließ den Blick aber auf mich gerichtet.

„Fuck, ja Aly", lobte er, als ich seine Länge so weit es ging aufnahm und mit einer Hand sanft seine Eier massierte.

Meine Pussy zog sich lustvoll zusammen und ich wand mich in meiner sitzenden Position. Meine Brustspitzen wurden vor Erregung steinhart und ich genoss das wohlig warme Gefühl, das sich in meiner Mitte breitmachte. Ihn zu schmecken, zu sehen, wie sehr ich ihn mit meinem Mund erregte, bestärkte mich in meinen Bewegungen und ich wünschte mir, ich könnte diesen Augenblick konservieren. Ihn bewahren und immer wieder hierher zurückkehren. Zu unserem Neuanfang. Er zog sich aus mir zurück, schob mich auf dem Bett nach hinten und kletterte über mich. Als er sich zu seinem Nachttisch beugte, um nach Kondomen zu greifen, hielt ich ihn am Arm fest.

„Ich hab mich testen lassen, Gabe."

Etwas flackerte in seinem Blick auf. Etwas Besitzergreifendes.

„Ich auch. Letzten Monat, Baby", antwortete er und fuhr mit seinen Fingern über meine Brüste, umkreiste die harten Brustspitzen und schob mit seinem Knie meine Schenkel auseinander.

Mit dem Daumen liebkoste er meine empfindliche Klit und ich hätte vor Frust am liebsten aufgeschrien, als er wieder davon abließ. Als sich jedoch wenige Sekunden später sein Mund über meine Mitte legte, verwandelte sich dieser Frust in heiße Lichtwellen aus Lust, die mich durchfuhren. Seine Zunge drang tief in mich ein, umkreiste meine gepiercte Klit und zupfte an dem Barbell, was mich den Rücken durchbiegen ließ. Ich schwamm in einem Pool aus Wärme, griff instinktiv nach unten und packte seine langen dunkelbraunen Haare, während er mich verschlang, als wäre ich ein Dessert.

„Gabe." Ich war so kurz davor, nur noch eine einzige Berührung und ich würde kommen. Als er sich von meiner pulsierenden Pussy löste und grinsend über mir abstützte, schrie ich frustriert auf.

„Fürs Protokoll. Das hier dient dazu, dir zu zeigen, zu wem du gehörst, kapiert?"

„Fick mich endlich", rief ich und schlug mir die Arme vors Gesicht. Er hatte mich so aufgestachelt, dass ich am liebsten die Beine zusammengepresst hätte, um den Druck zu mindern. Stattdessen begann er mit meinen Brüsten zu spielen, sie abwechselnd abzulecken, in die Nippel zu kneifen und seine harte Länge an meiner Pussy zu reiben. Immer nur so knapp über meiner Klit, dass ich am liebsten durch die Decke gegangen wäre.

„So romantisch", murmelte er an meinen Brüsten, küsste sich den Weg zu meinem Hals und stützte sich über mir ab, die Augen amüsiert aufblitzend.

„Du spielst unfair", stöhnte ich an seine Lippen. Er stahl sich einen Kuss, schob ungeduldig seine Zunge in meinen Mund, lieferte sich ein Duell mit meiner eigenen, das ich verlor.

„Ich konnte dir noch nie einen Wunsch abschlagen", hauchte er kaum hörbar und versenkte sich mit einem einzigen Stoß bis zum Anschlag in mir.

Ich kam praktisch sofort und er fickte mich gnadenlos in die Matratze. Mein Orgasmus schien eine Ewigkeit zu dauern, ich schrie seinen Namen und als ich glaubte, es sei vorbei und die Nachbeben meines Höhepunkts würden abebben, setzte er sich auf seine Fersen, zog mich mit sich, sodass ich mich mit meinen Armen hinter mir abstützen musste. Er bewegte sich sündhaft langsam, ließ seine Hüften kreisen, dabei brach er nie den Blickkontakt mit mir ab und als ich spürte, wie sich erneut die Lust in mir steigerte, senkte er sich auf den Rücken, zog mich mit sich und ließ mich ihn reiten. Als ich unkoordinierter wurde, lachte er leise und übernahm, pumpte sich in mich mit einer Energie, die ich bewunderte.

„Gleich, Baby“, stöhnte er. „Ich bin so kurz davor, diese Pussy für mich zu beanspruchen.“

Oh, diese Worte.

Ich hielt über ihm inne, suchte seine Lippen für einen Kuss.

Die Liebe, die ich in seinen Augen sah, spiegelte meine eigene wider. Ich liebte Gabriel Walker mit jeder Faser meines Seins. Seit einem halben Leben war ich diesem Mann nachgejagt, hatte betrauert, was wir nicht hatten haben sollen. Und jetzt, jetzt war ich hier, in dieser glückseligen Vereinigung und spürte das erste Mal das Gefühl von Freiheit. Unbesiegbar und unsterblich.

Er begann einen langsameren Rhythmus, die Welle eines weiteren Höhepunkts hob sich in meinem Innersten, baute sich in meiner Mitte auf und ich explodierte um ihn herum. Erst dann wurde er schneller, küsste mich, schluckte mein Stöhnen und trotz meines eigenen Höhenflugs merkte ich, wie er sich heiß und tief in mir ergoss. Mich für sich beanspruchte. Doch ich gehörte schon längst ihm.

Schon immer.

Kapitel 33

Saint

Aly seufzte leise im Schlaf und ich drehte mich vorsichtig zu ihr. Ihre blonden Locken waren überall und ich strich ihr sanft einige vorwitzige aus dem Gesicht. Das wenige Licht, das durch die Jalousien schien, tanzte feine Muster auf ihrer nackten Haut. Das Bettlaken hing ihr halbherzig über dem Hintern und ich widerstand dem Drang, es ganz hinunterzuschieben. Sie war so unglaublich schön und nie würde ich müde werden, sie zu beobachten, mir ihren Traumkörper Zentimeter für Zentimeter einzuprägen. Sie in meinem Leben zu haben, war das Schönste, das ich mir vorstellen konnte.

„Es ist gruselig, wenn du mich beobachtest, während ich schlafe", sagte sie leise und ich zuckte leicht zusammen.

„Schlaf weiter, Baby."

Sie streckte sich, drehte sich auf die Seite und schob ihr Hinterteil an mein Becken. Als ich zischend einatmete, kicherte sie leise. Sie machte mich rasend vor Lust, egal welcher Teil ihres Körpers mir unter die Finger kam, er sendete Wellen der Erregung durch mich.

„Später wieder, Cowboy. Du hast mich vorhin schon fertiggemacht."

Ein beinahe alberner Stolz durchfuhr mich bei ihren Worten und mir schwoll die Brust. Das hatte ich in der Tat. Und mein Hunger nach ihr war noch lange, lange nicht gestillt.

„Herausforderung angenommen", murmelte ich, zog sie ganz eng an mich und bedeckte ihre Schulter mit Küssen. Sog ihren sinnlichen Duft in mir auf. Ihr Kokosshampoo, mein herbes Duschgel und Sex. Ich wollte mehr. So viel mehr. Wollte sie meinen Namen schreien hören, sie zur totalen Erschöpfung treiben und noch einen Schritt darüber hinaus. Ich schob mein Knie zwischen ihre Beine, hob es an und spreizte ihre Schenkel. Meine Küsse wanderten ihre Halsbeuge hinauf, während meine Hand zwischen ihre Beine glitt.

„Hmm, so feucht für mich, Baby." Ich fuhr mit dem Finger durch ihre feuchten Schamlippen, neckte sie, indem ich einen Finger sanft in sie schob, wieder herauszog und jedes Mal tiefer ging. Ein entspanntes und unfassbar sinnliches Stöhnen belohnte meine Arbeit. Mein Vorhaben drückte sich hart und prall an ihre Hinterbacken und ich umkreiste mit dem Daumen ihre Klit. Das riss sie vollends aus ihrer Schlaftrunkenheit und sie schob sich mit ihrem Hintern gegen meinen Schwanz, griff mit ihrem Arm hinter sich in meinen Nacken und bog sich mir auf halbem Wege entgegen.

„Du bist unersättlich", hauchte sie in meinen Mund.

„Du bist unwiderstehlich", konterte ich, denn es war die Wahrheit und dann küsste ich ihre samtweichen, vollen Lippen. Fuhr mit meiner Zunge ihren Gaumen entlang, bis ich ihre Zunge träge umkreiste. Der Kuss war langsam, sich steigernd. Voller Verlangen. Tiefgründiger als beabsichtigt.

Ich packte sie an der Hüfte, umfasste mich am Schaft und führte meine schmerzhaft harte Länge an ihre feuchte Pussy. Ohne ein weiteres Wort schob sie sich in einem Zug auf meinen Schwanz. Ich zog sie fester an mich und hielt sie dort, regungslos. Kostete jede Muskelzuckung ihrer inneren Wände um mich herum aus, wie sie mich stumm anbettelte, dass ich mich bewegte. Ich wollte es, so sehr, doch wir hatten alle Zeit der Welt. Die Ruhe, um den Genuss vollends auszukosten, denn viel zu lange hatte ich auf sie verzichten müssen. Wir hielten einen Moment inne, atmeten schwer und ich begann einen sinnlichen Rhythmus. Kein Wettrennen zur Zielgeraden, kein multiples Orgasmensammeln, als wären es Jagdtrophäen. Alles fühlte sich vertraut und richtig an. Vor meinem geistigen Auge spulte sich unsere erste Begegnung ab, ihr Killerlächeln, ihr Selbstbewusstsein. All das hatte mich sofort in ihren Bann gezogen. Ich war ihr hörig, voll und ganz. Das hier, sie in meinem Bett, in meinem Arm, mit meinem Schwanz in ihr, war der Himmel auf Erden.

„Ich liebe dich, Baby", sagte ich leise in ihr Ohr. Mein Höhepunkt in greifbarer Nähe, griff ich um sie herum und massierte in kreisenden Bewegungen ihre Knospe.

Sie stöhnte und ich spürte, wie sich ihre Mitte pulsierend um mich zusammenzog. Ich liebte diesen Moment, den Absprung von der Klippe. Der Tornado aus Hitze, die in jeden Winkel des Körpers ausstrahlte. Noch ein bisschen, ich übte mehr Druck aus, beschleunigte meine Stöße und wir waren da. Wir fielen zusammen.

Schwerelos.

Freier Fall und explodierten.

Ich biss mich in ihrer Schulter fest, ritt träge meinen Höhepunkt, ließ ihre inneren Muskeln meinen Schwanz melken und hielt sie so eng an mich, dass wir wahrlich eins waren. Ich blieb so, in ihr, fühlte das Ergebnis unseres Höhepunktes um mich, heiß und feucht.

Ohne Barriere, nur wir. Nackt wie unsere Seelen.

„Ich liebe dich, Gabriel Walker", sagte sie in die Stille der Nacht hinein.

Die laue Sommerluft wehte ins Zimmer, umgab uns wie eine sanft-warme Decke und deckte uns zu, wie ihre Worte es mit mir taten. Sie gaben mir Sicherheit und eine Bestimmung: Der Mann für sie zu sein, den sie immer verdient hatte. Glücklich schloss ich die Augen, fuhr sanfte Kreise auf ihrer Haut mit meinen Fingern und so schliefen wir beide ein.

Kapitel 34

Alyson

Es war Oktober und die Blätter an den Bäumen nahmen bereits die schönsten Farben an. Ich konnte mich an den intensiven Orangerot-Tönen nie sattsehen und freute mich auf Kuschelabende vor dem Fernseher und heißen Kakao mit Marshmallows.

„Komm schon, Baby, wir müssen los!", rief Gabe und ich konnte sein Augenrollen durch drei Wände sehen.

Ich hing halb in seinem, korrigiere unserem Kleiderschrank und suchte meine Boots. Es war verdammt schnell verdammt kalt geworden und ich brauchte meine Stiefel. Ich fror bei diesem feuchtkalten Wetter, als würde ich nicht schon mein ganzes verdammtes Leben lang hier leben. Immer wenn Gabe mich damit aufzog, schob ich es auf meine teilweise texanischen Wurzeln.

„Ich komme", rief ich zurück, wobei ich mir nicht sicher war, denn die verdammten Dinger hatten sich scheinbar entmaterialisiert.

Schwere Schritte hallten durch den Flur, die Schlafzimmertür schwang auf und große, starke Hände pflückten mich aus dem Schrank.

„Weib, ich krieg die Krise. Was suchst du denn noch? Du bist doch angezogen." Er stellte mich vor sich ab und überprüfte mein Outfit. „Alle primären und sekundären Geschlechtsteile sind hervorragend bedeckt und mit allergrößten Schmerzen akzeptiere ich diese zum Kotzen hässliche Mütze auf deinen wunderschönen Haaren, die …"

„Entschuldigung, die ist von deiner Schwester", warf ich empört ein und fasste mir auf den Kopf. Charlie hatte das Häkeln für sich entdeckt, zumindest verkaufte sie es so, tatsächlich war es Teil ihrer Therapie.

„Sowas hat meine Oma über ihre Klorollen gestülpt.

Also, weiter im Text. Ich warte seit fünfzehn verfickten Minuten, dass wir loskönnen."

„Ich suche meine Stiefel."

Er sah mich entgeistert an. „Das ist alles? Wie kann man die so lange suchen?"

„Hier herrscht so eine Unordnung, da findet man nichts."

Er sah an mir vorbei in den begehbaren Kleiderschrank und ich wusste, was jetzt kam. „Mein Fehler, ich nehme alles zurück", sagte er, als er an mir vorbei und zu meiner Seite des Schrankes ging.

Zugegeben, ich war vielleicht nicht der ordentlichste Mensch, wenn es um meine Klamotten ging. Seine Seite war ein Sinnbild für Ordnung, sorgfältig gestapelte Jeans und Hosen, seine charakteristischen Flanellhemden und etwa drei Paar Schuhe.

Er wedelte mit der Hand über meine Seite, aus der T-Shirts, Pullover, Unterhosen und Schals heraushingen, als wäre eine Granate losgegangen.

„Das sieht aus wie Sarajevo. Was hast du getan? Das war doch gestern Abend noch in Ordnung."

„Meine Stiefel sind da irgendwo."

„Irgendwo ist hier das operative Wort. Neben der Tardis, Amelia Earhart und sämtlichen verschwundenen Schiffen aus dem Bermudadreieck. Vermutlich sitzt sogar Charlie da drin. Charlie? Kannst du mich hören? Klopfe zweimal für ja oder wenn du gegen deinen Willen festgehalten wirst!", rief er theatralisch.

Er zog mich gespielt wütend am Arm aus dem Zimmer, den Flur entlang und ich quiekte erfreut auf, als ich meine Boots an der Wohnungstür stehen sah.

„Huch", rief ich und schlüpfte schnell hinein.

„Wo fahren wir denn hin?", fragte ich zum hundertsten Mal, als wir im Fahrstuhl nach unten fuhren. Gabe stand lässig an der Wand gelehnt, die Beine überkreuzt.

„Geduld ist eine Tugend.“

Ich verdrehte die Augen. Dieser sture Kerl verriet kein Sterbenswörtchen, als er mich wie ein Gepäckstück in seinen Truck lud und durch die Stadt fuhr. Vorbei am Hafen, immer weiter raus aus der Stadt. Kurz dachte ich, wir wären auf dem Weg zu Mercy und Daneel, doch er bog einige Straßen vorher ab und befuhr eine ebenfalls ruhige Wohngegend. Die Abstände zwischen den Grundstücken wurden immer größer. Er parkte den Truck schließlich vor einem klassischen Seattle Four Square Haus, das den Häusern aus den Zwanzigern nachempfunden war. Dunkle Fassade mit weißen Rahmen, zwei Erkerfenster an den Seiten und einer ausladenden Veranda, die ums Haus führte. Das Grundstück war weitläufig, mit großen Bäumen, die das Haus überragten.

Von meinem fragenden Gesichtsausdruck ließ er sich nicht beeindrucken und stieg aus. Ich tat es ihm gleich, sammelte beiläufig meine Kinnlade vom Boden auf und holte schnell zu ihm auf. Er zauberte einen Schlüssel aus seiner Hosentasche, schloss die Haustür auf und trat beiseite, damit ich eintreten konnte.

„Du hast ein Haus gekauft“, bemerkte ich und drehte mich in dem kleinen, aber erstaunlich geräumigen Foyer um die eigene Achse. Große Fenster machten das Haus unfassbar hell und warm. Ich sah einen großzügigen Essbereich mit angrenzendem Wintergarten, eine noch größere Küche mit frei stehendem Herd eingelassen in einer Kochinsel. Das Wohnzimmer war dem in unserer Wohnung nicht unähnlich, eine große gemauerte Wand war der Hingucker des Raumes.

„Zwei Schlafzimmer, ein Gästezimmer, alle jeweils mit Bad. Ein Büro, oder was auch immer du daraus machen willst. Ein großer Keller für unser Fitnesszeug und eine Doppelgarage. Komm mit.“

Er griff nach meiner Hand und zog mich durch das Esszimmer hinaus in den Garten. Bei den Bäumen befand sich ein Teich und eine Bank unter einem Pavillon. Ansonsten gab es in dem Garten keine nennenswerten Pflanzen, doch ich wäre nicht die Tochter eines Gärtners, würde mich das abschrecken.

„Das da oben ist das Schlafzimmer“, verkündete er und ich folgte seinem ausgestreckten Arm zu einer großen Fensterfront mit angrenzendem Balkon. „Und da hinten ist genug Platz für Grillfeste, wenn Deke vorbeikommt oder wenn die anderen Brothers ihre Kinder mitbringen. Oder für unsere.“

Er sah mich direkt an, sein Blick durchdringend, beinahe flehend. Mir brach das Herz. Das war es, was ich befürchtet hatte. Wir umschifften das Thema Kinder seit Monaten. Er wusste, wie es um mich stand, der Arzt, den ich aufgesucht hatte, hatte es nochmals bestätigt. Es würde nur sehr schwer möglich sein, schwanger zu werden und die Vernarbungen waren so schwer, dass sich kein Ei halten würde oder ich würde das Risiko einer Fehlgeburt im Frühstadium eingehen.

„Hey, hey, hey, Baby. Nein. Hör mich an“, sagte Gabe. „Ich habe das falsch angefangen.“ Er beleckte sich die Lippen und schien seine Gedanken zu sortieren. „Lass uns ein Stück gehen“, schlug er vor und wir gingen langsam, die Umgebung aufsaugend, zu dem Pavillon, wo er mich bat, mich zu setzen.

Er ging ein paar Mal vor mir auf und ab und stemmte die Hände in die Hüften. „Ich hasse Vitto für das, was er uns angetan hat. Aber Baby, ich stehe dazu, Kinder stehen für mich nicht an erster Stelle. Aber ich sehe, wie dein Gesicht aufleuchtet, wenn du Deke im Arm hast. Ich weiß, wie sehr du dir Kinder wünschst, auch wenn uns dein Körper einen Strich durch die Rechnung macht. Was ich eben versuchte zu sagen, ist, wenn du einmal Kinder willst, dann werden sie hier Platz haben.“ Ich setzte an, ihn zu unterbrechen, doch er hielt die Hand hoch. „Nein, lass mich ausreden. Es gibt nicht nur diesen Weg. Wenn, ich meine, wenn du …“ Er zog unbeholfen eine gefaltete Broschüre aus der Gesäßtasche und reichte sie mir. „Wenn du diesen Weg gehen magst, will ich damit sagen, dann gehe ich ihn mit dir. Und wenn nicht, dann nicht. Ich liebe dich, mehr als Worte es je beschreiben könnten. Du bist meine Luft zum Atmen, mein Anker und mein Fels. Meine beste Freundin und meine schönste Liebhaberin. Du hast mehr Intelligenz, als uns beiden guttut und mehr Ambitionen, die Welt zu einem besseren Ort zu machen, als diese Welt manchmal verdient. Mein Ziel, jeden verdammten Tag, ist es, dir ein Lächeln ins Gesicht zu zaubern und dir zu zeigen, dass du mir das Wertvollste bist.“

Ich schluckte trocken gegen die Tränenflut, die sich bei seinen Worten in mir aufbaute, an. Ich sah wieder auf die Adoptionsbroschüre, dann zu Gabe, der mehr und mehr vor meinen Augen verschwamm. Womit hatte ich ihn nur verdient? War das ein Traum? War ich durch meinen Kleiderschrank versehentlich nach Narnia gelangt? Ich wischte mir lachend und weinend die Tränen aus den Augen und keuchte erschrocken auf, als er vor mir kniete.

Auf einem Knie.

Auf. Einem. Knie.

Mit einer Schatulle in der Hand.

Atmen. Ein. Aus. Ein. Aus.

Mir wurde schwindelig.

„Willst du mich heiraten, Alyson Mitchell?“

Da kniete er, mein großer, böser Biker. Mit einer verdammten Ringschatulle in den rauen Händen. Darin befand sich ein schmaler Ring aus Weißgold, mit einem Diamanten im Trilliantschliff. Er war wunderschön.

Ich weinte unkontrolliert.

„Ja“, krächzte ich, weinte noch mehr und lachte noch mal auf. Es war mir unmöglich, meine Körperfunktionen zu regulieren und ich nahm nur am Rande wahr, wie Gabe mir den Ring überstreifte, mich besinnungslos küsste und mich so lange im Arm wiegte, bis ich alle Tränen, die ich imstande war zu produzieren, geweint hatte.

Hand in Hand schlenderten wir wie Teenager zurück zum Haus.

Unserem Haus.

Er gab mir eine ausgiebige Tour durch den ersten Stock und mein Herz platzte vor Freude.

„Alles an diesem Haus ist einfach perfekt für uns, wie hast du es gefunden?“, fragte ich voller Staunen, als wir den potenziellen Büroraum in Augenschein nahmen.

„Gar nicht. Ich habe es gebaut.“

„Wie war das?“ Ich drehte mich zu ihm und er stand breit grinsend im Türrahmen.

„Ich habe das Grundstück zufällig entdeckt, als ich hier durch das Viertel gefahren bin. Der Eigentümer versuchte schon eine Weile, es zu verkaufen, aber niemand wollte es. Zu teuer. Ich machte ihm ein gutes Angebot und erklärte meine Ideen dem Architekten. Der Garten ist groß genug, dass du das Grünzeug deiner Eltern hier setzen kannst. Es ist abgelegen, diskret und ausgestattet mit der weltbesten Alarmanlage. Hier furzt kein Streifenhörnchen, ohne dass wir es sehen.“

„Eklig.“

„Ein wenig. Aber es ist unseres.“

„Baby, das muss ein Vermögen gekostet haben. Ich will mich daran beteiligen“, warf ich ein.

„Bullshit. Ich verkaufe das Apartment und ich hatte einiges auf der Seite. Es ist unsere Zukunft, Aly. Ich spare nicht, wenn es um uns geht.“

„Dann lass mich die Einrichtung übernehmen“, bat ich. „Meine Firma ist gut angelaufen und ich habe noch etwas übrig vom Verkauf meines Hauses.“

„Absolut nicht. Du nimmst meine Kreditkarte und ja, es ist mir scheißegal, was du reinstellst. Es wird mir gefallen, da bin ich sicher. Nur keine Porzellanhunde oder so einen gruseligen Scheiß.“

Ich sprang ihn an, schlang meine Beine um seine Mitte und küsste ihn. Nach einer Weile tätschelte er meinen Hintern und ich stieg ab.

„Komm schon, mein nerviger Bruder will, dass wir zum Lunch kommen."

„Na, das war immerhin romantischer als mein Antrag", stellte Daneel lachend fest und schielte zu Mercy, der einen Arm über die Lehne geworfen hatte und sie verliebt ansah.

Er zuckte mit den Schultern. „Was? Es hat doch funktioniert", sagte er grinsend.

„Habt ihr einen Termin für euren großen Tag?", fragte ich und kuschelte mich an Gabe, den kleinen schlafenden Deke in einem Arm liegend.

„März. Ich will definitiv abgestillt haben, bevor ich mich in die alkoholischen Fluten stürze und nein, du wirst mir keinen Cocktail mischen. Ich liebe mein Augenlicht", sagte sie und ich verdrehte gespielt die Augen. „Wir feiern bei uns im Garten, hier haben wir den meisten Platz."

„Und wir frieren uns nicht die Eier ab", tönte Reaper von der Küche aus und kam mit unseren Getränken ins Wohnzimmer.

Er ließ sich neben mir nieder und pflückte mir Deke aus dem Arm, stellte seine Füße auf dem Couchtisch ab und setzte Deke an seine Beine. Der begann sofort, sich an seiner Gürtelschnalle zu schaffen zu machen und Daneel warf Reaper einen Beißring zu, stand auf und kam mit einem Teller Plätzchen zurück. Schätzte ich. Unter den verkohlten, unförmigen Klumpen waren sie sicher versteckt.

Daneel hielt uns den Teller auffordernd unter die Nase. „Bedient euch."

„Passe", sagten Reaper und Gabe wie aus einem Mund.

Ich nahm tapfer einen, biss hinein und erstarrte.

„Baby, du bist mutig“, rief Gabe neben mir und beäugte die Presskohle in meiner Hand.

Ich hingegen kämpfte gegen verschiedene Dinge gleichzeitig an: Würgen, weil verkohlt. Spucken, weil versalzen und Weinen, weil was da auf meine Geschmacksnerven traf, war kein Umami.

„Oh toll, ihr habt ja noch welche. Versucht mal die hier“, trällerte Charlie und kam ins Wohnzimmer gelaufen.

Ein weiterer Teller undefinierbarer Substanzen wurde herumgereicht und diesmal konnte die Grummelfraktion zu meiner Linken und Rechten nicht ablehnen.

Blicke wurden getauscht, Schienbeine getreten. Und mehr als einmal bemängelte Mercy das Fehlen von Servietten zum diskreten Hochwürgen der Kekse. Charlie saß stolz mitten unter uns und schaufelte sich ihre Kekse in den Mund.

„Der Scheiß muss weg“, zischte Reaper neben mir über meinen Kopf hinweg.

„Ich glaube, mir fallen die Plomben aus den Zähnen“, maulte Gabe dazu.

„Schmeckt es?“, rief Charlie, als sie zu uns sah und Mercy und Daneel ihre Kekse in Feuchttücher von Deke spuckten und in die Couchritze stopften.

Wieso war ich nicht auf diese Idee gekommen?

„Super, Babe, einfach klasse. Aber wenn ich noch einen esse, kriege ich sicher …“

„… Durchfall“, murmelte Reaper neben mir.

Ich verschluckte mich so hart an Satans Keksen, dass ich von zwei Seiten auf den Rücken geklopft bekommen musste, um nicht „Tod durch widerliche Kekse“ auf meinem Grabstein stehen zu haben.

Und doch wollte ich nirgendwo anders sein. Es war meine Familie.

Epilog

Saint

Die Zeit verflog. Wir feierten Bullets elften Todestag zusammen, legten weiße Rosen an sein Grab und wunderten uns über eine einzelne rote Rose, die dort lag.

Eine Woche später zogen wir in das neue Haus und ich verkaufte das Apartment.

Charlie ließ von toxischen Keksen ab und widmete sich intensiver ihrer Kunst und wir alle atmeten auf, als die Therapeutin ihr nahelegte, einen Ausgleich in Musik zu finden. Und sie war außerordentlich talentiert.

Aly und ich liebten unser Haus und verbrachten den ersten Monat damit, es nach unseren Vorstellungen einzurichten. Als alles fertig war, luden wir den Club zur Einweihung ein und waren so glücklich wie nie zuvor. Unser erstes Weihnachten im neuen Haus war episch. Wir kauften den weltgrößten Baum, schmückten ihn zusammen bei einer abartig großen Menge von Eierlikör und liebten uns vorm Kamin. Weihnachten selbst verbrachten wir bei Mercy und Daneel, den Weihnachtsfeiertag bei Alys Eltern.

Die DeLucas verhielten sich ruhig.

Die Vorbereitungen für Mercys Hochzeit begannen nach Silvester. Ich war neben Reaper und Ryan Trauzeuge und wir planten einen epischen Junggesellenabschied.

„Mercy rastet aus." Ryan grinste und sah Reaper und mich verschwörerisch an. „Glaubst du, Daneel stimmt dem zu?"

„Was glaubst du, wer den Vorschlag gemacht hat?", fragte Reaper und grinste in sich hinein.

Ryan prustete los und wir klatschten uns auf die Schultern. Er würde es hassen. Anfangs.

Aly trat durch die Clubtür und ich hielt einen Moment inne, meine Verlobte zu beobachten. Es war Februar, tiefster Winter für meine Begriffe, und trotzdem gab es niemanden, der den Look so rockte, wie meine Frau. Sie schüttelte ihre Lederjacke aus, wuschelte sich durch ihre mittlerweile kinnlangen Locken, fuck sei Dank ohne diese Horrormütze, und wischte Laub von ihrer blauen Skinny Jeans.

„Mistwetter“, schimpfte sie.

Als ihre großen blauen Augen mich erblickten, wurde ihr Gesichtsausdruck sanft und sie kam mit großen Schritten auf mich zu.

Ich nahm sie fest in die Arme, wirbelte sie herum, bog sie nach hinten und gab ihr einen filmreifen Kuss, den Anna von der Theke aus mit Pfiffen und Johlen belohnte.

„Nehmt euch ein Zimmer“, knurrte Red und stiefelte an uns vorbei.

„Gönn ihnen den Spaß, du alter Miesepeter. Du musst nur mal wieder flachgelegt werden. Komm, Anna lässt fürs Wochenende neue Mädels kommen. Die checken wir ab und vielleicht teile ich eine mit dir“, rief Hawk und sprang einem fluchenden Red hinterher.

„Das kannst du vergessen, D!“, dröhnte es aus Mercys Büro. Unverständliches weibliches Gemurmel folgte.

„Nein, verfickte Scheiße! Nein. Ich sagte nein“, röhrte mein Bruder und wir zogen die Köpfe ein.

Einzig Aly saß breit grinsend auf meinem Schoß.

„Du hörst mir nicht zu. Krieg das in deinen verdammten Dickkopf. Ich. Gehe. Da. Hin.“

„Aber nicht ohne Begleitschutz.“

„Wo ist denn da der Witz? Es ist ein Mädelsabend!“

„Witz? Der Witz ist, dass ich keine durchsiebte, vergewaltigte oder zerstückelte Frau heiraten will, sondern mein perfektes, stures Weib, das aus unerfindlichen Gründen nicht kapiert, warum es als oberste Old Lady nicht allein dort hingehen kann.“

„Ich bin nicht allein. Die Mädels kommen mit.“

Ich beugte mich zu Aly nach vorn. „Schätze, er weiß

jetzt, wo ihr den Junggesellinnenabschied feiern wollt?“

„Yep“, sagte sie und ließ das ‚P‘ ploppen. „Vegas, Baby.“

Ich grinste. Es würde nicht lange dauern und Mercy würde erfahren, dass sein eigener ebenfalls dort stattfinden sollte und alles, was da jetzt hinter seiner Bürotür passierte, würde nur unweigerlich zu stundenlangem Versöhnungssex führen. Der Stille nach zu urteilen vermutlich früher als später.

„Komm schon, verziehen wir uns“, flüsterte ich in ihr Ohr und kniff ihr in die Pobacke.

Hand in Hand gingen wir zum Parkplatz, stiegen in meinen Truck, nachdem das Wetter zu schlecht für mein Bike war, und fuhren zu unserem Haus. Unserem Refugium. Kommendes Wochenende würden wir Las Vegas unsicher machen und meinen hitzköpfigen Bruder und meine beste Freundin unter die Haube bringen. Verdientermaßen. Ich sah auf unsere verschränkten Finger über der Mittelkonsole und zog ihre Hand an meinen Mund, um sie zu küssen.

Die Häuser flogen an uns vorbei, der triste Februartag um Längen heller. Bob Segers *Night Moves* dröhnte aus den Lautsprechern meines Trucks und sie lächelte mich breit an.

„Softie“, murmelte sie und ich lachte auf.

Das würde sie in spätestens einer Stunde zurücknehmen.

Liebe war nicht für mich gemacht, hatte ich einst gedacht. Es war immer etwas, das ich bei anderen gesehen hatte. Hatte gesehen, wie es meine beste Freundin beinahe zerstört hatte.

Ich hatte jegliche Gefühle für Gabriel versucht zu leugnen, sie in Kisten gepackt und versucht zu vergessen. Und immer wieder war er in mein Leben gestolpert. Oder eher wie ein Mack Truck hineingebrettert. Hatte sich ohne zu zögern um mich und meine Sicherheit gesorgt, mehr noch, er hatte mich gerettet.

Ich sah auf den schlafenden Gabe neben mir, der vom flackernden Kaminfeuer beschienen wurde. Ich betrachtete die vielen Tattoos, die seinen Oberkörper und seine Arme zierten. Das Halstattoo, das neueste am Oberschenkel. Ich beobachtete eine Weile das Heben und Senken seines Brustkorbes.

Er hatte meine harte Schale geknackt. Er hatte meinem Leben einen Sinn gegeben. Mir gezeigt, dass es möglich war, zu lieben und zurückgeliebt zu werden. Trotz der Gefahren, die sein Leben mit sich brachte, fühlte ich mich sicher. Sicher wie nie zuvor in meinem Leben.

Ich strich mit meinen Fingern sanft über Gabes Bauchmuskeln, den Pfad aus feinen Haaren hinab zu seinem eindrucksvollen Schwanz, der erschöpft an seinem Oberschenkel ruhte, unter meiner Berührung jedoch Interesse zeigte und langsam erwachte. Ich bedeckte seinen Bauch mit Küssen, wanderte nach oben über seine Brust, seinen Hals, zeichnete seine Kinnpartie nach und verteilte hauchzarte Küsschen auf seinen Lippen. Ein träges, verschlafenes Lächeln breitete sich auf seinem Gesicht aus und er zog mich in eine feste Umarmung. Ich rutschte auf seinen Schoß, nahm ihn in mir auf und wir liebten uns unendlich langsam. Sinnlich und vertraut. Gaben uns vollkommen offen dem anderen hin und wie alles mit Gabe fühlte sich auch das wie ein freier Fall an. Atemlos und voller Adrenalin, Vorfreude und Hoffnung. Und dafür liebte ich ihn am meisten.

„Ich liebe dich“, sagte ich, als wir zur Ruhe kamen, dem Herzschlag des anderen lauschten.

„Ich liebe dich mehr“, murmelte er in mein Haar.

Mit einem Lächeln auf den Lippen driftete ich in den Schlaf. Beschützt und geborgen und wissend, so sicher wie nichts zuvor in meinem Leben, dass der Mann, der einst mein Untergang war, mich hatte auferstehen lassen. Mein Zuhause hatte einen Herzschlag.

Mein Zuhause war Gabriel Walker.

Playlist Broken at Heart

Cemetery Drive – My Chemical Romance
Wherever I May Roam – Metallica
Back in Black – AC/DC
Best of You -- Foo Fighters
I Don't Love You – My Chemical Romance
The Gaslight Anthem - "45"
Sound of Silence – Bobaflex
Gangsta – Tune Yards
Cry Baby – Janis Joplin
See Me – Talos
Sail – Devildriver
Sorry – Nothing But Thieves
5AM – Amber Run
King of Pain – Mudvayne
Drag Me to Hell – Dark Signal
Build a Kingdom – Wasteland
Have You Ever Seen the Rain – Creedence Clearwater Revival
Seasons In the Abyss – Slayer
Boneshaker – Redlight King
Fiend – Coal Chamber
Eyeless – Slipknot
Oh My My – Blue October
Hot In the City – Billy Idol
Wish You Were Red – Trailer Trash Tracys
Hail To The King – Avenged Sevenfold
Popular Monster – Falling In Reverse
The One and Only – Chesney Hawkes
Night Moves – Bob Seger

Die Autorin

Talena Blake hing schon von Kindesbeinen an mit der Nase in Büchern. Daran hat sich bis heute nicht viel geändert und die Leidenschaft zum geschriebenen Wort formte über die Jahre den Wunsch, Autorin zu werden. Sie liebt es, ihre Leser mit tiefen Gefühlen, atemloser Spannung und starken Charakteren in den Bann zu ziehen. Sie lebt mit ihrer Familie im schönen Odenwald, inmitten von idyllischer Natur, Katzen, vielen Büchern und einer leistungsstarken Kaffeemaschine.